大夏禹都

苏华 著

作家出版社

典藏古河东丛书

编委会

序 一

张 平

为了深入贯彻落实习近平总书记视察山西重要讲话和重要指示精神，山西省运城市委宣传部策划编撰了“典藏古河东丛书”，共十一本。本丛书旨在反映河东的悠久历史和文化底蕴，传承和弘扬河东优秀传统文化，为推动经济社会发展提供强大的价值引导力、文化凝聚力和精神推动力，提升运城的知名度、美誉度。

运城，位于黄河之东，又称“河东”。河东是一片古老而神奇的土地，数千年来，大河滔滔，汹涌奔腾，物华天宝，钟灵毓秀，人杰辈出，群星灿烂，孕育了悠久而灿烂的历史文化，具有厚重的人文历史积淀，构成了中国传统文化的重要基因，植根于中国人的血脉，不愧为中华文明的摇篮。

关于“河东”的说法，最早来源于《尚书·禹贡》的记载。《禹贡》划分天下为九州，首先是冀州，其次分别为兖州、青州、徐州、扬州、荆州、豫州、梁州、雍州，皆以冀州为中心。冀州，即古代所谓的“河东”。当时的河东是华夏文明的轴心地带。河东，在战国、秦汉时指今山西西南部，后泛指今山西省，因黄河经此由北向南流，这一带位于黄河以东而得名。战国中期，秦国夺取了魏国的西河和韩国的上党以后，魏国为加强防守，遂置河东郡，国都在今运城市安邑镇。公元前290年，秦昭王在兼并战争中迫使魏国献出河东地四百里给秦。秦沿袭魏河东郡旧名不变，治所在安邑（今山西夏县西北禹王城）。秦始皇统一六国，设三十六郡，运城属河东郡，治所安邑。汉代的河东，辖今山西阳城、沁水、浮山以西，永和、隰县、霍州市以南地区。东晋义熙十四年（418年），河东郡移治蒲坂（今山西永济市蒲州镇），辖境缩小至今山西西南汾河下游至王屋山以西一角。隋废，寻复置。唐改河东郡为蒲州，复改为河中府。唐天宝、至德时又曾改蒲州为河东郡。宋为河东路，辖山西大部、河北及河南部分地区，至金朝未变。元、明、清与临汾同为平阳府，治所平阳（今临汾尧都区）。民国三年至十九年，运城、临汾及石楼、灵石、交口同属河东道。古代，由于河东位于两大名都长安和洛阳之间，其他州郡对其形成众星捧月之势，因此，河东无论在政治、经济、文化上都具有重要的地位。河东所辖的地区范围不断发生变化，但其疆界基本上以现代的山西运城市为中心。今天的河东地区，特指山西运城市。

河东，位于山西西南部，是中国两河交汇的风水佳地。黄河滔滔，流金溢银，纵横晋陕峡谷；汾水漫漫，飞珠溅玉，沃育河东厚土。在今天之运城，黄河从河津寺塔西侧入境，沿秦晋峡谷自北向南，出禹门口后，一泻千里，由北向南经河津、万荣、临猗、永济，在芮城县的风陵渡曲折向东，过平陆、夏县，到垣曲县的碾盘沟出境，共流经运城市八个县（市）。汾河是山西的母亲河，发源于宁武管涔山脉，从南至北流经河东大地。汾河自新绛县南梁村入境，经新绛、稷山、河津、万荣四县（市），由万荣县庙前汇入黄河，灌溉着河东万顷良田。华夏民族的始祖在河东繁衍生息，中国古代第一部诗歌总集《诗经》里的许多诗篇歌吟过河东大地。黄河和汾河交汇之处——山西运城市，吸吮黄河和汾河两大母亲河的乳汁，滋生了悠久灿烂的华夏文明，源远流长。在朝代的兴替与岁月的更迭中，河东大地描绘了多少华夏儿女的动人画卷，道尽多少人间的沧桑变化！

河东，地处晋、豫、陕交会的金三角地区。山西省运城市、河南省三门峡市、陕西省渭南市，区域总面积约五万二千平方公里，总人口约一千七百余万，共同形成了晋陕豫三省边缘“黄河金三角区域”，构成了以运城市为核心的文化经济圈。这个区域，位于我国中、西部交界地带，接通华北，连接西北，笼罩中原，位置优越，不仅是华夏文明的发祥地，而且在全国经济发展中具有承东启西、贯通南北的作用。该区域的历史文化、资源禀赋、旅游优势、经济协作，可以发挥重要的经济文化互相促进的平台效应，具有“以东带西、东中西共同发展”的战略价值。研究河东历史文化，对于繁荣黄河金三角地区的文化，打造区域经济圈，都具有非常重要的现实意义。

河东，是“古中国”的发祥地。河东地区，属于人类最早活动的区域之一。这片美丽富饶的大地上，远古时期气候温和，土地肥沃，山脉起伏，河汊纵横，绿草丰茂，森林覆盖，飞鸟鸣啾，走兽徜徉，是人类栖息的理想地方。著名考古学家苏秉琦教授在其《华人・龙的传人・中国人》一文中指出：“晋南地区是当时的‘帝王所都’。帝王所都为‘中’，故曰‘中国’。而‘中国’一词的出现正在此时。‘帝王所都’，意味着古河东地区曾经是华夏民族的先祖创建和发展华夏文明的活动中心。”自从盘古开天地、三皇五帝到今天，从远古文明到石器时代，从类人猿到原始人、智人的进化，河东这块土地都充当了亲历者和见证者。

人类的远祖起源于河东。1995 年 5 月，中美科学家在山西省垣曲县寨里村，发现了世界上最早的具有高等灵长类动物特征的猿类化石，命名为“世纪曙猿”。它生活在距今四千五百万年以前，比非洲古猿早了一千多万年。中美科学家在英国权威科学期刊《自然》杂志上联合发表论文，证实了人类的远祖起源于山西垣曲县寨里村，推翻了“人类起源于非洲”的论断。

人类文明的第一把圣火燃烧于河东。西侯度遗址位于山西省芮城县西侯度村，考古学家发掘出土的石器有石核、石片、砍斫器、刮削器和三棱大尖状器，动物化石有巨河狸、山西披毛犀、中国野牛、晋南麋鹿、步氏羚羊、李氏野猪、纳玛象等，尤其在文化层中发现了带切痕的鹿角和动物烧骨，这是中国最早的人类用火证据。证明远在二百四十三万年前，人类就在这里生活居住，并已经掌握了“火种”。

中国的蚕桑起源于河东。《史记》记载了“嫘祖始蚕”的故事。河东地区有“黄帝正妃嫘祖养蚕缫丝”的传说。西阴遗址位于山西省夏县西阴村。1926 年，考古学家李济主持发掘该处遗址，出版了《西阴村史前遗存》一书。该遗址属于新石器时代，西北倚鸣条岗，南临青龙河，面积约三十万平方米。此处发掘出土了许多石器和骨器，最具震撼力的是发现了半枚经人工切割过的蚕茧壳。这为嫘祖养蚕的传说提供了有力实证。2020年，人们又在山西夏县师村遗址出土了仰韶文化早期遗物，主要有罐、盆、钵、瓶等。尤为重要的是，还出土了四枚仰韶早期的石雕蚕蛹。西阴遗址和师村遗址互相印证，意味着至迟在距今六千年以前，河东的先民们就掌握了养蚕缫丝的技术，成为中华文化的重要标识之一。

远古时代，黄帝为首的华夏族部落生活在河东一带。黄帝的元妃嫘祖是河东地区夏县人，宰相风后是河东地区芮城县风陵渡人。黄帝和蚩尤大战于河东地区的盐池一带。传说黄帝取得胜利后尸解蚩尤，蚩尤的鲜血流入河东盐池，化为卤水，因而这里被命名为“解州”。今天运城市还保存着“解州镇”的地名。盐池附近有个村庄名叫蚩尤村，相传是当年蚩尤葬身的地方。后来人们将蚩尤村改名“从善村”，寓弃恶从善之意。黄帝战胜蚩尤之后，被各诸侯推举为华夏族部落首领。《文献通考》道：“建邦国，先告后土。”黄帝经过长期战争后，希望国泰民安，天下太平，得到大地之神——后土的护佑。于是，黄帝带领部落首领来到汾阴脽上，扫地为坛，祭祀后土，传为千古佳话。明代嘉靖版《山西通志》记载：“轩辕扫地坛在后土祠上，相传轩辕祭后土于汾脽之上。”

河东地区是中华民族的先祖尧、舜、禹定都的地方。文献记载：“尧都平阳（今临汾）、舜都蒲坂（今永济）、禹都安邑（今夏县）。”据史料记载，尧帝的都城起初设在蒲坂，后来迁至平阳。清光绪十二年（1886年）的《永济县志》记载：“尧旧都在蒲。”《水经注》：“雷首，俗亦谓之尧山，山上有故城，又曰尧城。”阚骃《十三州志》：“蒲坂，尧都。”如今运城永济市（蒲坂）遗存有尧王台，是当年尧舜实行“禅让制”的见证地。舜亦建都于蒲坂。史籍载：舜生于诸冯，耕于历山，陶于河滨，渔于雷泽，都于蒲坂。远古时期，天地茫茫，人民饱受水灾之苦。禹的父亲鲧治水失败。禹吸取教训，从冀州开始，踏遍九州，改“堵”为“疏”，三过家门而不入，历经十三年最终治水成功。《庄子·天下》记载：“昔禹之湮洪水，决江河而通四夷九州也。名山三百，支川三千，小者无数。”禹治水有功，舜把天子之位禅让给禹。禹建都安邑，其遗址在山西夏县的禹王城。《括地志》道：“安邑故城在绛州夏县东北十五里，本夏之都。”禹王城遗址出土了东周至汉代的许多文物，其中有“海内皆臣，岁丰登熟，道无饥人”十二字篆书。从尧舜禹开始，河东便是帝王的建都之地。

运城盐池是中国古代重要的食盐产地，被田汉先生赞为“千古中条一池雪”。它南倚中条，北靠峨嵋，东邻夏县，西接解州，总面积一百三十二平方公里。盐湖烟波浩渺，硝田纵横交织，它与美国犹他州澳格丁盐湖、俄罗斯西伯利亚库楚克盐湖并称为世界三大硫酸钠型内陆盐湖。据《河东盐法备览》记载，五千多年前，我们的祖先在运城盐池发现并食用盐。《汉书·地理志》：“河东，地平水浅，有盐铁之饶，唐尧之所都也。”黄河和汾河两河交汇的地理优势、丰富的植被和盐业资源，为古人类提供了良好的生活条件。当年，舜帝曾在盐湖之畔，抚五弦之琴，吟唱《南风歌》：

南风之薰兮，
可以解吾民之愠兮。
南风之时兮，
可以阜吾民之财兮。

运城在春秋时称“盐邑”，汉代称“司盐城”，宋元时名为“运司城”“凤凰城”等。因盐运而设城，中国仅此一处。河东人民在千百年的生产实践中总结出的“五步法”产盐工艺，是全世界最早的产盐工艺，被英国科学家李约瑟称为“中国古代科技史上的活化石”。

万荣县后土祠是中华祠庙之祖。后土祠位于山西万荣县庙前镇，《水经注》道：河东汾阴“有长阜，背汾带河，长四五里，广二里有余，高十余丈，汾水历其阴，西入河”。孔尚任总纂《蒲州府志》记载：“二帝八元有司，三王方泽岁举。”尧帝和舜帝时期，确定八个官员专管后土祭祀，夏商周三朝的国君每年在汾阴举行祭祀后土仪式。遥想当年，汉武帝在汾阴建立后土祠，写下了传诵千古的《秋风辞》。从汉、南北朝、隋、唐、宋至元代，先后有八位皇帝亲自到万荣祭祀后土，六位皇帝派大臣祭祀后土。万荣后土祠，堪称轩辕黄帝之坛、社稷江山之源、中华祠庙之祖、礼乐文明之本、黄河文化之魂、北京天坛之端。

河东是中国农耕文明的发祥地之一。河东地处黄河流域、黄土高原腹地，远古时代气候温润，物产丰富，具有发展农业生产的优越的自然地理环境。舜耕历山，禹凿龙门，嫘祖养蚕，后稷稼穑，这些历史传说都发生在河东大地。《晋书·天文志上》："稷，农正也，取乎百谷之长以为号也。"后稷是管理农业的长官、百谷之长。《孟子》："后稷教民稼穑，树艺五谷；五谷熟，而民人育。"意思是，后稷教民从事农业，种植五谷，五谷丰收，人民得到养育。传说后稷在稷王山麓（在今山西稷山县境）教民稼穑，播种五谷，是远古时代最善种稷和粟的人，被称之为"稷王"。人们把横跨万荣、稷山、闻喜、运城东西二十里、南北三十里的山脉，叫作"稷王山"。迄今为止，在河东已发现石器时代遗址四百余处，出土的农耕工具有石斧、石锛、石锄、石铲等；粮食加工工具有石磨盘、石磨棒、石杵等；收割工具有半月形石刀、石镰、骨铲、蚌镰等。万荣县保存有创建于北宋时期的稷王庙，是我国现存唯一一座宋代庑殿顶建筑。

大江东去，浪淘尽，千古风流人物。五千年的中华文明史，孕育了无数杰出人物，史册的每一页都有河东的亮丽身影。

荀子，名况，战国晚期赵国郇邑（故地在山西临猗、安泽和新绛一带）人，在历史上属于河东人。他一生辉煌，兼容儒法思想；贡献杰出，塑形三晋文化。中国古代社会，先秦两汉之际是一个巨大的转折点，开启了新型的大一统时代。荀子继承和发扬了孔孟以来的儒家思想，提出儒、法融合，把道德修身、道德教化、道德约束之政治结合在一起，强调以先王之道、圣人之道和仁义之道治理天下，主张思想统一、制度统一，对秦汉以后的中国古代政治制度建设起了重要作用。从对社会现实和历史进程的影响来看，荀子是中国古代最有贡献的思想家之一。

关羽，东汉末年名将，被后世崇为"武圣"，与"文圣"孔子齐名。《三国志·蜀书》道："关羽，字云长，本字长生，河东解人也。"东汉末年朝廷暗弱，军阀混战，百姓流离失所，在兵燹战火中煎熬挣扎。时天下大乱，各种政治势力分合不定，各个阵营的人物徘徊左右。选择刘备，就是选择了艰难的人生道路；忠于汉室，就意味着奋斗和牺牲。关羽一生堂堂正正，坦坦荡荡，报国以忠，为民以仁，待人以义，交友以诚，处事以信，对敌以勇，俯仰不愧天地，精诚可对苍生。关羽身上体现了中国传统道德的忠义孝悌仁爱诚信。古代以民众对关公的普遍敬仰为基础，以朝廷褒封建庙祭祀为推动，以各种艺术的传播为手段，以历史长度和地域广度为经纬，产生了体现中华传统文化核心价值和民族道德伦理的关公文化。

卢纶，字允言，河中蒲州（今山西永济市）人。唐玄宗天宝末年进士，历官秘书省校书郎、监察御史、检校户部郎中等。唐代杰出诗人。明王士禛《分甘余话》道："卢纶，大历十才子之冠冕。"卢纶存诗三百三十九首，是处于盛唐到中唐社会动乱时代的诗人。他的《送绛州郭参军》，至今读来，仍有慷慨之气：

炎天故绛路，
千里麦花香。
董泽雷声发，
汾桥水气凉。
……

卢纶无疑是大历时期最具有独特境界的诗人，他的骨子里流淌着盛唐的血液，积极向上，肯定人生；不屈不挠，比较豁达；关心社会民生，不斤斤计较个人得失，一生都在努力创作诗歌。卢纶的诗歌气魄宏伟，境界广阔，善于用概括的意象，描绘盛唐的风韵。他在唐诗长河中的贡献与孟郊、贾岛等相比丝毫不弱。他的诗歌不仅在大历时期，在整个唐代也具有独特的价值。

司马光，字君实，陕州夏县（今山西夏县）涑水乡人。他历仕仁宗、英宗、神宗、哲宗四朝，是北宋伟大的政治家、史学家、文学家。司马光主政期间，提出“兴教化，修政治，养百姓，利万物”的治国理念，加强道德教育，改变社会风气；严格选用人才，严明社会法治；倡导“轻租税，薄赋敛，已逋责”的民本思想，希望实现“致中和，天地位焉，万物育焉”的天下大治的理想社会。他主持编纂的中国最大的一部编年体通史《资治通鉴》，与《史记》并列为中国古代史家之绝笔。全书共二百九十四卷三百万字，上起周威烈王二十三年（前403年），下迄五代后周世宗显德六年（959年），共记载了十六个朝代一千三百六十二年的历史，历经十九年编辑完成。清代学者王鸣盛评价《资治通鉴》说：“此天地间必不可无之书，亦学者必不可不读之书。”司马光的著作另有《司马文正公集》《稽古录》《涑水纪闻》《独乐园集》等。

河东历史上的许多大家族，代有人杰，长盛不衰。河东的名门望族主要有裴氏家族、薛氏家族、王氏家族、柳氏家族、司马家族等。闻喜县裴氏家族为世瞩目，被誉为“宰相世家”。裴氏自汉魏，历南北朝，至隋唐、五代是其最兴盛时期。据《裴谱・官爵》载，裴氏家族在正史立传者六百余人，大小官员三千余人；有宰相五十九人，大将军五十九人，尚书五十五人。比较著名的有：西晋地理学家裴秀撰《禹贡地域图序》，提出了编绘地图的“制图六体”，在世界地图史上占有重要地位。西晋思想家裴颀著有《崇有论》，是著名的哲学家。东晋裴启的《语林》，是我国文学史上最早的一部志人小说。南北朝时的裴松之、裴骃（松之子）、裴子野（裴骃孙），被称为“史学三家”。唐代名相裴度，平息藩镇叛乱，功勋卓越，被称为“中兴宰相”。欧阳修《新唐书・宰相世系表》，将裴氏列为天下第一家族，感叹“其才子贤孙不殒其世德，或父子相继居相位，或累数世而屡显，或终唐之世不绝”。

习近平总书记在党的十九大报告中指出：“深入挖掘中华优秀传统文化蕴含的思想观念、人文精神、道德规范，结合时代要求继承创新，让中华文化展现出永久魅力和时代风采。”中华优秀传统文化是“中华民族的基因”“民族文化血脉”和“中华民族的精神命脉”，堪称中华民族的源头和根基。在具体撰写过程中，各位作者力求基于严谨的学术性、臻于文学的生动性，以史料和考古为基础，以学术界的共识为依据，不作歧义性研究和学术考辨，采用文化散文体裁，用清朗健爽、流畅明丽的语言，梳理河东历史文化的渊源和脉络，挖掘河东文化的深厚内涵，探寻其在华夏文明中的重要地位，弘扬民族文化的自尊和自信。希望通过这套丛书，使人们更加了解和认识河东历史文化，深化对中华文明的认知与感悟，进一步增强文化自信，推动中华民族的伟大复兴。

序　二

李敬泽

运城是山西南部的一个地级市，也是我的老家所在。

说起运城，自然会想起黄河、黄土高原和中条山、吕梁山以及汾河、涑水。黄河经壶口的喷薄，沿着吕梁山与陕北高原间逼仄的晋陕峡谷，汹涌奔腾，越过石门，冲出龙门，然后，脚步骤然放缓，犁开黄土地，绕着运城拐了个温柔的弯，将这片地方钟爱地搂抱在怀中。从青藏高原奔流数千里，黄河头一次遇到如此秀美的地方。

这里古称河东，北有吕梁之苍翠，南有中条之挺秀，两座大山一条大河，似天然屏障，将这片土地护佑起来，如此，两座大山便如运城的城垣，一条大河绕两山奔流，又如运城的城堑。两山一河之间，又有涑水与汾水两条古河自北向南流淌，中间隆起的峨嵋岭将两河分开，形成两个不同的流域——汾河谷地与涑水盆地。一片不大的土地上，各种地貌并存：山地、丘陵、平原、河谷、台地。适合早期先民生存的地理环境应有尽有，农耕民族繁衍发展的条件一应俱全，仿佛专门为中华民族诞生准备的福地吉壤。

我的祖辈、父辈都出生在这片土地上，我也多次在这片土地上行走，我热爱这片土地，即使身在异乡，这片土地上的山山水水，也经常出现在我的想象中。少年时代，我根本不会想到，这片看似寻常的土地，是中华民族最早生活的地方，山水之间，绽放过无数辉煌，生活过无数杰出人物。年龄稍长，我才发现：史书中，一件又一件的大事发生在河东；传说中，一个又一个神一般的华夏先祖出现在河东；史实中，一位又一位的名将能臣从河东走来；诗篇中，一个又一个的优秀诗人从河东奏出华章。他们峨冠博带，清癯高雅，用谋略智慧和超人才华，在中国的历史文化图景中，为河东占得一席之地。如此云蒸霞蔚般的文化气象，让我对河东、对家乡生出深厚兴趣。

这套“典藏古河东丛书”邀我作序。遍览各位学者、作家的大作，我对运城的历史文化有了更深入的了解。

华夏民族的早期历史，实际是由黄河与黄土交融积淀而成的，是一部民间传说、史实记载和考古发掘相互印证的历史。河东是早期民间传说最多的地方，司马迁《史记·五帝本纪》中提到的五帝事迹，多数都能在运城这片土地上找到佐证。尧都平阳（初都蒲坂），舜都蒲坂，禹都安邑，均为史家所公认。黄帝蚩尤之战、嫘祖养蚕、尧天舜日、舜耕历山、大禹治水、后稷教民稼穑，在别的地方也许只是传说，带着浓重的神话色彩，而在河东人看来都是有据可依、有迹可循的。运城大量的史前文化遗址，从另一方面证明了运城人的判断。也许你不能想象，这片仅一万四千平方公里的土地上，全国文物保护单位竟多达一百零三处，比许多省还多，位列全国地级市第一，其中新、旧石器时代遗址埋藏之丰富、排列之密集，被考古学家们视为史前文化考古发掘的宝地。为探寻运城的地下文化宝藏，中国田野考古发掘第一人李济先生来过这里，新中国考古发掘的标志性人物裴文中、苏秉琦、贾兰坡来过这里，参加夏商周断代工程的二百多位专家学者大部分都来过这里。西侯度、匼河、西阴、荆村、西王村、东下冯等文化遗址，都证明这里是中华民族的重要发祥地，这里的历史根须扎得格外深，枝叶散得格外开，结出的果实格外硕壮。

中条山下碧波荡漾的盐湖，同样是运城人的骄傲。白花花的池盐，不仅衍生出带着咸味儿的盐文化，还诞生了盐运之城——运城。

山西地域文化中有两个值得关注的生僻字：一个是醯（音西），一个是盬（音古）。山西人常被称作老醯儿，也自称老醯儿，但没人这样称呼运城人，运城人也从不这样称呼自己。醯即醋，运城人身上少有醋味儿，若把醯字拿来让运城人认，大部分人都弄不清读音。盬是个与醯同样生僻的字，但运城人妇孺皆识，不光能准确地读出音，还能解释字义，甚至能讲出此字的典故，“猗顿用盬盐起”，这句出自司马迁《史记·货殖列传》的话，相当多的运城人都能脱口而出。因为古色古香的盬街，是运城人休闲购物的好去处。盐池神庙里供奉的三位大神，是只有运城人才信奉的神灵。一酸一咸，两种截然不同的味道，不光滋润着不同的味蕾，也养育了两种不同的文化。作为山西的一部分，运城的文化更接近关中和中原，民俗风情、人文地理就不说了，连方言也是中原官话，语言学界称之为中原官话汾河片。

如此丰沛的源头，奔腾出波涛汹涌的历史文化长河，从春秋战国，到唐宋元明清，·路流淌不绝，汹涌澎湃。春秋战国，有白手起家的商业奇才猗顿，有集诸子大成的思想家荀况。汉代，有忠勇神武的武圣关羽。魏晋南北朝，有中国地图学之祖裴秀、才高气傲的大学者郭璞，有书圣王羲之的老师卫夫人。隋代，有杰出的外交家裴矩、诗人薛道衡。至唐代，河东的杰出人才，如繁星般数不胜数，璀璨夺目，小小的一个闻喜裴柏村，出过十七位宰相，连清代大学者顾炎武也千里跋涉，来到闻喜登陇而望；猗氏张氏祖孙三代同为宰辅，后人张彦远为中国画论之祖，世人称猗氏张家“三相盛门，四朝雅望”；唐代的河东还是一个诗的国度，自《诗经·魏风》中的“坎坎伐檀兮”在中条山下唱响，千百年间，河东弦歌不辍，至唐朝蔚为大观。龙门王氏的两位诗人，叔祖王绩诗风“如鸾凤群飞，忽逢野鹿”；侄孙王勃为“初唐四杰”之首，一句“落霞与孤鹜齐飞，秋水共长天一色”，奇思壮阔，语惊四座。王之涣篇篇皆名作，句句皆绝响，“欲穷千里目，更上一层楼”一联，足以让他跻身唐代一流诗人行列。蒲州诗人王维，诗中有画，画中有诗，田园诗的境界让人无限神往。更让人称道的是位列“唐宋八大家”的柳河东柳宗元，有他在，唐代河东文人骚客们可称得上诗文俱佳。此外，大历十才子之一的卢纶，以《二十四诗品》名世的司空图，同样为唐代河东灿烂的诗歌星空增添了光彩。至宋代，涑水先生司马光一部《资治通鉴》，与《史记》双峰并峙。元代，元曲四大家之一的关汉卿，一曲《窦娥冤》凄婉了整个元朝。明代，理学家、河东派代表人物薛瑄用理与气，辨析出天地万物之理。清代，

“戊戌六君子”之一、闻喜人杨深秀则在变法图强中，彰显出中国读书人的气节。

如此一一数来，仍不足以道尽运城历史文化底蕴的深厚，因篇幅原因，就此打住。

本丛书围绕习近平总书记2017年和2020年两次视察山西时提到的运城历史文化内容，遴选十一个主题，旨在传承弘扬河东的优秀文化传统，增强文化自信，为社会发展助力。

参与丛书写作的十一位作者，都是山西省的知名学者、作家，我读罢他们的作品，能感受到他们深厚的学术和文学功力，获益匪浅。

从这套丛书中，我读出了神之奇，人之本，天之伦，地之道，武将之勇猛，文人之风雅，仿佛看到河东先祖先贤神采奕奕，从大河岸畔、田野深处朝我走来。

好多年没回过老家了。不知读者读过这套丛书后感觉如何，反正我读后，又想念运城这片古老的土地了，说不定，因为这套丛书我会再回运城一次。

是为序。

目录

引言　夏墟的迷思

夏，就是中国前的中国；夏人，就是华夏族的中国人；夏墟，就是夏朝灭亡后的旧地，也是夏王朝的都城所在。春秋之前，但凡说起“夏墟”或“大夏”，指的便是晋南；而论起夏王朝的第一个都城，便是禹都安邑。

然而，自从清末日本学者白鸟库吉首次提出“大禹治水”的传说不可信，“尧、舜、禹”三王的历史不可靠；二十世纪二十年代，胡适、钱玄同和顾颉刚推动的古史辨运动以来，特别是顾颉刚提出石破天惊的“层累地造成的古史”科学的新史论之后，以三皇五帝为中心的旧史学传统几乎遭到毁灭性的打击；而支撑其论证的“大禹神性说”，又遭受了广泛的质疑。

既然三皇五帝是传说，是神话，那么这些神话和传说又是怎么变成古史的？1935 年 10 月，顾颉刚在接受北平《世界日报》记者贺逸文访谈时，讲得很清楚：

> 三皇五帝的名词，是大家所熟习，但是正因为大家熟习而不问其究竟的缘故，这种偶像就继续维持下去，直到现在才有人提出研究。三皇是战国末的时势造成的，到秦朝方见于政府的文告，到汉朝而成为国家宗教。他们是介于神与人之间的人物，自初有此说起，直到纬书（汉代经学家引用方术并编造的思想学说辑录），并未改变。后来王莽们将三皇（和三皇之书三坟）载于《周礼》和《左

御题大禹治水图轴（缂丝）
（周文矩绘，台北故宫博物院藏）

传》，他们的名称便确立了。普通所传说的三皇，系指伏羲、神农和黄帝，但这是很后的分配法，当初乃是天皇、地皇和泰皇。至“皇”字，一般的解释，或是高出帝和王的阶位……本来人中最贵的是后，神中最贵的也是后，所以在三代最先的一代夏，就是称人王作后的；对神称“后帝”“后土”“后稷”，称帝的只是上帝的简称，而“皇”字不过是用以形容人王和天帝的美盛，绝不是可以用来作人王和天帝职位的名称。至于五帝，普通是指“少昊”“颛顼”“高辛”“唐尧”“虞舜”。但这也是很后的分配法，当初乃是天上的青、黄、赤（炎）、黑、白五帝。在唐代祭祀前代帝王的祀典里，就有三皇的位分了。到了元代，在异民族的统治之下，三皇也变了性质。祀三皇的典礼，由医师主办，而配享的又是十大名医，三皇似乎只是医药之祖了……因此我们知道元

> 成宗元贞年间，令天下郡县通祀三皇，而以医师主之。而民间最容易崇拜偶像，况且以三皇的大圣而兼任先医，有了一班病民作拥护者，他们的香火是不会冷落的了。总之，三皇五帝的史实是少极了的，仅可以说是神话。至于三皇为医流的祖师，那是元代皇帝杜撰的事实，我们更不必相信。不过，三皇从至高无上的统治阶级，跌成了自由职业者，也算沦落得尽致了。①

“大禹是神不是人”“大禹治水在那个时代不可能”“禹与夏没有发生关系”……皮之不存，毛将焉附？于是，禹是否由后世儒人编造出来的？中国历史上有没有夏这个朝代？禹都在哪里？夏墟在哪儿？引发了持续百年的论争和探寻。

顾颉刚无疑是一个天才的史学家，也是在国际史学界最被认可的中国历史学家，研究其治学方法的专业论著至今未减。学历史的人，如果在一篇文章中有所发现或创见，已属不易；在一本著述中有些自己的独立思考和新材料、新观点的使用，便呈鹤立鸡群之势；如果能创立自己的一个史学理论和体系及流派，无疑便是天才才会有的事情了。另一位天才的考古学家李济，对顾颉刚的古史辨运动就有着十分中肯的评价，他说：疑古学派他们的口号“拿证据来”在本质上说虽然具有破坏性，但对中国古代的研究却带来较多批判的精神。因此，如果你对尧舜的盛世给予过多的颂赞，好吧，拿出你的证据来。如果你论及公元前3000年大禹在工程上的伟绩，证据也得拿出来。我们得先记住，在这种怀疑的精神之下，单纯的文字记载已不复被认为是有效的佐证了。这种找寻证据的运动对传统的治学方法，无疑是一种打击，但却同时对古籍的研究方法产生了革命性的改变。诚如李济所说：“现代中国考古学就是在这一种环境之下产生的。”②

---

① 贺逸文：《历史学家顾颉刚》，《北平学人访问记》（下），第279—281页，商务印书馆2020年。

② 李济：《中国早期文明的开始》，《中国早期文明》，第9—10页，上海人民出版社2007年。

第一章　李济在西阴村考古叙事

顾颉刚打破了三皇五帝的旧史学传统，开启了中国科学史学的新纪元。但如何重建上古史，却面临着重重困境。正在古史辨运动进行得如火如荼之时，1923 年获得哈佛大学人类学博士学位的李济（1896—1979 年），在南开大学教务长、克拉克大学学长凌冰的推荐下，就任南开大学人类学与社会学教授。在津期间，李济结识了回国之后的第一位值得信赖的朋友——中国地质事业的奠基人丁文江。当时的中国科学界，只有地质学可与世界水准接轨，而丁文江便是做出这有价值贡献的一个人。正是在丁文江的鼓励之下，李济得以第一次去做他的考古工作，并由此结识了之后给予夏县西阴村考古发掘全额资助的美国史密森研究院驻华代表、考古学者、探险家、古物收藏家毕士博（1881—1942 年），完成了人类学家向考古学家的嬗变。

1923 年 8 月 25 日，河南新郑李家楼士绅李锐因天旱，雇工挖井浇自家的菜园时发现了一座古墓，共挖出二十多件春秋时期的大小鼎和鬲、罍、甑等青铜器。9 月 1 日，驻防开封的直系军阀吴佩孚的陆军第十四师师长靳云鹗（1881—1935 年，山东邹县人，北洋政府国务总理靳云鹏之弟）在巡防时经过新郑，听到李锐挖宝的确闻，竟颇令人意外地做出保护"新郑彝器"的义举——先是派官兵前去阻止，并监护现场，又让手下从李锐处把尚未卖出的青铜器及其他古物收缴回来，命副官陈国昌、参谋王灿章、稽查赵辅卿会同新郑县知事姚延锦等在李家楼划定范围，继续发掘。新郑出土的这批青铜

河南新郑青铜器出土现场

毕士博拍摄的新郑出土青铜器

器保存得较为完整的 91 件和碎片 135 块，先后两次被靳云鹗押运到省城开封文庙内学生图书馆，由河南古物保存所所长何日章专门负责保护。

10 月 2 日，丁文江约请李济前往新郑，查看一下该遗址地区内是否有新石器时代的遗存。丁文江在与直系方面磋商数次，正式定妥此事后，李济和北京地质调查所的勘探专家谭锡畴于10月11日到达新郑。在靳云鹗的副官郑国昌伴同下，李济来到青铜器挖掘地点，只见整个工作的进行都是从搜集古玩而不是从考古学的角度出发的，出土器物的坑穴则既未经测量其深度，又未经丈量其范围就填平了，出土遗存的地点，既无记录亦未照相。李济他们只好在距原挖掘地点三十米处挖了少量几个试验坑。才开工十几天，就传来土匪即将到达的消息，他们的工作不得不就此中断，于10月24日停工，撤离了新郑。

虽然这次新石器时代遗存的考察因兵荒马乱而成了一趟参观旅行，但李济还是在城墙内的东南角发现了被挖掘工丢弃的一个埋葬在木匣子中的人骨。经询问获知，这木匣子中的人骨是挖掘工随同青铜制品一道出土的，他们送给上月曾来这里的美国人毕士博看，他只拿走了几块，剩下的这些，嘱咐挖掘工们要小心保管，说还要回来看，但毕先生并没有回来，挖掘工们也不知这些人骨有何用途，便当作弃物扔到那里了。①

李济与毕士博的交集便因这些新郑出土的人骨而发生。当时天津还没有可以测量古人类骸骨的机构，李济便选择了北京协和医学院解剖实验室，当作对从新郑拿回的这些人骨进行观察和测量的中心。第一次到该实验室，李济和毕士博没见面，但喜获毕士博托实验室的许文生博士转送他的一块下颌骨和枢椎。第二次，两人也许事先约好，毕士博亲自到实验室看望李济，并带给他五个肱骨、右股骨和颈椎。第三次，李济到毕士博的工作室，从一堆收集到的杂乱骨中挑选出来一些有用的进行测量，从而完成了他的论文《新郑的骨》；同时也让毕士博见识了丁文江向他介绍李济是“今日中国最佳心灵”的真模样。②

毕士博服务的美国史密森研究院是个什么机构？他到中国究竟想进行什么活动？在此，有必要将史密森研究院和毕士博本人的情况介绍一二。

1846年，史密森研究院在英国绅士史密森（1765—1829年）捐赠给美国政府的一笔遗产上成立，其宗旨是促进“人类之间的知识增进与散播”。

① 李光谟：《新郑的骨》，《李济与清华》，第4页，清华大学出版社1994年。
② 同上，第14页。

十九世纪四十年代至五十年代间，该研究院积极参与了联邦政府策动的一系列科学调查与探险活动，如1852—1854年间的日本探险，1853—1856年间的北太平洋探险，等等，借此收集了大量博物学和民族学标本，从而跃升为美国首屈一指之“国立博物馆”，从而也以博物学研究与博物馆管理闻名。史密森研究院之所以在二十世纪决定涉足中国考古学，得益于底特律富商与艺术品收藏家弗利尔（1854—1919年）。1906年，在总统罗斯福（1858—1919年）的撮合下，弗利尔决定死后将其艺术收藏捐给国家（1906年时已逾两千件，至1919年弗利尔过世之际已累积至三万件，其中以东亚和中国古物以及中国元代之前的艺术品为大宗），由史密森研究院负责管理。由于史密森研究院自设立以来的研究重心是博物学，弗利尔又允诺将协助该院建立一座能与波士顿美术馆、纽约大都会美术馆等收藏展览机构比肩齐驱的艺术馆。至其1919年过世之际，弗利尔前后捐了一百五十万美元作为该艺术馆之建造经费，并在遗嘱中详列“弗利尔艺术馆”的使命，除了系统地展示其收藏，让美国民众能体会东亚艺术之美外，还规定，该馆每年得自其遗产中取出十万美元以为该馆“远东文明”的研究经费，透过具体的研究、调查与出版，以促进美国民众关于“美的高度理想”的理解。①

就是在这样的前提下，1881年出生于日本，1913年获得哥伦比亚大学人类学硕士学位，1913—1914年在哈佛大学匹巴迪考古学与民族学博物馆受过考古学训练，1915—1917年以宾夕法尼亚大学考古与人类学博物馆东方部副主任的身份领导过在中国考古的毕士博，于1921年转投弗利尔艺术馆并任副馆长。而史密森研究院聘任毕士博的首要任务便是组织并主持该院自1846年成立以来的首次中国考古探险，让弗利尔艺术馆能在“对远东具有高昂兴趣的美国博物馆圈中”不至于落后，甚至取得领先。

1922年，毕士博加盟史密森研究院的第二年，该院正式涉足考古、美术、汉学等人文社会科学领域，欲在“中国”这个场域中，与波士顿美术馆、纽约自然历史博物馆、芝加哥菲尔德博物馆、宾夕法尼亚大学考古与人类学

① 洪广冀:《中国即田野——毕士博及中国于二十世纪初期美国学术界的地位》,《新史学》，第30卷1期，第133页，2019年3月。

博物馆等在“美国之东亚艺术收藏的黄金时代”取得先机的机构，一较长短。

1923 年 2 月初，毕士博与董光忠自华盛顿起程来华，所承担的任务有三：

一、与中国政府和学者建立合作与互信关系。

二、与中国科学机构或个人合作，合法地开挖中国的考古遗址，并将部分所获运回美国，交由弗利尔艺术馆与波士顿美术馆典藏。

三、在两年的时间内完成前述任务，且花费得控制在六万美金以内。

董光忠，湖北宜昌人，曾担任过一位英国海军军人的仆役，能讲一口“相当好的洋泾浜”，毕士博代表宾夕法尼亚大学考古与人类学博物馆在中国考古时于成都认识他并雇用为翻译。毕士博无功而返时，把董光忠带回美国宾夕法尼亚大学学习英文。

这一次来到北京，由于中国的社团与外国科研机构的合作已有先例可循，毕士博所主持的“史密森研究院中国考古考察”的协商活动，进展得相当顺利。但也只完成了史密森研究院交付给他的两大任务的其中之一，即与中国政府和学者建立合作与互信关系，而最为重要的一项“与中国科学机构或个人合作，合法地开挖中国的考古遗址，并将部分所获运回美国”却不时受挫。

1924 年 10 月，毕士博休假返美，翌年 3 月返回北京。为了应付迅速开展的业务，他在北京东城租下大羊宜宾胡同 19 号院作为团队的总部，还准备建一座具有规模的图书馆、实验室与暗房。在人员编制方面，除了中文名为文礼的密歇根大学毕业生与董光忠和他的兄弟董光廉，毕士博还找到了加州阿拉梅达医学图书馆的首席图书馆员福尔斯寇特女士担任“专业的文书员”，以协助他准备建立图书馆及处理记账、报账等烦琐的业务。

毕士博在与李济的交往中，深知丁文江所评价的拥有“今日中国最佳心灵”之李济对于落实史密森研究院计划的重要性，目前这位“中国最佳心灵”所缺乏的只是“更广阔的经验”，只要弗利尔艺术馆能把这一弱项补上，有朝一日李济势必会成为中国考古界的领袖人物。于是，毕士博决定招募李济加入自己的团队。1925 年 3 月 2 日，毕士博与李济在天津相遇，闲聊中，毕士博趁机询问李济加入其团队的意愿。返回北京的 3 月 12 日，毕士博向

毕士博在北京史密森研究院

李济捎去一信，正式提出邀请。他在信中强调：李济的加入不仅能促进考古学于中国的生根与发展，而且对中美政府与人民的相互理解更有推波助澜之功。并且表示，他已与弗利尔艺术馆的负责人就李济的薪金交换过意见，可以保证史密森研究院绝对不会亏待李济。此外，毕士博还强调，若李济愿意，史密森研究院将会负责出版李济的研究成果——考虑到史密森研究院的国际知名度，以及该院出版物的知名度，这将会是李济迈入国际知名学者的一个大好机会。最后，毕士博向李济承诺：如果有意赴欧美等重要考古机构进修，他会向史密森研究院推荐，让李济得以在进修过程中享有足够的财政与行政支持。1925 年 3 月 16 日，李济回信毕士博："对于未来的工作与更多关于这个计划的合理性，我需要跟你多加讨论细节，我理解这是一个可以实现我计划的有利的机会；然而，我们在进入这个讨论前，我应该让这个计划更为清晰。我相信这也是你所希望的。"①

李济之所以没有立即答应加入毕士博的团队，与弗利尔艺术馆要将发掘

① 洪广冀：《毕士博、李济与"中国人自己领导的第一次田野考古工作"》，《历史语言研究所集刊》，第 92 本第 4 分册，第 801 页，2021 年。

出的部分艺术品运回美国，由弗利尔艺术馆典藏有极大的关系；也与坊间传说的陕西礼泉唐太宗昭陵大型浮雕石刻“昭陵六骏”之“飒露紫”和“拳毛䯄”在1914年时被毕士博盗走有关，但从典藏于宾大博物馆的毕士博相关史料来看，尽管毕士博于1915—1917年的确以宾夕法尼亚大学考古与人类学博物馆东方部副主任之身份前往中国考察与收购文物，但他与两骏的流失毫无关联，不过是写了一篇文章介绍这批宾大博物馆购自卢芹斋手中的珍贵馆藏而已。

一个月之后，李济又接到一个邀请——1925年，从北洋政府外交部参事任上转到清华学校当校长的曹祥云（1881—1937年，字庆五，浙江嘉兴人，哈佛大学商业管理硕士），决定成立国学研究院。时任清华学校国学研究院筹备处主任的吴宓（1894—1978年，陕西泾阳人，哈佛大学文学硕士，国学大师、中国比较文学之父）决定聘请李济前来讲授人类学。4月20日，吴宓去找教育长张彭春（1892—1957年，天津人，哥伦比亚大学文学硕士），商谈聘请李济之事。次日，吴宓即去见校长曹祥云谈聘任李济任教国学院事。[①]

李济接到毕士博邀请他加入史密森研究院旗下的弗利尔艺术馆学术团队的信后，本来就很踌躇，此时又得到清华国学院的邀请，越发难断，便去找学问渊博、见解超人，做事很有决断的丁文江请教。丁文江答复他说：“一个从事科学工作的人，如果有机会亲自采集第一手的资料，切不可轻易放弃这种机会；教书这项工作早点晚点去做，是没有太大关系的。”至于李济所说的不知该如何与外国人共事，丁文江告他说：“最要紧的直道而行，自己觉得有什么应该先说明的条件，尽量地预先说明。”[②]

李济听完丁文江一席谈，便给毕士博正式回了一封信，确认他将加入弗利尔艺术馆在中国进行田野考古的这个团队，但有两个前提：一是在中国做田野考古，必须与中国的学术团体进行合作；二是在中国发掘出来的文物，

---

① 吴宓著，吴学昭整理：《吴宓日记 1925—1927》，第17、19页，生活·读书·新知三联书店1998年。

② 李光谟编：《我与中国考古工作》，《李济与清华》，第162—163页，清华大学出版社1994年。

必须留在中国。当时，毕士博并没有立即给他回答，差不多隔了两个多月后，李济才收到毕士博的回信。信中说：“你的条件，我们知道了，我们可以答应你一件事，那就是我们绝对不会让一个爱国的人，做他所不愿做的事。”这个答复令李济很满意。

4月26日，李济前来吴宓处，表示愿意就聘清华国学院特别讲师。但他说，还需与毕士博函商后，才能最后决定。经与毕士博协商，李济于1925年6月16日起正式成为史密森研究院之中国考古团队的一员，月薪三百墨西哥银圆。为了工作近便，李济辞去了在南开的教职，改以兼任的身份在清华学校国学研究院教授考古学。李济之所以加入毕士博的团队，还有一个他自己的观察：毕士博不是那个已死去的寻常的古董收集者弗利尔，他注重的是科学的考古；而他所代表的美国史密森研究院的那句格言的真精神——“为了知识的增进”，也打动了李济。以后的事实证明，毕士博也确实是一个以考古材料做学问的人。1933年12月，毕士博在英国享誉世界的考古学专业杂志《古物》上发表了《山西之新石器时代》（即西阴村考古发掘报告）；1934年7月，又有一文刊发在《太平洋事务》季刊上，题目叫《远东文化之原始》（1940年，毕士博的这篇文章被英国的《古物》杂志转载）。这两篇文章的中心思想是中国的新石器时代文化与欧洲的新石器时代文化相比显得非常贫乏，基本上来自西方和北方，没有任何成分是中国人自己发明、发展的。《山西之新石器时代》一文的大意是“中国新石器的成分大多是外国已有的。譬如家禽家兽，在欧洲有牛、山羊、绵羊、猪、狗，在中国只有猪和狗；家禽之中，鸡来自缅甸，麦、黍也都不是中国的东西”。而《远东文化之原始》一文的主要观点是说：“如果把北极附近地带画出一个圆圈，可以看出里面有几种共同的文化，如穴居，复合弓；中国的这些，都是来自北方的。青铜时代的车战、版筑，在西方早于中国一千多年便有了。”1934年，时已考取留美考古生的夏鼐，在读过毕士博刊发在《太平洋事务》上的这篇关于中国上古史的论文后，颇有感受：毕士博以为中国之南北方发展不同，北方旧石器时代的人种，已不能详；新石器时代之人，则为今日华北的人种。其文化来源，似由西而东。其后之殷墟铜器时代，似亦由西方输入，其时约公元前 2800 年，巴比伦及埃及亦有中亚细亚人的侵入，麦及牛、马、羊，似皆由此种人输入。在中国之新石器时代，仅有豕、犬及粟也。其后之周秦，亦皆由西方侵入。南方一方面接受印度之“米”“水牛”等文化，一方面又大量接受黄河流域之文化。其与北方之接触先后，似推巴蜀最早，楚次之，吴越最后。秦代与楚争，犹西方之罗马与迦太基之争。秦胜，又综合南北文化，建一大帝国。“此文虽仅寥寥 20 余页，颇耐深思。”①

李济对毕士博的这种中国新石器文化完全来源于西方的观点当然不能认同。他在 1954 年 1 月 11 日纪念蔡元培先生八十七诞辰会上的学术讲演中说：“中国文化之常常接受外国文化，是没有疑问的，而且是中国文化的一大优点：能接受才能发展。另一方面，如果一个文化的内容全是外来的，则它在世界的文化史上，却也不能占一个重要的地位。”李济说，毕士博用家畜为例，是一个很不幸的例子。毕士博立论的根据，是 1933 年以前安特生所作一般性的说明，这种根据甚为薄弱。而山东城子崖发掘出来的兽骨，都是经过专门的鉴定的，其中不但有牛、羊，而且有马。最足以证明中国新石器时代有牛的，是城子崖下层出土的占卜所用的牛肩胛骨。在毕士博文章发表的前后，史语所考古组曾送请德日进和杨钟健两位鉴定，鉴定的结果证明不但有牛有羊，在安阳附近还有很多的水牛和新种的殷羊；这种水牛和殷羊，已有古生物标本证明，完全是在华北完成其豢养的。关于“麦子”是不是由中国之外传来的，李济认为毕士博可能是对的。因为甲骨文里的“麦”字就是“来”字，证明麦子是外来的；但当时中国人是吃稻子还是吃小米的，是不容易确定的，仰韶时期已有稻子发现，中国的小米历史还不能说定。针对毕士博《远东文化之原始》一文中的说法，李济更是举了任何有偏见的科学家也不能不承认的完全是中国本土文化的三个东西来进行反驳：这三个东西一是骨卜，二是丝蚕，三是殷代的装饰艺术。

第一件，李济举出的是骨卜的例子。他说：“在与殷商同时或比殷商更早的文化，如美索不达米亚、埃及以及较晚的希腊、罗马，都是绝对没有的，

① 夏鼐：《夏鼐日记》，卷一，第 267 页，华东师范大学出版社 2011 年。

但在历史期间，即遍传于小亚细亚、欧洲与北非。”

第二件是丝蚕。“中国的丝蚕业，清清楚楚，传入西方的时间最早在汉初的先后。据考古学的发现，中国本土，公元前1000年的商代，不但在文字里看得见它的存在，而且还发现过丝制包裹的遗迹。在山西西阴村的彩陶文化遗址里，我个人曾发掘出来半个人工切割下来的蚕茧。1928年，我把它带到华盛顿去检查过，证明这是家蚕的老祖先。蚕丝文化是中国发明及发展的东西；这是一件不移的事实。”

第三件是殷代的装饰艺术。“殷代的装饰艺术，铜器上的，以及骨器和木雕上的，聚集在一起作一个整个的观察，完全代表一个太平洋沿岸的背景。在艺术的观念、装饰的方法和匠人的作风上，代表很早的太平洋一个传统。它向东北经过阿拉斯加传入北美西北海岸，向南传入现代太平洋的诸群岛，这些都没有西方影响在内。”

李济在演讲的最后说：“这三件，外国人讨论东方文化时，只管可以不提，却不能不承认是远东独立发展的东西。骨卜代表当时精神生活的一部分，蚕丝代表物质生活的一部分，而装饰艺术代表他们的艺术生活。这三件东西，整个来看，代表一种自成一个单位、具有本体的文化；它以本身的文化为立足点，接受了外国的文化，正表现着它优美的弹性。”①虽然李济并不同意毕士博诠释中国古代文化的观点，但对他为中国田野考古争取到史密森研究院长达五年的项目资金还是十分感谢的。

5月17日，为表谢意，李济特在北京中央公园来今雨轩设宴，感谢曹云祥、吴宓和毕士博。席间，毕士博谈起他想建造一座图书馆时，曹云祥劝其不妨把图书馆建在清华园。7月11日，曹云祥设宴于清华园工字厅，张彭春和吴宓作陪，欢迎王国维、赵元任就任清华国学院教授，李济就任讲师。

1925年秋季，李济开始登上母校清华的讲台，梁启超、王国维、陈寅恪、赵元任四大教授则是他的学长。国学研究院的基本理念是用现代科学的方法整理国故，李济所开过的课程有“古生物”和“人文学”（人种学或民

---

① 许倬云主编：《中国上古史之重建工作及其问题》，《中国上古史论文选辑》（第一册），第3—5页，国风出版社1965年。

1925 年冬，李济任教清华后，与“四大导师”之王国维、梁启超、赵元任合影（前排左起）

族学）；“普通人类学”与“人体测量学”，指导范围则为“中国人种考”“各省城墙建筑年月考”以及“各省废城考”。1927 年讲授“考古学”。除人类学的课程外，李济还任清华历史系教授。一般人都知道李济是考古学家，不少人也知道李济是人类学家，但知道李济还是历史学家的则不多。在清华国学研究院期间，李济指导的研究生是吴金鼎（1901—1948 年，字禹铭，山东安丘人），他后随李济参加了章丘城子崖和殷墟发掘，由他所发现的龙山文化，为中国史前考古的重大成绩。吴金鼎的英文非常好，后到英国伦敦大学留学，获得考古学博士学位，不幸英年早逝。

李济的加盟，给了业绩乏善可陈的毕士博以极大的信心。为了由他主持领导的考古考察和发掘能有一个突破性的成果，毕士博组织了一个每逢周一举行的午餐会，邀请诸如北京协和医院解剖部门的体质人类学者史蒂文森（1890—1971 年），曾在阎锡山的批准与协助下遍游山西西部、治外法权委员会的耶卡布斯等人与李济座谈，以激发李济的田野考古构想。1925 年 12 月下旬，李济有了到山西南部汾河流域的想法。1926 年 1 月 21 日的午餐会中，李济和毕士博交谈，觉得前往汾河流域探勘的时机已然成熟——只是他“无法确保往石家庄的交通顺畅”，特别是因为 1925 年 12 月，国民军的建国豫军樊钟秀对山西进行无端的攻击，导致随后阎锡山军队的反击，现正把持住娘子关；国民军被打败后，“也正愤恨着他们的失败，将各种障碍放在往太原之旅人的路途上，而北京—汉口铁路上的火车又少得可怜，订票全得受托才有”。不仅如此，李济还表示，“就算是事先买了票的人也可能发现火车上塞满了军人，还拒绝让他们上车”。随后，李济告知毕士博，“从石家庄借道是已不抱持希望”——“唯一的机会是先至大同府，然后再到太原，有可能的话是用大客车，不然就是中国式的拉车”。在了解了李济的计划后，毕士博便联络耶卡布斯，因为治外法权委员会预计前往太原考察监狱系统，耶卡布斯与其团队会有一班特别列车，而李济似乎可搭顺风车前往太原。不过后来军方拒绝让该团队通行，无疾而终。一直到 2 月 1 日的午餐会，北京至太原的交通问题才得到初步解决。李济告诉毕士博，他有位与军方关系良好的亲戚，正准备搭乘一班“特殊列车”前往石家庄，他准备一同前往。①

除了交通外，李济也自行办理了此次田野考察的诸多要务：

> 清华学校校长曹云祥先生欣然同意给予合作，他以校长的名义给阎锡山省长写了一封信，商妥同意我去山西南部旅行。在这同时，恰巧中国地质调查所正要派袁复礼先生到同一地区进行地质学的田野调查工作。袁先生是一位富有经验的地质学家，他曾经和安特生一道在甘肃考察了两年，对史前考古学极感兴趣。这样我们就决定结伴同行。②

与李济同来山西南部汾河流域进行考古调查的袁复礼（1893—1987 年），河北徐水人，生于北京，1913 年考入清华学校高考科。1915 年赴美国深造。先入布朗大学，1917 年转入哥伦比亚大学地质系，1920 年获硕士学位。1921 年回国，在北洋政府农商部地质调查所任技师。1921 年 10 月 27 日至 12 月

① 洪广冀：《毕士博、李济与“中国人自己领导的第一次田野考古工作”》，《历史语言研究所集刊》，第 92 本第 4 分册，第 805—806 页，2021 年。

② 李济：《山西南部汾河流域考古调查》，《中国早期文明》，第 111 页，上海人民出版社 2007 年。

1日，袁复礼参加了由农商部矿政顾问、瑞典地质学家、古生物学家、考古学家兼地质调查所陈列馆馆长安特生（1874—1960年）组织的河南渑池县仰韶村考古发掘。1923年，安特生将发掘成果的研究所得，写了一本题为《中国的早期文化》的书，袁复礼将其节译成中文，并把标题改为《中华远古之文化》，在地质调查所主办的《地质汇报》第五号第一册上刊发。安特生在书中首次提出“仰韶文化”这个概念，证实中国远古存在着较为发达的新石器时代，打破了“中国无石器时代”的观念，“仰韶文化”遂成为中国考古史上第一个被命名的远古文化体系，揭开了我国研究新石器时代的第一页。安特生还比较了“仰韶文化”与中亚的“安诺文化”（土库曼斯坦铜石并用时代的彩陶，即新石器时代与青铜时代间的过渡期）和“特里波列文化”（公元前四千纪初期至前三千纪末期的遗址，位于乌克兰基辅五十公里处的特里波列村附近）彩陶的异同，提出彩陶从西向东传播的假说。“中国古史亦常有西方种族屡次东迁之说，吾人就考古学上证之，亦谓此著采之陶器，当由西东来，非由东西去也。盖据郝伯森氏云，浩鲁氏已证明巴比伦在西历纪元前三千五百年即有多彩陶器。然仰韶陶器，有与三代铜制鼎鬲相逼似者，且当时陶工已用磨轮，皆足证明其时代与中国有史之时相去不远，当在去今四五千年前之间，是即远在巴比伦之后。如果流传，则必自西东传矣……因仰韶遗址之发现，使中国文化西源又复有希望以事实证明之。然欲完全解决此问题，为日尚远。是在考古学家、人种学家及言语学家通力合作，去固执之成见，为诚实之讨论，庶能渐达真理。”[①] 为了验证他的这一假说，找到西方文化向东方传播的证据，1923—1924年，安特生又在他设想的西方文化经新疆传到中国东部必经的道路——甘肃和青海寻找中国史前的文化遗存。在黄河的支流——西宁河流域发现了彩陶；在洮河流域，发掘了多处文化遗址和墓葬。1925年6月，安特生在《地质专报》甲种第五号上发表了《甘肃考古记》，李济为该文所附载加拿大解剖学家、人类学家步达生（1884—1934）的《甘肃史前人种说略》一文作了中译。安特生在“导言”中不无自

① 安特生著，袁复礼节译:《中华远古之文化》，第28—29页，文物出版社2011年。

豪地说："此次甘肃考古为期两年，足迹所涉，几至甘省大半。所得结果，颇出意料所及。盖不仅器物丰盈之仰韶纪遗址，为吾人所获，而多数前古未闻之重要藏地，亦竟发现。其中完整之彩色陶瓮多件，类皆精美绝伦，可为欧亚大陆新石器时代末叶陶器之冠。"相较于《中华远古之文化》，安特生在《甘肃考古记》中，对中国文化"西来说"更为坚定，认为"西来说"是"已经考证之事实也"。对于安特生的这次西北考古活动，时在伦敦大学留学的夏鼐评论道："安特生之考古工作，以沙锅屯所作最佳，仰韶村次之，至于甘肃的考古工作，仅代博物院购古董而已，无科学精神可言。"[①] 在跟随安特生的这次考察发掘活动中，袁复礼在甘肃武威臭牛沟发现了丰富的海相化石，其中有许多新的种属，对中国石炭纪地层的划分和古地理研究作出了重要贡献。与李济进行完夏县西阴村的考古发掘，袁复礼又参加了一年之后的中瑞合作进行的"西北科学考察"活动，新中国成立后主持"夏墟"考古的徐旭生任中方团长。1929 年考察团回到北平休整后，进行第二阶段的考察活动时，袁复礼便代徐旭生代理中方团长。在此次长达五年的考察发掘活动中，袁复礼共采集了七十二具爬行动物化石，不仅有中生代白垩纪、侏罗纪和三叠纪的，而且有古生代晚二叠世的，这在当时是轰动中外的重大发现。他所采集到的这些宝贵的古动物和古生物化石，后被命名为"袁氏三台龙""袁氏阔口龙"和"袁氏珊瑚"。其后，因对中国二叠纪、三叠纪陆相地层和古脊椎动物的研究，袁复礼于 1934 年获得瑞典皇家科学院的"北极星奖章"。李济首次田野考古，有了袁复礼这样一个田野考察和考古发掘经验丰富、待人宽厚、合作精诚的伙伴，真是上天赐给他的必定能成功的礼物。

1926 年 2 月 5 日，李济和袁复礼从北京起身，2 月 7 日抵达太原。阎锡山因要务在身无法接见他们，由其秘书代为接见。秘书告诉李济：省长已经下达汾河谷地一带的行政机关，要他们全力配合你们的探勘工作。

李济一行在 2 月 9 日离开太原，沿汾河流域边走边看，于 3 月 17 日到达运城，18 日进入县城，19 日开始寻访传说中的舜帝陵墓，途中又看了运

① 夏鼐：《夏鼐日记》，卷二，第 4 页，华东师范大学出版社 2011 年。

城的一些庙宇。李济此行，还带了一部清光绪十八年（1892 年）由山西巡抚曾国荃、张煦等修，王轩等山西名儒编纂的《山西通志》，所以当他看见这些庙宇的石柱便知以前是魏惠王（前 370—前 319 年）宫殿的柱子。又经询问，得知这些柱子是从安邑县南一座古城的废墟中发现的，有几根现在用在城隍庙和后土庙的大门口上。城隍庙的石柱引起李济极大的关注，观看得也细："大门口有两根六角形的、雕着蟠龙的柱子。左边的一根特别引人注意。龙攫住两个纯粹希腊面型的人头：卷发，精雕细刻的鹰钩鼻，小嘴，后削的脸颊。一个吐舌的人头被龙嘴衔着，另一个人头则被一只后爪抓住。这是一件非凡的精致的石雕作品，布局奇妙，线条绝美。右边石柱的工艺就很差，显然不是出自同一匠人之手。"[①]

此后两天，李济共看了二十八根石柱，但他感觉多数是拙劣的摹制品，对为数不多的精美品，也不敢妄加断定，认为也可能是古代的标本，制作年代较早，至于究竟为哪个时代的，只有把运城这些很值得进一步详细考察的文物考察过了，才能判明。

在安邑县城西北一片平阔的平原当中，李济看到了没有任何天然屏障挡住任何一方的"风水"的，且外貌与平阳的尧陵全然不同的舜陵。他早先看到的关于舜帝陵墓的资料，有半数提到其位于苍梧（古地名，一说在山西运城，一说在湖南醴陵九嶷山），但他看了《山西通志》上的张京俊的《舜陵辨》，认为张京俊非常有说服力地论证了舜帝陵肯定在安邑。但这个问题跟有关尧陵的问题很相像，因此也要按详细考察的方式来寻求答案。

当天晚饭后，李济他们又参观了运城县城。在县城的宫观里，他又看到了一些龙柱，传说出土的一些柱子来自离安邑县南门不到一里路的一座古城。旧城墙留下的残迹依然可见。不过，李济认为这里即便原来是古城，它也实在是个很小的城，面积约 400×250 码。可是不管怎么说，它有可能是一个古代建筑的遗址。

① 李济：《山西南部汾河流域考古调查》，《中国早期文明》，第 116 页，上海人民出版社 2007 年。

李济和袁复礼于3月22日到达夏县——传说中的夏朝王都。所有夏禹之后的夏朝帝王和大臣的陵墓他都寻访了，但他无法从外表上判断这些陵墓肯定是或者不是禹王后裔的陵墓。因为这些陵墓看起来都像是普通的坟冢，只不过比普通的坟冢稍大了一些。

李济和袁复礼还寻找到了史书所载的“禹都安邑”的禹王城：

> 禹王城，在西阴村西南三十五里，是一个封闭的盆地，沙沉极深，地下水平线极低，地面带碱；相传这地是禹王的都城。要是这传说不是完全无根据的，这左近的水道在先前必定又是一样。①

3月24日，李济和袁复礼在寻访夏代帝王陵墓的途中意外地发现了西阴村史前遗址。“当我们穿过西阴村后，突然间一大块到处都是史前陶片的场所现在眼前。第一个看到它的是袁先生。这个遗址占了好几亩地，比我们在交头河（注：3月5日，李济在浮山县发现交头河遗址，这是他们此行在山西南部找到的第一个仰韶时期遗址）发现的遗址要大得多，陶片也略有不同。”② 李济和袁复礼在西阴村共采集了84片陶片，其中带彩的有14片。这些陶片的发现令他们兴奋不已，遂决定把陶片带回北京研究，并将西阴村定为考古的发掘地。为什么要选择西阴村为发掘地点？李济在《西阴村史前遗址的发掘》报告中说：“……选择西阴村这个史前遗址，主要是因为覆盖的面积比交头河遗址为大；部分地也是由于它的位置正处在传说中夏王朝——中国历史的开创时期的王都地区的中心。”③

当然，随着田野调查的发现和发掘，李济也有了以西阴村发现的这些彩陶验证一下安特生的中国文化“西来说”是否确切的想法。

李济与袁复礼于4月6日返回太原，15日抵达北京。不过，正当毕士博

① 李济：《西阴村史前的遗存》，《中国早期文明》，第147页，上海人民出版社2007年。
② 李济：《山西南部汾河流域考古调查》，《中国早期文明》，第117—118页，上海人民出版社2007年。
③ 李济：《西阴村史前遗址的发掘》，《中国早期文明》，第149页，上海人民出版社2007年。

准备与李济面谈时，李济却因伤寒与肺炎，卧床不起。毕士博去看望时，李济的高烧届四十摄氏度，已经认不得他了。经过一个多月的医治，李济逐渐康复，5 月 26 日，随即在医院中给毕士博写了封信，表示他已经迫不及待想回到夏县，开挖深具学术价值的西阴村考古遗址。为了早日发掘，李济还写道，他想安排毕士博与清华学校的校长曹云祥会面，以便为可能的合作交换意见。

毕士博在看到李济的信和《山西南部汾河流域考古调查报告》后，他坚信，如果要在中国找到一个能全心认同且愿意实践史密森研究院之“为了知识的增进”座右铭的学者，这个人非李济莫属！之所以如此认为，是因为毕士博从这份调查报告中清楚地看到了李济在知识上的诚实，一有新的证据出现，他就会随时修正，甚至是丢掉他之前的想法，而他热切追求知识是为了知识本身。

李济和袁复礼沿汾河流域所进行的考古调查，直接催生的果实便是史密森研究院对西阴村发掘项目资金的落实。当李济觉得自己可以再出门的时候，即与毕士博商量与清华学校合作进行这件事。最终，毕士博代表弗利尔艺术馆同清华校长曹云祥达成了夏县西阴村考古发掘合作条约，最主要的有四条：

一、考古团由清华国学院组织。

二、考古团的经费大部分由弗利尔艺术馆负担。

三、报告用中文英文两份：英文归弗利尔艺术馆出版，中文归清华国学院出版。

四、所得古物归中国各处地方博物馆；或暂存清华国学院，俟中国国立博物馆成立后归国立博物馆永久保存。

此外，清华国学院又答应袁复礼先生工作时的薪金；其余的用款都是由弗利尔艺术馆捐助。①

尽管与清华的条件并没有史密森研究院所期待的平分发掘所得，但毕士

① 李济：《西阴村史前遗址的发掘》，《中国早期文明》，第 125 页，上海人民出版社 2007 年。

博认为，这是微不足道的小事。他所在意的是西阴村的发掘可以显示北京学术社团足以接受这样一个纯科学、与经济无涉的研究活动。

9 月 26 日再出发，除了李济和袁复礼，他们这一路还多了一位读写能力都相当不错的勤杂人员（原为李济父亲的人力车夫），28 日抵达太原。由于此前发生了安特生将三万余件古物和标本带回瑞典的事，李济与袁复礼在拜会诸多官员和人士时，颇费了不少口舌，说他们此次开挖西阴村遗址，是清华国学院和美国史密森研究院的合作项目，不会出现出土物品运到美国的事；他们也不是安特生团队的人；等等。

10 月 1 日，李济一行离开太原，十天后抵达夏县尉郭镇（现为乡）。10 月 10 日至 12 日，李济和袁复礼两人花了两天的时间拜会县长，县长通知了镇长和村长，李济也取得了可以开挖的介绍信。抵达西阴村后，他们即“相当舒适地驻扎在西阴村长的办公室中”。李济在给毕士博的一封信中写道：“到目前它是个平顺的航行……我也感觉不到未来会有什么风暴……我希望，如果每件事都没出差错的话，几天后我们应该可以动手发掘。”①

原本计划到宜昌开挖董光忠亲戚土地上的大型古墓的毕士博，由于“新的独裁者蒋介石领军”的“广东势力”拿下汉阳与汉口，之后包围武昌，受此影响，往南的火车随即停驶，宜昌的挖掘计划只得暂且搁置。于是，毕士博决定前往西阴村，“紧跟上李博士的脚步”②。

10 月 15 日，李济挖下了中国学者自己主持的科学考古的第一锹。这一锹落在了山西，落在了离“禹都安邑”的禹王城仅仅十六里的西阴村。

毕士博显然没赶上李济挖下的这第一锹。当他抵达西阴村的时候，李济与袁复礼已经掘出似乎是“旧石器起源”的彩陶，毕士博十分激动。他在给弗利尔艺术馆馆长罗纪的信中写道：“至目前为止，彩陶出土的时代均属新石器时代晚期，或说‘铜石并用时代’，如果西阴村遗址属于旧石器时代，这意味着彩陶已经存在了几千年，且在最复杂的地形、气候与无疑的异族影响

---

① 洪广冀：《毕士博、李济与“中国人自己领导的第一次田野考古工作”》，《历史语言研究所集刊》，第 92 本第 4 分册，第 814 页，2021 年。

② 同上。

1926 年 10 月，西阴村考古发掘现场（李济、袁复礼摄）

下，未经历多少变化。”关于李济掘出的石器，毕士博猜测，“可能除了那似乎是箭头的对象外，我所看到的石器碎片，如不是新石器时代的对象，便有可能是在加热以后把水烧滚时裂开的石头碎片”①。

11 月初，因瑞典王储、东亚考古和艺术鉴赏家古斯塔夫·阿道夫（1882—1973 年）及王妃刘易斯将到太原访问，毕士博离开了西阴村，回到太原参加迎接及陪同参观文物古迹的活动。在此之前，为了迎接瑞典王储，北京学术社群预计在 10 月 22 日举办一场盛大的欢迎会，筹备委员会已邀请毕士博于欢迎会上宣读一篇中国早期历史的论文，为了和李济在一起，毕士博婉拒了出席这个殊荣的场合。不过，他还是告诉安特生：“若没妨害田野工作的话，我会试着调整我的时程表，以便在王储陛下访问山西期间，我会在太原。”11 月 3 日，毕士博与瑞典王储的考古团队一同出发，驱车前往太原北方十英里处的一个新石器时代村落，整个下午，他们“满脸黄土地挑拣、发掘出不少早期陶器”，然而“皆为无彩绘且粗糙的器皿，饰以阴刻或更为寻常的篮子或织物饰纹，与我见过在美国印第安墓冢中得到的陶器很像”。当天，毕士博还给李济去了一封信：“我不需要告诉你，短暂地访问你的‘营地’是多么

---

① 洪广冀：《毕士博、李济与“中国人自己领导的第一次田野考古工作”》，《历史语言研究所集刊》，第 92 本第 4 分册，第 815—816 页，2021 年。

让人开心的事；也不需要告诉你，对你与袁先生正在做的事，我是多么的感兴趣。当你决定该是画下休止符、打包回北京的时刻，我预期，针对你的发现，我们会有相当有趣的讨论。”毕士博另外表示：“请务必让我知道，我要怎么帮你才是最好的，因为只有在总部与田野工作者间最完美的合作下，田野工作才能获得最大程度的成功。”[①]

毕士博离开西阴村后，密切关注着李济的发掘情况。11 月 8 日，李济自西阴村致信留守在北京总部的福尔斯寇特转毕士博：“我们在这里的工作相当顺利，而我们的发现——绝大多数为史前的——已经累积到相当规模。”并估计，他们至少还要一个月才能完成发掘工作。

11 月 13 日，李济再次致信毕士博：“我刚收到你从太原寄出的、日期为 11 月 3 日的来信。自你离开后，我们日复一日地发掘——仅有几天的干扰。我们掘出的陶片目前已累积到超过二十箱，但还没找到任何完整的陶罐。石器也相当丰富。我已经做了一张清单，列明精确的水平、位置与发现时间，数目已经超过六百件。许多都已经碎裂，但有些还保持着相当良好的状态，且完整度相当高。在这些石器中，有不少燧石的箭头，显示相当细致的工艺水平。也有不少的磨光的石器，惟大部分均处在碎裂状态。不过，我们并未找到真正的半月状矩形刀，而这对象在安特生的仰韶遗址中相当重要。我们的惊讶之一是，这个文化遗址中的人已经以箭头、矛头等形式来利用赤铁矿。将这些石器当成整体来看，石英与石英岩的使用最为普遍，其次是绿岩、石灰岩、砂岩与燧石。在较低的地层中，燧石器相对稀少。我们希望，在发掘结束后，能将这些石头材料的来处予以定位。”

在这封信中，李济还谈到其他发现——“存量也相当丰富的动物骨骼”“一具未发育的年轻人的骨骸”等。“你或许会感到惊讶，为什么我没就此遗址的性质说些什么？理由是我还没准备好。但我可以确定一件事：这是从石器时期留下的遗址。”“到目前为止，我们的工作进展得相当缓慢；我们是有意识地这样做的，因为我们要确定我们移开的每一寸泥土。从目前的工

---

① 洪广冀：《毕士博、李济与“中国人自己领导的第一次田野考古工作”》，《历史语言研究所集刊》，第 92 本第 4 分册，第 816—817 页，2021 年。

作状况来看，我可以说那已经是个成功。但我们决不因此自满。这个遗址相当大，而我们揭露的部分不过是九牛一毛而已。若仅基于这小地方的成果，我们便推断这遗址的性质，这将会是灾难性的。但我们不希望很急躁地探索整个遗址。我的信念是，若这一块区域能被充分地探索，其他部分会自然地展开。总之，这是个非常丰富的遗址，从中做出个大故事是相当诱惑人的——但我认为不去做这件事是比较科学的。”

11 月 19 日，毕士博从北京回信给李济，告知当李济的工作结束后，可以写信或拍电报给太原英国浸礼教会博爱医院的达特先生，然后报他的名字，达特就可以派汽车到夏县去接李济到太原。但是，要提前两周给达特写信，以便让他有个准备。最后，毕士博再次勉励李济：“务必跟我保持紧密的联络……目前看来，我们有绝佳的机会，可在今年冬天秀出个明确的成果。若我们可以做到这一步，我们的工作可在明年秋天在山西或其他地方持续下去……我的倾向是持续在你的‘中国的美索不达米亚’进行考古发掘，且把我们的经费与努力集中在那里。”①

西阴村是“中国的美索不达米亚”，这是多么富有刺激性的一个类比！

美索不达米亚是古巴比伦的所在，又称“美索不达米亚文明”和“两河文明”，是西方文明的源头。这个文明孕育出世界第一座城市和第一部法典，以及最早的文字和最早的学校，产生了人类最早的史诗与神话等等。1922 年，英国考古学家查尔斯·雷纳德·伍利（1880—1960 年）组织了大英博物馆和美国宾夕法尼亚大学联合考古队，对两河流域早期的乌尔城遗址进行了大规模的系统发掘，通过挖掘和对土层的检测，证实乌尔城最早的居住者起始时间为七千五百年前，到公元前 2300 年达到鼎盛。于是，乌尔城遗址的发掘成为当时最为轰动的考古事件。毕士博的这种比附，给了李济团队极大的鼓励。

西阴村的考古发掘工作一直持续到 12 月 6 日，取得了发掘超过两千多件古物的成果。除了陶片，还出土了不少石器、木块、骨器。相较于 1923

---

① 洪广冀：《毕士博、李济与“中国人自己领导的第一次田野考古工作”》，《历史语言研究所集刊》，第 92 本第 4 分册，第 816—817 页，2021 年。

年10月李济在新郑看过的“郑公大墓”挖出的那些春秋铜鼎、圆壶、方壶、编钟等，西阴村出土的这些质朴的史前陶片，对他来说更有质感和具有比较力——因为在此前，安特生在河南和甘肃发掘出的一批仰韶时期的器物，与西阴村有着一种什么样的史前文化间的联系，才是李济最希望看到的。他在《西阴村史前遗址的发掘》报告的“结论”里说：“比较西阴村与地质调查所陈列的甘肃的仰韶期出品，那西阴村的出品又细致得多。换一句话说，西阴村的陶人等到陶业发达到很高的程度方着手于加彩的实验，甘肃的陶人却在陶业尚粗糙的时候就加彩了。我们也可以说这就是甘肃先有带彩陶器的证据。这种解释也与那西方起源说暗合。不过我们还不知道那甘肃的做工是否到过西阴村最高的境界，那甘肃的不带彩的陶器的种类是否有西阴村的多。这两点要没有研究明白，那带彩的陶器的原始及移动的方向，我们不能确定。”①

12月14日，李济和袁复礼乘坐达特的汽车返回到太原。第二天，李济在太原的一家旅馆致信毕士博说：西阴村的考古工作已于12月6日结束，光打包就花了一周，总计有七十六箱的陶片、石器、动物骨骼、土壤样本等，由三台推车装运，以及十二匹强壮的骡子来拉。许多人没有注意到，李济在西阴村发掘出的“一块小的绿松石，贴着一块同样面积的黑石；这块半黑半绿的石片的用处是不很明了的，那黑石边有一个半透的小穿，大概是还没作成功的装饰品”。② 而这还没作成功的绿松石装饰品似乎比中科院考古队在河南偃师二里头3号墓坑出土的“超级国宝”绿松石龙形器要早多年。

李济在给毕士博的这封信中还坦承，这七十六箱的出土古物，有许多是不具备研究价值的无用残片：“如果我们有时间在田野做实验室工作的话，其中很大部分可能都可被抛弃——但正因为我们没有机会做这件事，于是决定把在这丰富的遗址上发现的东西全部带回。”李济在信的最后，还提前告诉毕士博，他准备给他一个惊喜，但不是现在：“我们在发掘期间度过了许多让人发颤的时刻，简直就是一个接着一个的惊喜，我相信我已经有了最重要的

① 李济：《西阴村史前的遗存》，《中国早期文明》，第142页，上海人民出版社2007年。
② 同上，第137—138页。

发现之一。我跟你保证，你会是第一个知道这发现到底是什么的人。但我希望把这个惊喜留到圣诞节——也就是我回到北京的时点——再跟你说……十天后见！”①

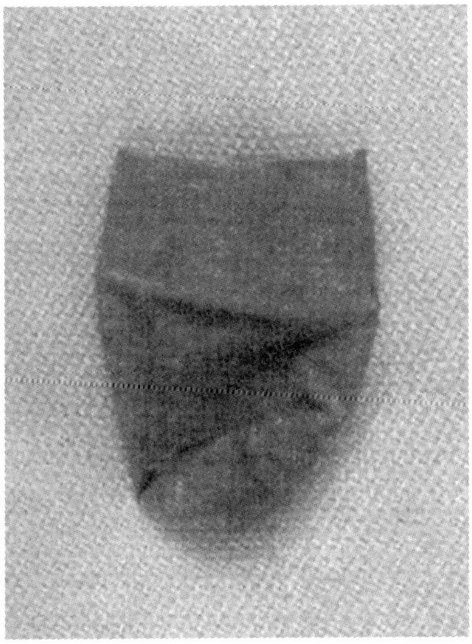
运城博物馆展出的日本学者布郎顺目以李济从西阴村发掘出的半个茧壳照片，按图样用丝线进行的仿制复原品

1926年12月24日，圣诞节前一天，李济与袁复礼回到北京。毕士博如愿收到了李济给他的“圣诞礼物”——“一枚被切成两半的蚕茧”。李济说：茧埋藏的位置差不多在坑的底下。它不会是后来的侵入，因为那一方的土色没有受搅的痕迹；也不会是野虫偶尔吐的，因为它经过人工的割裂。最初发现它的时候，我知道这意义很重大，就非要注意这件事。但是我没有找着第二个。据本地的传说，这一带的丝织业很古的。现在夏县城中还有好些织绸子的工场。但是这种工业代表一种畸形的集合，最为研究人文学的所注意。现在夏县丝织业的工人都是从河南来的，生丝也是一大半从河南买来，因为本地产的不够用，更可令人诧异的是织成的绸子都运到陕西甘肃去卖。所以夏县丝织的存在，一不是因为地方上的工人的灵巧，二不是因为生丝出得多，三不是因为本地的需用多。按经济的原理，这确是一个不可解释的现象。但是按着人文学的说法，我们可以把它当作一种“文化的遗留”看待。大概在很早的时候——早到什么时候那就难讲了——因为某种缘故，夏县的丝织业很发达。声名作老了，所以在那产生这种工业的缘故已经消灭后，它仍旧继续地存在下去。这件事也许与我们所找的茧壳完全无关，但是值得我们注意。假如我们根据这个性质未十分定的一个孤证来推定中国新石器时代蚕业的存在，我们就未免近于“妄”了。但是我们也要知道，这个发现替我们辟了一

① 洪广冀：《毕士博、李济与“中国人自己领导的第一次田野考古工作”》，《历史语言研究所集刊》，第92本第4分册，819页，2021年。

条关于在中国北部史前研究的新途径。中国有历史就有关于蚕业的记载；它是中国文化的一个指数，较之安特生所说的陶鼎与陶鬲尤为可靠。单就这夏县丝业存在的缘故，也值得我们过细地考求一番。[①] 毕士博说，“要是能证实该蚕茧与曾经生活在该区之史前人类间的关联，传说中‘中国古代即有相当发达之丝织产业的说法’，可能不是空穴来风”[②]。1927 年 1 月 10 日晚，清华国学院专门为从夏县西阴村考古归来的李济、袁复礼举行了一个茶话会，以庆祝由中国学者独立进行、清华国学院与美国弗利尔艺术馆合作进行的第一次考古发掘。清华大学教务长梅贻琦，出资方毕士博，四大教授梁启超、王国维、陈寅恪、赵元任和全院师生都参加了这场庆功活动，唯吴宓因回西安探亲，恰巧是 1 月 10 日起程，没有参加。吴宓于当日乘京汉线火车至石家庄，换乘正太路火车到榆次，再雇用人力车、骡车至西安。沿途所见“山西境内，田畴整治，城垣壮丽，野无盗贼，途少乞丐”，不由得发出赞叹：“不得不归功于阎督锡山也。”此种观感与李济到夏县西阴村考古发掘后所说“阎百川先生——在他的治下，我们安安静静地工作了几个月——不但允许了我们实验这科学的考古一个机会，并且给了这团体许多旅行上的方便。这都是我们应该鸣谢的”，都是相同的。那时的山西治安，较兵荒马乱的其他省份，确实有独到之处。

1 月 19 日，吴宓行至安邑县，作诗曰：

才过尧都近舜都，千年治道数唐虞。
执中已判国民性，教孝端为政术枢。
竟许蚍蜉伤日月，难凭揖让化征诛。
水深土厚高原迥，想见辛勤授典谟。
名山巨浸经行处，治水当时著禹功。
绝世勤劳民共感，千秋俎豆祭常丰。

---

① 李济：《西阴村史前遗址的发掘》，《中国早期文明》，第 138 页，上海人民出版社 2007 年。
② 洪广冀：《毕士博、李济与“中国人自己领导的第一次田野考古工作”》，《历史语言研究所集刊》，第 92 本第 4 分册，第 820 页，2021 年。

不明国史成欺罔，竟说前王等獭虫。

封禅莫讥方士技，诗人浪漫亦推崇。

吴宓的这首诗大赞尧舜禹的丰功伟绩，从帝位的揖让传贤，到大禹治水，天下为公；从尧舜禹不辞辛苦地传授《尧典》《舜典》《大禹谟》这些经典法言，到黄河之水，疏川导滞，任养万物，通天下之志，像黄土高原那样辽远无边，最终缔造了一个平安九州；而古史辨派，竟然说尧舜禹是条虫，自己不懂国史不说，还欺骗蒙蔽民众。要知道，即使像英国大诗人拜伦，对于封禅之事也是推崇备至的。从吴宓过安邑所作这首诗可以看出，以柳诒徵、文学家梅光迪、吴宓、植物学家胡先骕、哲学家汤用彤、地理学家张其昀、王国维、陈寅恪、哲学家贺麟等为代表的"学衡派"与"古史辨派"对待上古人物，有着多大的分歧。

欢迎茶话会开始，先由李济和袁复礼作了报告演说。李济首先说明选择山西为工作对象的动机，是《史记》上讲道："尧都平阳、舜都蒲坂、禹都安邑。"这些行政名城都在山西。接着说这次工作的有利条件，是难得和袁先生一起，一个学地质的，一个学考古的，两者都有相互作用。同时说及这次发掘不是乱挖的，而是严格地一层一层挖下去。这时，助教王庸（1900—1956年，江苏无锡人，后以《中国地理学史》一书闻名）端了一盒子遗物上来，其中有被切割过的半个蚕茧，同学们都伸长了脖子看。有人说，我不相信，年代那么久，还是这样白；有人说，既然是新石器的遗物，究竟用什么工具割它？王国维说那时候未始没有金属工具，同时提到加拿大人明义士（1885—1957年，1910年由加拿大长老会派往豫北的传教士，后为安阳教会牧师，1915年任安阳教会斌英学校校长；1914年起，开始在离教会五里处的小屯殷墟收集甲骨，后以研究甲骨文和考古学而闻名）的话，他说牛骨、龟骨是用耗子牙齿刻的。这时，李济拿出一块仿佛石英一样的石片，说，这种石头可以刻的。王国维又说："我主张找一个有历史根据的地方进行发掘，一层层掘下去，看它的文化堆积好吗？"陈寅恪见无人回应好还是不好，于是提议，请李济弹一阕古琴作为余兴。还开玩笑说，赵元任是带着钢琴去美国的，李济是带着古琴去的。陈寅恪这样说并不是开玩笑，李济当年赴美真是带了古琴去的。对此，李济有回忆:“小时候在家，老太爷教家馆，有些人弹古琴我听过;因为当时没有好音乐，古琴比较高尚，我就常听古琴，觉得很有意思。在清华读中学时，就跟黄勉之（1854—1919 年，江苏江宁人。晚清在北京设金陵琴社传授琴艺）学。那时是每逢暑假，我从清华回到达子营家中就学琴。每周三次，他来家教我;用两张琴，一个长桌，我和他面对面坐。我从调弦学起，学用指初步……完了就教我认他自己抄的琴谱。我学的第一个调子就是《归去来辞》……黄勉之每天写一段谱，我照弹;隔一天他来，先复习，纠正不对的地方。这样学了好几年暑假……在美国五年，念哈佛时陈寅恪、俞大维都在。一次陈寅恪在哈佛广场遇见我，他问我:‘你是跟黄勉之学琴的吧？’他告诉我黄死了。”在场的除了陈寅恪和赵元任知道这段曲学掌故外，其他人大概都不知，但李济于 1925 年刊发在《清华学报》第二卷第二期上的探讨中国音乐中究竟有无和声问题的《幽兰》，在座的大多知道。这时，王庸拿了一张琴来，李济也不知弹的什么曲子，同学们听他弹完之后，只看见李济的额头直冒汗。

这次茶话会，最高兴的该是梁启超。晚上十一点回到寓所，他就给在美国哈佛大学读考古学的次子梁思永写信说李济考古回来的事。刚写了一页，清华园的电灯就停止了供电，他又秉烛接着写，一直写完四页、两千多字才搁笔:

> 今天李济之回到清华……他把那七十六箱成绩平平安安运到本校，陆续打开，陈列在我们新设的考古室了。今天晚上他和袁复礼在研究院茶话会里头作长篇报告演说，虽以我们门外汉听了，也深感兴味。他们演说里头还带着讲他们“两个人都是半路出家的考古学者，真正专门研究考古学的人还在美国——梁先生之公子”。我听了替你高兴又替你惶恐，你将来如何才能当得起“中国第一位考古专门学者”这个名誉，总要非常努力才好。
>
> 他们这回意外的成绩，真令我高兴。他们所发掘者是新石器时

代的石层，地点在夏朝都城——安邑的附近一个村庄，发掘的东西略分为三大部分:（一）陶器，（二）石器，（三）骨器。此外，他们最得意的是得着半个蚕茧，证明在石器时代已经会制丝。其中陶器花纹问题最复杂，这几年来，瑞典人安特生在甘肃、奉天发掘的这类花纹的陶器，力倡中国文化西来之说，自经这回的发掘，他们想翻这个案。

梁启超在信中还谈及梁思永回国一年想跟李济见习考古发掘的事。李济说，可采掘的地方实在是多极了，但是目前国内的时局不靖，一旦发生战事，田野考古几乎寸步难行，所以他不敢保证今年秋间能否一定有机会出去作考古发掘，即如山西这个治安很好的地方，本来可继续采掘下去，但几个月后会发生什么事情，谁也不敢说。但梁思永回来，假如不能出去进行考古，也可以帮他整理研究从西阴村带回的那七十六箱东西。①

1月11日，为展示西阴村考古成就，扩大弗利尔艺术馆在北京学术社团的影响力，毕士博在大羊宜宾胡同总部举办了晚宴，邀请李济、袁复礼、曹云祥、瑞典著名考古学家斯文·赫定、安特生、葛利普、裘善元、步达生、钢和泰（北京大学梵语教授）、洛克菲勒基金会的史蒂文森等人赴宴。晚宴后，毕士博请在场宾客移驾到图书室，由李济和袁复礼进行演讲。演讲由葛利普主持，他希望与会宾客在两位学者演讲后能发表评论并加以讨论，斯文·赫定发表了相当有趣的、关于“文化扩散的地理面向”的长篇讲话。在讨论告一段落后，毕士博宣读了时任美国国务卿凯洛格给他的一封贺电:“政策禁止购买铜器。恭喜山西。”“政策禁止购买铜器”，是说1926年12月初，北京城内口耳相传，吴佩孚有意出售新郑铜器，以补军费。毕士博给罗纪发去电报，请示买不买，出乎毕士博意外的是，凯洛格竟然亲自回电给他，表明了政府的态度；“恭喜山西”，就是指李济成功进行的夏县西阴村考古。历

① 汤志钧、汤仁泽编注:《梁启超家书——南长街54号梁氏函札》，第266—267页，中国人民大学出版社2016年。

史上山西被外国国家元首、政人“恭喜”的事不多，西阴村考古发掘被“恭喜”是为数不多中的之一。

1927年的时局果如李济就梁思永欲跟他考古所说的不靖：国民革命军从1926年7月开始北伐，势如破竹，在不到半年的时间里，从珠江流域一直打到长江流域，先后消灭了南方的地方军阀吴佩孚、孙传芳的主力。1927年4月18日，南京国民政府成立。一年之后，蒋介石又联合冯玉祥、阎锡山和李宗仁进行了第二次北伐，在击败直鲁军阀张宗昌后，奉系军阀张作霖被迫撤回东北，途中被日本关东军炸死，其子张学良宣布东北易帜，实现了中华民国成立之后的首次南北统一。清华国学院在这一年当中，也有令人不安的事情发生。1927年6月2日，王国维自沉于颐和园昆明湖。梁思永当年回国后，因战火四起，李济的第二次西阴村考古发掘终不能进行，梁思永便遵父嘱，“两者任居其一也”，参与了整理研究西阴村陶器的工作。1928年9月返回哈佛大学研究院继续深造后，他据此于1930年完成并发表了硕士论文《山西西阴村史前遗址的新石器时代的陶器》。

梁启超说李济他们发掘的地点是在“夏朝都城——安邑的附近一个村庄”，但王国维却不这么认为。当时国学院的学生戴家祥在茶话会的第二天，特地去向他的老师王国维请教“山西夏县究竟是不是禹都”，王国维说：“那是搞错的”，“我国古帝都，都在东方。太皞之虚在陈，大庭氏之库在鲁，黄帝邑于涿鹿之阿，少皞与颛顼之虚在鲁、卫，帝喾居亳……尧号陶唐氏而冢在定陶之阳，舜号有虞氏，而子孙封于梁国之虞县，孟子称舜生卒之地皆在东夷”。王国维又认为：“禹之都邑虽无考，然自太康以后以迄于桀，其都邑及地名之见于经典者率在东土，与商人错处河济盖数百岁。”①

无论夏县是不是禹都，但通过夏县西阴村史前遗址的发掘，所发现的半个蚕茧已成为驳斥中国文化或文明全部来自西方说的一件不容置辩的实证。西阴村的考古，不但标志现代考古学在中国的建立，而且奠定了李济的“中国现代考古学之父”的历史地位，西阴村也因此被载入中国人自己主持的第

① 夏晓虹、吴令华编：《清华同学与学术薪传》，第242页，生活·读书·新知三联书店2009年。

一次田野考古发掘现场的史册。

2004年夏季，李济在台大任教时的得意门生、著名的人类学家、民族学家李亦园（1931—2017年，福建泉州人，哈佛大学历史系硕士，新竹清华大学社会人类学研究所教授，人文社会学院院长）和另一位著名的人类学家乔健（1935—2018年，山西介休人，康乃尔大学人类学系人类学哲学博士，长期任教于美国印第安纳大学、香港中文大学、台北东华大学），酝酿了一次山西南部考察访问之旅。因运城是晋南最大的城市，而从运城到各著名古迹遗址的车程都很适中，故选定运城为基地。不过，他们的此次晋南行，心目中最主要的目标却是西阴村遗址，以寻觅老师当年发掘的踪迹。8月1日，在业师逝世25周年的忌日，他们来到西阴村。在村支书樊老先生的带领下来到俗名叫“灰土岭”的南面壁立之处，看到三块分别由夏县人民政府二十世纪六十年代初所立、山西省人民政府七十年代末所立、国务院九十年代竖立的“西阴遗址”“西阴村遗址”的文保碑时，李亦园和乔健“走近前去，摸着石碑，心里都十分激动，有如看到久别重逢的亲友一样！”。他们认为这三块碑，代表着这个遗址的重要意义逐步被更高层级机构所肯定的过程，而且事实上这个遗址的发掘的确在华夏文明发展的历史上具有指标性的意义。李亦园从西阴村回到运城后即撰文《西阴村下寻师踪—— 一个考古遗迹的探访》（台北《联合报》，2005年8月5日），回顾了业师李济刚从美国学成归国之时，学术界对商代青铜器文明因甲骨文的出现已较有明确的认定，但对更早的夏朝的存在仍半信半疑，甚至认为其存在于传说神话中，很想就所学的科学方法一探史前文化的具体内容，因此选定传说上认为是夏禹王建都之地的“夏县”作为发掘研究的对象的往事。在西阴村寻找发掘遗址时，李亦园和乔健在“嫘祖文化研究会”与主持人樊先生在既是“蚕都商店”，又是“嫘祖纪念陈列室”里交谈参观了一番，樊先生肯定地告诉他说：“西阴村就是嫘祖的故乡……”所以李亦园在文章里有感而发：李济老师“在后来的发掘报告中并未说到西阴村是嫘祖的故乡，只是提到夏县长久以来是一个丝绸业的集散地。在经过一个半月的辛苦发掘之后，终于认定这个西阴村遗址是一个属于新石器时代彩陶文化的遗址，遗存中尚不见有任何金属器用具出现，但是却在众多陶片与石器遗物中找到那半个蚕茧，并看到平整的人工切割痕。后来经专家的鉴定，那半个蚕茧确是一种家蚕的茧，因此证明了中国人在史前新石器时代已懂得养蚕抽丝了，这是人类纺织工艺中最独特的发展，而假如传说中黄帝的正妃嫘祖确是西阴村人（有一说她是四川人），那么科学考古的发现恰与传说故事竟在这里结合了！"[①]。

发现中国人在新石器时代已懂得养蚕抽丝，这是李济在西阴村考古挖掘的又一意义：使夏县在世界暴得大名。

① 李光谟、李宁编：《西阴村下寻师踪——一个考古遗迹的探访》，《李济学术随笔》，第337—339页，上海人民出版社2019年。

第二章　徐旭生寻找夏墟

徐旭生（1888—1976 年），名炳昶，河南唐河县人。1913 年留学法国巴黎大学学哲学。1919 年归国，先后任北京大学哲学系教授、教务长，北平大学第二师范学院院长，北平师范大学校长，北平研究院史学研究所所长、代院长。1927 年，在中国学术团体与瑞典探险家、考古学家斯文·赫定签订了合作进行西北科学考古的详细办法后，出任中方团长，著有著名的《西游日记》。1939 年，因不相信皇甫谧所记“尧都平阳”“舜所都或言蒲阪，或言平阳，或言潘”“禹都平阳，或在安邑，或在晋阳”的说法，遂开始研究中国古史传说问题，并于 1941 年 10 月在昆明完成《中国古史的传说时代》一书。1943 年，列入“国立北平研究院史学研究所古史研究丛书”之一种，由中国文化服务社印行。

1949 年 11 月 1 日，中国科学院成立，考古研究所尚在筹备之中，中科院于 11 月 5 日接管了徐旭生、黄文弼（1893—1966 年，湖北汉川人，考古学家）、苏秉琦（1909—1997 年，河北高阳人，后以中华文明起源为“满天星斗”说闻名）所在的北平研究院史学研究所，稍后又接管了“中央研究院”历史语言研究所北平图书史料整理处。1950 年 5 月 19 日，政务院总理周恩来发出任命通知书，任命郑振铎为考古所所长，夏鼐和梁思永、尹达（1906—1983 年，原名刘燿，河南滑县人，曾参加殷墟发掘，后赴延安，撰有用马克思主义的观点进行中国原始社会研究的《中国原始社会》一书）为

1957 年 5 月，徐旭生与中国科学院考古研究所同人合影
（左起：苏秉琦、徐旭生、黄文弼、夏鼐、许道龄、陈梦家）

副所长，考古研究所正式成立。所长郑振铎因有更高一级的文化部文物局局长的事务，所以考古所的考古业务基本上由李济的学生夏鼐负责。而参加过由李济主持的殷墟考古发掘的除了领导层的夏鼐、梁思永之外，还有郭宝钧，以及从清华大学转到考古所任研究员的陈梦家（1911—1966 年，浙江上虞人，著名古文字学家、考古学家、诗人）。1958 年率领中国文化代表团出访阿富汗和阿拉伯联合共和国的郑振铎，因乘坐的苏联民航图 -104A 型客机在距离莫斯科五百公里处的卡纳什地区的阿佩尼卡火车站附近坠毁遇难殉职后，尹达升为所长，如此，“史语所的传统”仍得以保存下来一部分。何谓“史语所传统”？就是以史料为史学研究的核心，用现代的自然科学方法为工具，追求崇实求真、科学实证的传统。具体到研究论文上，便是“一大堆注脚、罗列的史料、长段的引述，把证据一一摊开，就像法官判案一样，最后的判决书就是短短几句话，可前面的证词很多。阅读起来很困难，很无趣，很痛苦——这就是史语所的风格。它的走向就是，我摊开了，你就没什么可争议的了。这样的文章结论很坚实，除非你找到更多的证据，否则很难

辩驳。结论定了就是定了”[①]。

夏鼐（1910—1985年），浙江温州人。1931—1934年，由燕京大学转入清华大学历史系跟随蒋廷黻习中国近代史。1934年8月21—25日，参加公费留美只取一人的考古学考试，以总分72.82分超过其他报考者20多分的成绩获取。在其前往美国留学的前一年年底，受袁复礼之邀，与裴文中、贾兰坡在周口店龙骨山山顶洞见习“北京人”头盖骨化石和人工打制石英石碎片的挖掘流程。1935年3月，在傅斯年和李济的安排下，以实习员的身份到梁思永主持的安阳侯家庄西北岗殷代陵墓区，进行了扎扎实实两个半月的发掘工作。其间所写的考古日记，极其详尽。在这期间，他听从导师李济的建议，由准备到美国改为赴英国伦敦大学攻读考古学。8月7日，夏鼐从上海乘意大利“孔铁浮地”号邮轮，踏上了长达五年之久的留学之路。在英留学期间，参加了由惠勒教授领导的梅登堡山城遗址的发掘；随同英国调查团到埃及，在阿尔曼特参加调查发掘，还到过巴勒斯坦，参加泰尔·丢维尔遗址的发掘。在如何处理被发现的考古遗迹方面受到严格的专业训练。1938年，在伦敦大学学院埃及考古学系主任格兰维尔教授的指导下，着手进行埃及学的重要课题之一古埃及串珠的研究，并以这一内容撰写了博士学位论文《埃及古珠考》。伦敦大学学院埃及考古学教授斯蒂芬·夸克在为这部迟到了七十多年的中文版著作所作的“导言”中说：“夏鼐的博士论文太成功，让伦敦其他学者望而却步。”

1939年，夏鼐启程回国，因欧战爆发，滞留埃及，在开罗博物馆从事研究工作近一年，才取道西亚、印度、缅甸到达昆明，又辗转到达迁移到四川南溪李庄的“中央博物院”任专门委员。1943年，转入同在李庄的“中央研究院”历史语言研究所任副研究员。1944—1945年，参加了由向达任历史考古组组长、他为副手的西北科学考察团。在甘肃广河县的阳洼湾，夏鼐从齐家文化墓葬中2号墓的填土中发现两片半山类型彩陶片，证明齐家文化晚于仰韶文化，否定了安特生关于甘肃新石器时代文化的分期。1950年在河南辉

① 郝倖仔采写：《史语所的学人与学风》，《中华读书报》2020年12月9日。

县考古发掘，第一次发现了早于殷墟的商文化遗迹；1951 年在郑州调查，确认二里岗遗址为又一处早于殷墟的重要商代遗迹。如此高的学历和丰富的考古发掘经历，使他在就任考古所主持业务的副所长以后，敢于对考古工作者定下一条纪律：只准发表材料，不允许随意性解释。

特别值得一提的是，夏鼐对“夏文化”甚至是“夏墟”，始终持审慎的态度。一直到他逝世前的两个多月，赴英国参加“英国史前学会五十周年纪念会”，在会前到剑桥大学人类考古学系作《关于中国最近考古新发现》报告时（1985 年 3 月 28 日），英籍华裔学者、李约瑟的助手、后为其夫人的鲁桂珍在提问时问到夏文化的问题时，他仍告以“正在探讨中，尚未解决”①。

徐旭生寻找“夏墟”的准备工作始于 1957 年。据其日记，从 10 月至 12 月，除了参加“反右”运动，凡有一点个人的时间，几乎都在方志中爬梳夏墟的史料。如：

10 月 7 日：“借到《登封》《偃师》二县志，开始收集有关夏代的材料。”

12 月 4 日、10 日：“翻阅《偃师县志》。”

12 月 11 日：“翻阅《登封县志》。”

12 月 12 日：“翻阅关于晋国初封时的史料。”

12 月 14 日：“翻阅晋南关于夏墟史料。”

12 月 17 日：“翻阅关于夏都邑史料。”

12 月 19 日：“上午也少翻阅《求古录礼说》。”（此书为清代浙江临海人金鹗（1771—1819 年）所作，有道光三十年（1850 年）陆建瀛刻本，潘祖荫“滂喜斋丛书”的“补辑本”和光绪二年（1876 年）孙熹刻本。）

12 月 21 日：“仍阅《求古录礼说》关于夏都两篇，并查阅有关夏都史料。”（所记“夏都两篇”，一篇为《桀都安邑考》，一篇为《禹都考》）。

12 月 25 日和 26 日：“下午再阅有关夏都史料。”

1958 年 1 月 17 日，徐旭生找夏鼐谈“春后考察计划问题，希望有见习

---

① 夏鼐：《夏鼐日记》，卷九，第 450 页，华东师范大学出版社 2011 年。

员随他一同考察”。这一计划，由于政治运动一个接着一个，没能成行。徐旭生于是继续检录夏史的资料：

1958 年 6 月 9 日：开始抄录《登封县志》的夏史材料。

6 月 10 日：抄《偃师县志》中的夏史材料。

6 月 11、12 日：抄《偃师县志》）中的夏殷史材料。

6 月 13 日：上午检查《禹州志》中的夏史材料。“下午所中开会，传达计划‘大跃进’布置。”

6 月 14 日：“再少检夏史材料。”

8 月 25 日：“草成夏墟考查计划，交给石兴邦。”石兴邦，陕西耀县人，为夏鼐执教浙江大学人类学系时的研究生。三天后，石兴邦到北京人民医院第 9 病房探望在此治疗胃病的夏鼐。《夏鼐日记》中没有记石兴邦是否把徐旭生的夏墟考察计划交与他，只记：“晚间石兴邦同志来谈。”但考虑此事前因后果的必然逻辑关系，石兴邦大概是在这一天把徐旭生想考察夏墟的计划交给了夏鼐。

徐旭生把夏墟考察计划交给石兴邦后，继续着夏墟的史料准备：

8 月 28 日：“全日抄地志中夏史材料。”

9 月 5 日：“少翻一点《山西通志》关于尧、舜、禹时代的史料。”

11 月 12 日：“检查《山西通志》中关于夏代遗迹史料，勾出以备抄录。”

11 月 17 日：“检《临汾县志》《安邑县志》二县志中关于夏代遗迹者，所得很少。”

18 日和 24 日：“检查地志中关于夏代的材料。”

夏墟的材料基本检查完毕后，徐旭生于 12 月 2 日开始写《夏墟在什么地方》一文，12 月 4 日上午写完，“并交出去”。

1959 年 3 月 26 日和 31 日，徐旭生两次找夏鼐谈关于调查豫西颍水流域及晋西南部，以行探索夏墟的工作计划。得到夏鼐的赞同后，徐旭生于 4 月 14 日晚间和一年前夏鼐派给他的助手周振华乘火车到郑州，随后便开始了为期一个半月的对夏墟的考古调查。

4 月 16 日，徐旭生到达中科院洛阳考古队工作站。

4月17日，晚饭后开会，研究夏墟调查工作，“发言不踊跃”。

4月19日，是个星期天，考古所下放到洛阳东郊白马寺镇十里铺植棉场劳动锻炼的同事听说徐老来了，都进城来与之交谈；被打成右派的陈梦家稍后也来看望了这位老同事，两人具体谈了些什么，徐旭生在日记中没记。但据子仪撰《陈梦家先生编年事辑》，关于个人的事，可能是谈了他夫人赵萝蕤（著名翻译家）正在通过夏所长办理从北大西语系调动到中科院文学研究所的事（后因北大西语系坚决不同意，连外借也不欲，没办成）；下放劳动的情况，大概谈了农村公社常常开辩论会，找典型人做对象，以教育群众。甚至在吃食堂排队的时候，陈梦家都认为一言一行也反映了对人民公社和“大跃进”的态度，他在这里劳动改造为日无几，不是少说，而是根本不说什么话。一件让他愉快的事，便是准备为洛阳农村业余剧团改编吴强的长篇小说《红日》为豫剧。陈梦家说：“这是一个现代的豫剧，道白采用原书的现代语的对话。在唱词方面，除了以梆子为主外，我们以为还可以穿插一些洛阳曲子，使音乐丰富多样。原著中的歌子，也照样地保存下来。只要我们调制得合宜，是可以融合无间的。”因为改编这个本子，是为农村剧团演出用的，所以陈梦家还特别注意到了简化布景而以唱词唱出场面的问题，以求俭省。

当晚，徐旭生与洛阳考古队的同志再谈夏墟调查事宜，只有陈公柔说了几句话，“别人都不肯发言，相当失败”。

4月21日，徐旭生和周振华来到登封，与洛阳考古队派给他调查夏墟的方酉生（浙江建德人，1956年从北京大学毕业后，分配至中科院考古研究所，1977年调武汉大学任教）、丁振海、郭柳圻三人会合（随后还有段守义），开始对清乾嘉时期经学家、大诗人洪亮吉（1746—1809年，江苏阳湖人）和登封知县陆继萼同纂的《登封县志》所载唐虞阳城、夏阳城、古阳城、禹都阳城等上古传说的旧址进行调查。但4月22日到宋家沟五渡河北岸、西岸和黄楼寻找，均无所得。

4月23日往宋庄附近、华楼城北故城墟、胡杜坟一带调查，也没有新的发现。

4月24日，徐旭生一行到达告成镇，住在人民公社党委会的办公室中。告成镇系由武周万岁登封元年（696年），武则天登嵩山封中岳，“大功告成”之意而得名。夏称阳邑，秦置阳城县，北魏设阳城郡，隋、唐置嵩州，唐改告成县、阳邑县，治所均设于此，面积八十余平方公里。境内名胜古迹有观星台、周公测影台、石淙河摩崖题记、鬼谷洞、周公庙等。

4月25日，徐旭生到周公测影台照相。在台旁的登封县第四中学前遇教历史的李老师，请徐旭生一行到校休息喝水。李老师和徐旭生说：“学生在校前田中，曾得有石斧。”徐旭生去视望，确系锛，“甚喜，也照相”。为什么高兴到照相的程度？因为这是寻找“夏墟很重要的线索”。

4月26日的调查较为失败，仅遇到“不少汉代陶片，春秋战国陶片也还时遇，可是最早也未能见殷代的，所以情绪颇低落”。

4月27日，徐旭生和丁振海往告成镇正西两公里的八方村查看，只见“地面相当干净，连战国汉代陶片也不多见”。说失望真叫失望，说不失望，是因在出门之前，心理上已有准备，对到此处调查本不抱什么希望，所以看到如此干干净净的大地也无所谓失望。然而，考古调查往往会在失望之余给人一个意外的惊喜。正当他们准备返回镇里时，却在路上遇上八方村的一个姓韩的小干部，村干部见了国家干部来到人民公社的一个大队来搞调查，自然会邀请他们进村休息休息，可被徐旭生谢辞了。不一会儿，这位姓韩的小干部引来一位姓王的大干部过来，邀请他们进村坐坐，因已快中午了，徐旭生想赶回告成镇吃饭，于是坚决谢辞。这位王干部也会来事，见徐旭生不进村的态度很坚决，便让韩干部进村提壶开水到村头，诚邀徐旭生休息一下喝点水再走。如此盛情，徐旭生便也不好再辞，遂坐在一堵破墙头上，喝水畅谈。喝了水与大小村干部告别后，即沿着大路往所住的告成镇人民公社返。走着走着，徐旭生在路旁的断岩上忽然看见了灰土，于是上去观看，稍一掏挖，居然掏出较完整的龙山陶片；再前行，灰土还不少，再掏，又得仰韶陶片，遂引起他浓厚的希望。回到告成镇吃过午饭后，因实在太累，派丁振海再往探查。天色很晚了，分兵两路的前去石淙沟的另一路，方酉生和段守义收获累累地拎着背着陶片回来。徐旭生以为他们是从石淙河采集来的，一细问，才知道他们在预定的地方毫无所得，所采集到的东西是返到五渡河入颍水口西岸上掏回来的，并且说这个遗址还不小。徐旭生细看了方西生和段守义掏回来的东西，有仰韶及龙山陶片，龙山陶片居多，并且还有石器。正谈论着，丁振海也回来了，所得有用之物也很多，与方酉生和段守义所得陶片性质也相类。于是，徐旭生觉得今天掏出陶片和石器的这两处地方，与登封县第四中学教历史的李老师所说曾有学生捡到石斧，或许有联系。一想到如此广泛的一片区域，必系当日一都会。“大家均大喜过望，以为禹都的阳城已有眉目！笑语喧哗，与昨日情绪大不相同！”之后的四天，他们均在这一片有可能是禹都的区域或调查或钻探。日后，徐旭生在《1959 年夏豫西调查“夏墟”的初步报告》中有对这一遗址的详细描述：

> 告成镇周围有土寨，公路过东门外；出西门半里余到五渡河，过河约半公里就到八方村。地势北高南下。遗址在五渡河西，八方村东，颍水北岸上，南沿经颍水侵蚀。告成镇内也见古陶片。八方村内见汉砖不少，村西路北有一汉代券墓。遗址大部分在告成到八方的公路北面，小部分在南面。我们在此遗址内钻探了十二孔：十一在大路北，一在路南。知道文化堆积最厚的地方，约在三米左右，三米以下即为沙土或生土。有的地方也见红烧土。根据地面调查及钻探的材料，我们初步认为东部似以龙山为主，兼有早殷遗物；西部似以仰韶为主。但东西均兼有仰韶、龙山的陶片。采集的石器有石刀、石斧、石锛。陶器有龙山鼎足、罐口沿及底、杯、豆、椀、盆，纹饰有方格纹、篮纹、绳纹、附加堆纹。仰韶有钵、罐、鼎足。纹饰有彩陶、划纹、方格纹。早殷有罐及鬲。①

“告成八方间遗址”，1996 年被国务院正式定名为“王城岗龙山遗址”。关于一个遗址先后出现的几个命名问题，二里头考古发掘队第四任队长许宏

① 徐旭生:《1959 年夏豫西调查“夏墟”的初步报告》,《考古》1959 年第 11 期。

不无挖苦地说："这一带历来是盛产传说的地方。由于附近发现了战国时代的阳城遗址，学界从王城岗小城堡一发现，就开始把它和'禹都阳城'或大禹之父'鲧作城'挂上了钩。为符合这一历史推想，发掘者的报告中甚至更改了地名。"接着，他引述了时任河南省新闻出版局副局长何新年在其所著《行走中原》一书中所讲"告成八方间遗址"变成"王城岗遗址"的原委："最早它的名字并不叫王城岗。1955年文物部门在这里调查发现是处古文化遗址时，称之为'告成八方遗址'。1977年中国历史博物馆与河南省博物馆组成联合考古队在这里发掘时，称之为'告成遗址'。1983年发现岗上有龙山文化时期的城址，并且认为这座城址很有可能就是禹都阳城时，便又把'告成遗址'改成了'王城岗遗址'。其实，当地群众原来是把这块土岗俗称为'望城岗'的。所谓望城岗，是说站在岗上朝东北和东南方向望去，可以清楚地看到嵩山脚下的告成镇和古阳城，还没敢想得太远。"[①] 为什么非要用王城岗命名？许宏从河南省文物研究所、中国历史博物馆考古部编著的《登封王城岗与阳城》一书中找出了答案：该遗址发掘报告的作者推定王城岗城址即夏都阳城的理由之一是："龙山文化中晚期城址所在地的'王城岗'及西北方'王岭尖'这两个地名，是当地群众久传下来的以'王'字命名的古老地名。从已发掘出来的王城岗龙山二期的城址范围看，正和群众传说的'王城岗'的大小相一致。所以，估计就是夏代阳城遗址大致不误。"最有意思的是，许宏用事实和笑话揭露了想"以名证史"的"不雅训"："'禹都阳城'说法一问世，就招来一片质疑声。学界坊间传播甚广的一句笑谈是：王城岗，有人说是阳城，有人说是羊圈。这指的是王城岗小城的规模，仅大致相当于一座现代足球场，还没有二里头1号宫殿大。三十多万平方米的大城的发现，似乎又为'禹都阳城'说增加了证据。目前最新的解读是，王城岗小城有可能为'鲧作城'，而大城才是'禹都阳城'。考古与上古史探索就是这样经历着发现—推想，再发现—再推想的过程。"[②]

二里头遗址的"发现"也是个意外。本来，徐旭生是找清乾嘉时期目录

---

① 何新年：《行走中原》，第57页，大象出版社2007年。
② 许宏：《何以中国》，第58—59页，生活·读书·新知三联书店2016年。

学家、经学家孙星衍（1753—1818 年，江苏阳湖人）和偃师知县汤毓倬合纂的《偃师县志》所载黄帝之曾孙帝喾高辛的故地，因为“县志对于地点指的很清楚，所以想此次顺路调查它是否确实”[①]。没想到却把二里头误认为“商汤都城”;更没想到二里头在日后成为“夏墟”调查的最耀眼夺目的一颗明星。5 月 16 日，他们的调查从高庄开始。早饭后，徐旭生和方酉生先到偃师县文教局，文教局一位同志带着他们同到县文化馆，见一专管文物的姓高的同志，看过馆藏的偃师县出土的文物，由这位“高专员”陪同，到离县城南三里远的高庄寻找上古遗址。但在这里，除了方酉生在村中的一个坑内挖出一个鼎足外，没有看到想找的遗址。又“往西走一二十里，未见古代陶片。过洛河南，渐见陶片。至二里头，饮水（午饭在新寨吃），后到村南里许”。二里头当时是翟镇镇人民公社下属的一个生产大队，因与洛河河北一座古城池相距两里，故名。其南有高耸的嵩山，其北面是绵亘的邙山。徐旭生所看到的二里头，此时已是一个由县里保护起来的遗址。1957 年冬，“由五类分子劳动改造时所挖水塘旁边，殷代早期陶片极多”；“高同志由闻挖塘时发现古陶片，往视察，遂发现此遗址。塘挖未成，由县下令禁止续挖，保护遗址”。从徐旭生当天的日记，可以清楚地看到，二里头遗址并不是他所发现，而是由带领他们前来此地的偃师县文化馆专管文物的“高专员”首先发现并报告县里有关部门加以保护。“高专员”大概曾做过老师，在徐旭生他们来时，还把他的一个叫赵法在的学生叫来。赵同学拿来一石斧、一骨针、一汉代尖底罐，大致的情形是汉罐交“高专员”，由县文化馆保藏，石斧和骨针送给徐旭生，供考古所研究。“村人言，此遗址很大，南北约三里许，东西更宽。”此时已将下午五点，“兼闻雷声，北方云起，遂急归”[②]。从徐旭生的这则日记可以看出，那一代学人大多皆有公私分明、你我分清的优良品德，无论是学术还是生活。徐旭生并没有贪二里头发现的首功，他所做的只是在“高专员”发现的基础之上，予以考察并加以确定而已。之所以给徐旭生戴上“发现”的光环，不是因没有看到他的日记，就是为了锦上添花。与徐旭生同在

① 徐旭生:《1959 年夏豫西调查“夏墟”的初步报告》,《考古》1959 年第 11 期。
② 徐旭生:《徐旭生文集》，第十一册，第 1738—1739 页，中华书局 2021 年。

现场的方酉生在《河南偃师二里头遗址发掘简报》就说："遗址是1957年冬季发现的，1959年夏天，徐旭生先生等做过调查，并指出这里有可能是商汤的都城西亳。"之后便不再说"遗址是1957年冬季发现的"了，而是统一口径，只说是徐旭生发现并指出云云。

夏鼐也是"1957年发现说"的一位重要知情人。1983年，他应邀在日本广播协会演讲《中国文明的起源》，其中讲到"偃师二里头文化"时说："这是1957年发现的。1959年夏天我们考古研究所徐旭生老先生，做河南省西部'夏代废墟'的调查时，到这里进行考察，指出这里可能是商汤的都城西亳。"由于《文物》杂志在1983年第3期刊登了河南登封县王城岗遗址调查报告，引起日本广播电视和报刊界的极大兴趣。对于日本新闻和学界关注的二里头文化与夏朝和商朝的关系问题，夏鼐秉持着科学家严谨审慎的态度说："我们可以说，二里头文化的晚期是相当于历史传说中的夏末商初，但是夏朝是属于传说中的一个比商朝为早的朝代。这是属于历史（狭义）的范畴。在考古学的范畴内，我们还没有发现有确切证据把这里的遗迹遗物和传说中的夏朝、夏民族或夏文化连接起来。我们知道，中国姓夏的人相传都是夏朝皇族的子孙。我虽然姓夏，也很关心夏文化问题，但是作为一个保守的考古工作者，我认为夏文化的探索，仍是一个尚未解决的问题。"①

当年徐旭生想要找寻的西亳在哪里呢？实则就在他曾在偃师走过的首阳山，行政区划为当时的南蔡庄乡（今首阳山街道），其南隔洛河与翟镇镇的二里头村仅六公里。1982年，因国家要建设一座大型的火力发电厂——首阳山发电厂，初步选定的厂址正在尚未探明的文物区。根据《文物保护法》，中国社会科学院考古研究所受国务院和文化部文物局的委托，专门抽调了洛阳汉魏故城工作队队长段鹏琦在厂方施工之前进行地下文物的探勘工作。1983年春，铲探开始，在大槐树村西南发现一座古城址的西北角，探出该城部分北城墙和西城墙，并在城内探到大面积商代地层堆积；4—5月，通过钻探和小型发掘，一座大型商代古城遗址展现在段鹏琦的面前，这便是当年徐

① 中国社会科学院科研局编选：《夏鼐集》，第44—46页，中国社会科学出版社2008年。

旭生找错地方的“商汤都城”。

由于该城址紧靠偃师县城，段鹏琦将其称之为“偃师商城”。一年之后，1984 年，在不少报刊的争相报道下，“偃师商城”轰动一时，但在遗址命名上却出现了中国人非常忌讳的“尸”字地名——“尸乡沟商城遗址”。怎么能定下这么一个晦气不吉的文保单位名？这要从孙星衍、汤毓倬合纂的《偃师县志》上的两条带“尸”的古地名说起。在“尸乡”目下，孙星衍据郦道元的《水经注 · 晋太康记 · 地道记》，找到了“尸乡”的地名语源：“田横死于是亭，故曰尸乡。”又引《史记 · 正义》：“尸乡在洛州偃师县西南五里也。”这个“尸乡”仅仅是个普通的乡镇吗？不是，他引班固《汉书 · 地理志》之说，认为这是上古时的“殷汤所都”。此外，偃师县还有一个叫“尸乡北山”的地名，是神话传说人物祝鸡翁居此山的养鸡处。徐旭生在《1959 年夏豫西调查“夏墟”的初步报告》中也引用了古地名“尸乡”：“偃师为商汤都城的说法最早见的大约为《汉书 · 地理志》河南郡偃师县下班固自注说：‘尸乡，殷汤所都。’这大约是他转述西汉人的旧说……但因为它是汉人的旧说，未敢抹杀……由此次我们看见此遗址颇广大，但未追求四至。如果乡人所说不虚，那在当时实为一大都会，为商汤都城的可能性很不小。”这是在考古报告中与上古时期的古都商城相关联的“尸乡”地名的首次出现。但是，徐旭生是原文引述，并没有在“尸乡”后面加出一个“沟”来。“尸乡沟”这一地名最早出现在《考古》杂志 1984 年 4 期的一则“学术动态”上，标题为《偃师尸乡沟发现商代早期都城遗址》：

> 去年夏季，中国社会科学院考古研究所的一支田野工作队，在河南偃师城西的尸乡沟一带，发现商代早期的都城遗址，很可能是商汤所都“西亳”。这是最近几年我国考古学上最重要的一项发现。
>
> 商汤的亳都究竟在什么地方？是我国古代史上长期未能解决的问题。由于它和探索夏文化有密切关系，几年来争论得相当热烈。《汉书 · 地理志》河南郡偃师县条下面，有班固的自注：“尸乡，殷汤所都。”主张二里头文化便是夏文化的同志对这条史料持完全否

定的态度，认为二里头遗址是夏墟，郑州商城才是亳都。主张二里头文化晚期属于商代的同志信从这条史料，认为二里头遗址就是“西亳”，夏墟则在其他地方。这样，从考古学上便无法肯定哪里是西亳遗址。现在偃师新发现的这座城址，年代属商代早期，规模如此宏大，而且恰好有一条名叫“尸乡”的沟横穿城址，如此相符不可能是偶然的巧合，至少说明东汉学者公认为的汤都就在这一带地方。

据许宏披露，这则“学术动态”的通稿是由赵芝荃团队拟撰的。赵芝荃（1928—2016 年），1955 年毕业于北京大学历史系考古专业，分配至中国科学院考古研究所。1958 年任洛阳发掘队队长。1959—1979 年任二里头工作队队长，主持发掘偃师二里头遗址。1983—1988 年，任河南第二工作队队长，主持发掘偃师商城遗址。“尸乡”多了一个“沟”字，又有什么关系呢？这与发掘偃师商城遗址的段鹏琦、赵芝荃急于“以名证史”有极大的瓜葛。1984 年，由段鹏琦、杜玉生、肖淮雁执笔的《偃师商城的初步勘探和发掘》报告，在第一部分介绍了商城的地望之后，就讲述了娓娓动听的地名传说故事，其中便有“尸乡沟”：“从很早的时候起，当地就广泛流传有关尸乡和西亳的传说，城郊各地还保留着多处与传说相关联的‘遗迹’：城西吓田寨村以东有所谓伊尹墓、田横冢；城南高庄村边地势隆起，人云是汤都西亳的‘亳地’；城西南塔庄村北有一东西向低凹地带，老乡世代相承称之为尸乡沟。”紧随其后，于 1983 年成立的专门发掘偃师商城遗址的中国社会科学院考古研究所河南第二工作队负责人赵芝荃和徐殿魁，提交给 1985 年 9 月在洛阳召开的“中国古都学会第三次年会”的论文《偃师尸乡沟商城的发现与研究》，基本上沿用了段鹏琦等对于这一地名的说法，只是除了“尸乡沟”，又多出了一个“尸乡洼”：“这里广泛流传着有关商汤、西亳和尸乡的传说，甚至在偃师县城郊各地还保留着多处与传说相关的古迹：城西杏园村南有‘伊尹墓’和自到于尸乡的‘田横’之墓；城西南辛砦村相传为高辛氏故居；城东北有汤王庙和‘汤王冢’。塔庄村北的一条东西向淤堵河道，宽近百米，穿商城而过，乡民世代相传称之为尸乡沟或尸乡洼。动听的传说、留存的古迹与沉睡地下三千余载的古城如此上下相应，当非偶然。”①

从古文献的“尸乡”，到今人“传说”的“尸乡沟”，虽然是一字之差，但考古人就把近两千年前文献中的一种说法，与埋藏在地下三千多年的古城联系在了一起。这一字之差，何止千年！②

发现其中命名问题的，是多年参与偃师商城考古工作、后来成为该队队长的王学荣，他在1996年9月22日的《中国文物报》上首先撰文提出质疑：“河南偃师商城于1983年发现的同时，通过钻探在商城的中部发现一条东西贯通且已湮没的古河道，现今地势表象为古河道地带的地势较其他地方低洼。有同志在文章中称该低洼地带为‘尸乡沟’，并在论述此地域新发现的商代城址为商汤之都——‘亳’时，以此为立论的主要论据之一。1988年中华人民共和国国务院将偃师商城公布为‘全国重点文物保护单位’，所用名称为‘尸乡沟商城遗址’。关于该低洼地带的成因、称谓及‘尸乡沟’一词的问题，我们认为有可商榷之处……”由于“尸乡沟”一词出现很晚，且据云来源于当地老乡中的传说，鉴于偃师商城遗址的重要性，王学荣就此地名仔细询问过当地的老年人，不问不知道，一问才发现当地老乡并不知道“尸乡沟”在哪里，更遑论有无“尸乡沟”的古传说了；有个别老年人听说过“尸乡沟”，再一追问，却是在偃师商城遗址被发现以后，听考古队说的。当王学荣又问老乡塔庄村北的低洼地带有没有名称，很多老乡都说那条低洼地叫“石羊洼”，这一名称的由来是因塔庄村去往槐庙的小路过去有古墓封土堆及土堆前的石羊等石刻像，解放后平整土地时被毁尽。

许宏对此评议道：“尸乡沟商城遗址，看起来是个小地名，但细究起来，它不仅不是当代地名，甚至作为地名就没有存在过。而这个遗址定名居然登堂入室，将错就错地用到了现在。”为什么会发生这种地名造假的事？许宏也给出一个答案，那就是“发掘者证史心切，将当地老乡所言‘石羊洼’解译为‘尸乡沟’”，可以证明他们所推论的“据此，我们认为这座城址即是商

① 中国古都学会编：《中国古都研究》（第三辑），第193页，浙江人民出版社1987年。
② 许宏：《发现与推理》，第151页，山西人民出版社2021年。

汤所都的西亳，殆无疑义”。对于此种证史法，许宏不无嘲讽地说：“由古代地名‘尸乡’，演绎为当代地名‘尸乡沟’，又以讹传讹为‘尸乡沟一带’，已成无稽之谈，令人哑然”；“果如是，沧海桑田间居然有如此没走样的传承，那实在是学术史上的一个佳话，甚至可以说是传奇。但从学术的角度，这显然是令人生疑的……看来，考古人对遗址地名中有意无意地更改，都可以看作是关于夏都和商都的传说和延续”。

许宏在《踏墟寻城》一书中，专门写了篇《国保单位中先秦城址命名检讨》的长文，其中又举到河南偃师尸乡沟商城遗址的例子：“国人极讲究吉祥，当代汉语中‘尸’则为极不祥之词，因而绝不见各地的地名之中。而发掘者证史心切，将当地老百姓所言‘石羊沟’解译为发音相似的‘尸乡沟。’”对于这些以遗址命名用来“证史”的考古人，许宏也无可奈何，只能以一句“遂成就了考古学史上的一段逸事”加以讥鉴！

从 1959 年徐旭生率队考察二里头遗址，到 2019 年，二里头遗址考古发掘整整进行了六十年。为纪念这座东亚地区青铜时代最早的大型都邑遗址确定与发掘一个甲子，许宏和袁靖主编了《二里头考古六十年》，以展示二里头文化的发掘与研究的历程；与此同时，坐落在河南省洛阳市偃师区斟鄩大道 1 号的“二里头夏都遗址博物馆”，亦于 2019 年 10 月 19 日建成开馆，并简称“夏博”。然而，这一以“夏都”命名的博物馆，显然违背了地名命名的基本原则，给人造成夏朝从禹至桀的十七位君王全在偃师的错觉，成为刻意全国性覆盖，肆意夸大成分，蓄意据为己有的违规地名。

地名是一个地域文化的载体，一种特定文化的象征，一块指向明确的位置标志。中国的传统地名，多如牛毛，万象纷呈，具有引人入胜的生成史，内涵丰富的文化层积模式，镌刻着岁月和朝代的沧桑，沿革着，留存着，变迁着，积淀着。一个人文地名就是一片先人曾聚集活动过的田野，一个地理实体地名就是日月星辰轮转过无数回仍然存在或已消失的山川河海，记录的是地名的产生及由此带来的诸多文化，甚至是地名本身的文化和寿命。进入改革开放的新时期之后，随着城市化的急速发展，求大求洋的地名随处可见，以风景名胜地名代替行政区划名称的趋向越来越多，城市的老街巷被拆除改建者无法统计，加之农村城镇化的“撤乡并镇”“村村合并”，致使大量的古地名在我们眼前消失。与之相关的则是，一些丰富的历史文化信息和记忆也就此断裂。一度“大”“洋”“怪”“重”地名充斥全国各地；“任性”命名随处可见；抢注历史名人和传说故事为本地所有，不但在县级有关部门间进行，有的还上升为省市级文化战略。这种地名命名的乱象也蔓延到了文博单位。其实我国地名并非没有管理部门，也并非处于“无序可循，无法可依”的状态，国务院于 1986 年颁布的《地名管理条例》，就是我国地名命名和管理规范的依据。而民政部在 1996 年 6 月 18 日发布、2010 年 12 月 27 日修改的《地名管理条例实施细则》第一章“总则”第三条：“各专业部门使用的具有地名意义的台、站、港、场，以及名胜古迹、纪念地、游览地等名称，均需按照地名主管部门民政部颁布的‘实施细则’进行命名。”第三章第十四条：“标准地名原则上由专名和通名两部分组成。通名用字应反映所称地理实体的地理属性（类别）。不单独使用通名词组作地名。具体技术要求，以民政部制定的技术规范为准。”难道不是清晰的法规？然而，在利益面前，在政绩面前，三十多年前的《地名管理条例》的作用已十分有限，加上在管理机关、程序和实体上的规定有些模糊，甚至没有对命名权、更名权的监管规定，至多和已消失了的数百万个老地名一样，只是一种地名文化的情怀而已。群众反映强烈的地名命名更名诸多问题，确实到了必须进行一番清理的时候了。2018 年 12 月 10 日，民政部、公安部、自然资源部、住房和城乡建设部、交通运输部、国家市场监管总局联合发出《关于进一步整理不规范地名的通知》（民发〔2018〕146 号），列入清理整治范围的不规范地名的第一类便是“地名含义、类型或规模方面刻意夸大，专名或通名远远超出其指代地理实际的‘大’地名”。这类“大地名”在命名时的具体表现就是“通名层级混乱，刻意夸大地理实体功能”。

为了依法遏制地名“任性”命名更名，把地名管理纳入法治化的轨道，经 2021 年 9 月 1 日国务院第 147 次常务会议修订通过，李克强总理于 2022 年 3 月 30 日签署国务院令，自 2022 年 5 月 1 日起开始施行的新修订的《地名管理条例》，有如下表述：

第二章　地名的命名、更名

第九条　地名由专名和通名两部分组成。地名的命名应当遵循下列规定：

（一）含义明确、健康，不违背公序良俗；

（二）符合地理实体的实际地域、规模、性质等特征；

……

第十二条　批准地名命名、更名应当遵循下列规定：

（一）具有重要历史文化价值、体现中华历史文脉以及有重大社会影响的国内著名自然地理实体或者涉及两个省、自治区、直辖市以上的自然地理实体的命名、更名……

相信有了此次广泛征求各方意见而修订的《地名管理条例》，许宏所徒叹奈何的“尸乡沟商城遗址”问题有可能得到纠正；“二里头夏都博物馆”违规命名的“夏都”能够予以更正。

文化遗址名也是地名，是发掘地之名，是文化属性的代号、指称；地为实，名为表。遗址名离开发掘地，便无所依；发掘地离开出土物，就无所指。1959 年 1 月 19—26 日，为庆祝中华人民共和国成立十年来建设的伟大成就，科学院考古所与文化部文物局在京举行了为期八天的编写《新中国的考古收获》座谈会。即便是在考古学中大讲“无产阶级和资产阶级两条路线斗争”的当时，尹达和夏鼐也对考古遗址的定名问题发表了影响至今的讲话及由夏鼐定下的三条命名原则。

尹达的意见是：“旧有的名称如果并不引起误解的，可以保留使用；否则可以考虑另起一个新的名称。这种新的名称以及新发现的各种文化的名称如何命名，似乎可以采用最通行的办法，便是以第一次发现的典型遗迹（不论是一个墓地或居住遗迹）的小地名为名。”①

① 中国社会科学院科研局编选：《关于考古学上文化的定名问题》，《夏鼐集》，第 19 页，中国社会科学出版社 2008 年。

夏鼐的看法为："'命名'的原来目标，是想用简单的名称来充分表示一种特定的含义。使用时大家互相了解，不致引起误解。命名的适合与否，似乎可以用这个标准来判断。以族名来命名的办法，只能适用于较晚的一些文化，并且须要精确的考据；否则乱扣帽子，产生许多谬误，反而引起历史研究的混乱。除非考据得确实无疑，否则最好仍以小地名命名而另行指出这文化可能属于某一族……如果还不具备一种文化类型所应有的条件，而我们看到某些片面的个别的现象，就匆匆忙忙地给它一个新的名称，那就未免有些冒失了；这就会造成一些不应有的混乱，因而使古代社会的研究工作发生不必要的纠纷。根本问题在于对古代文化遗存的实事求是的科学分析。在这里踟蹰不前是不好的，轻率浮夸更是要不得的。考古工作者对于文化的命名问题，应当具有严肃的科学态度。"①

回首夏鼐在世时对考古人在定名上的忠告，考古人栉风沐雨，风餐露宿，诚如王安石诗句"冉冉春行暮，菲菲物竞华"，面对着自己发掘出的遗址，砥节立名，或今地名＋遗址名，或古地名＋遗址名，显出一派规整清晰的习习和风。然而，随着一代学贯中西的考古学家逝去，一切一切都变了，故址疑梦，妍媸毕露——从第四批公布的全国重点文物保护单位起，突破命名原则底线的不规范的命名一个接着一个地出现。遵守和继承夏鼐对考古发掘遗址以小地名定名原则的是许宏；敢于公开批评数处遗址命名错误的是许宏；写出专题论文讨论国保单位先秦城址命名不规范的也是许宏；对"郑亳说"和二里头"西亳说"这类推论持不同意见的还是许宏！在遗址命名问题上，他说："依考古界约定俗成的惯例，遗址命名应以遗址所在地的小地名为准，以能精确反映遗址所在位置为宜，否则就会出现不同遗址有相同命名的情况。所谓小，是相对省、县级行政区划来说的，一般是遗址所在的村庄名，或者当地人对某村辖地内一处更小地方的称呼。"②

仅靠历史文献推论"夏都"在何处的不确定性，最典型的事例莫过于徐

---

① 中国社会科学院科研局编选：《关于考古学上文化的定名问题》，《夏鼐集》，第 23 页，中国社会科学出版社 2008 年。

② 许宏：《发现与推理》，第 149 页，山西人民出版社 2021 年。

旭生寻找“夏墟”，却认为考察的二里头遗址是灭掉了夏的第一代商王的都城。然而，这一考古史上的误判，非但没有引起考古学界的警惕和反省，反而被歪打正着的夏文化遗址所掩盖。此后围绕着这都那城之说，皆由此来。许宏于此评论道：“自此，这位大学者的观点为学界所普遍接受，‘二里头汤都西亳说’深入人心。随着属二里头文化晚期的 1 号、2 号两座大型宫殿基址的全面揭露，到了二十世纪七十年代，二里头文化晚期的二里头遗址为早商时期的商汤之亳都，二里岗文化的郑州商城属于中商时期的商王仲丁之隞都，安阳殷墟为晚商时期商王盘庚至帝辛之殷都的观点，几成学界共识。”

围绕着郑州商城和偃师商城谁早谁晚，谁更像是“亳”或肯定是“亳”的激烈争吵，许宏道出一件旧事：“1977 年，在国家文物局组织召开的‘登封告成遗址发掘现场研讨会’上，年届半百、厚积薄发的北京大学讲师邹衡的长篇发言一语惊人：二里头是夏都，郑州商城才是商汤都亳！接着，邹衡连发多篇论文，1980 年出版扛鼎之作《夏商周考古学论文集》，一举奠定其‘夏商周考古第一人’的崇高学术地位。一石激起千层浪，众人群起而攻之。有学术史论著称有如一匹黑马的邹衡为‘搅局者’颇为贴切。”①

1977 年 11 月 18—22 日，在河南召开的“登封告成遗址发掘现场研讨会”，是粉碎“四人帮”反革命集团之后考古学界的一次大聚会，与会人员 109 人，包括考古所设在山西夏县东下冯遗址工地的徐殿魁、高炜、黄石林、张岱海也参加了会议。所谓的遗址发掘现场研讨会，实际上就是一个夏文化研讨会。据说因在王城岗这个龙山城址的前面冠以“夏代”二字，即“王城岗夏代城址现场会”，受到一些与会代表的质疑；到正式开幕时，会场上悬着红布横幅，上书“登封告成遗址发掘现场座谈会”。②

19 日、20 日两天，与会代表赴告成王城岗发掘工地现场和阳城山东周时代的阳城遗址参观。21 日进行大会讨论，最后发言的便是此次会议的“搅局者”邹衡。

---

① 许宏：《发现与推理》，第 165 页，山西人民出版社 2021 年。

② 夏鼐：《夏鼐日记》，卷八，第 147 页，华东师范大学出版社 2011 年。

邹衡（1927—2005年），湖南澧县人，1947年考入北京大学法律系，1949年转入史学系，1952年毕业后考入考古专业攻读研究生，1955年获得北京大学副博士学位。1956年起任北大历史系助教、讲师、副教授、教授。在考古方面的主要贡献是寻找、发掘和研究山西晋国的始封地古唐国遗址，代表性成果是由其主编的四卷本《天马－曲村（1980—1989）》，该书由北京大学考古学系商周组、山西省考古研究所编著，科学出版社于2000年9月出版。在夏商周三代考古的研究上，有《夏商周考古学论文集》《夏商周考古学论文集（续集）》《夏商周考古学论文集（再续集）》，曾走红一时，后因“夏商周断代工程的结案”，其先入为主的推断饱受质疑，收入文集的不少文章已是明日黄花。

邹衡的发言是以他从1960—1973年间三易其稿的《试论夏文化》一书及赴登封会议途中的所思进行的，所以“从年代、地理、文化特征、文化来源以及社会发展阶段五个方面进行全面考察”后，得出肯定的结论：“可以肯定地说，二里头文化（包括两种类型的早、晚两期共四段）就是夏王朝所属

邹衡（前排左一）到山西进行考古调查时与考古学家张颔（前排左二）合影

的考古学文化，即夏文化。”[①] 对这次与会的代表大都认为偃师二里头遗址是成汤所居的“西亳”，所论证的二里头文化晚期第三、四段是成汤以来的“早商文化”，邹衡则以自己十多年研究表达了完全相反的意见：“十六年前，我们也曾相信‘西亳说’，并为之寻找了不少的文献根据和考古学上的根据。不过，我们当时把整个二里头文化（包括早、晚两期）都当成了先商文化。可是从 1964 年以后，反复推敲这些文献根据和考古材料，却作出了完全相反的结论，即否定了西亳说和先商文化说，初步确立了郑亳说和夏文化说。到 1973 年更进一步否定了四亳说，即使其中的北亳说，其文献根据也是站不住的。总之，所谓四亳说，都是汉以来的学者所附会，没有什么过硬的证据。那么，成汤所都之亳究竟在哪里呢？我们认为就在郑州。郑州并非仲丁所迁之嚣或隞，而是成汤所居之亳，郑州商城就是成汤的亳都。从东周以来的文献记载和解放以来的考古材料都可以确证这一点……我们之所以确定二里头文化早、晚期都是夏文化，就是首先认定了商文化。”[②]

邹衡所说的“西亳说”的“西亳”，是由古地名“亳”衍生出来的一系列以“亳”字为地名的都邑。先秦文献中记“亳”的地名的当数《竹书纪年》，但无自然实体位置所指，仅言“商侯履迁于亳”（成汤元年）；“二十八年……商会诸侯于景亳”；之后便是“汤在亳”和出现了九次之多的“居亳”，最后是仲丁元年即位，“自亳迁于嚣，于河上”。司马迁作《史记·殷本纪》，也是“汤始居亳，从先王居，作《帝诰》”。加了专名的“亳”，则出现在东汉班固的《汉书·地理志》偃师县注，东汉郑玄所注《书·帝告序》，魏晋杜预注《左传·昭公四年》，西晋皇甫谧的《帝王世纪》：“盘庚以耿在河北迫近山川，自祖辛以来奢淫不绝，乃南渡河将徙都亳之殷地……亳在偃师。”[③] 有明确方位的古地名“三亳”则出自《尚书·立政》：“夷、微、卢烝，三亳、阪尹。”“阪”，是自然地理位置很险要的地方；“尹”为防止这三个“亳”地叛乱而设置的封疆之官。唐孔颖达引郑玄注云：“‘三亳’者，汤旧都之民服

① 邹衡：《关于探索夏文化的途径》，《中原文物》1978 年 1 月。
② 同上。
③〔清〕钱熙祚：《帝王世纪》，道光二十年校梓版。

文王者，分为三邑。其长居险，故言‘阪尹’。盖东成皋、南轘辕、西方降谷也。”南宋蔡沈（另作蔡沉、蔡渖）《书集传》：“此王官之监于诸侯四夷者也。‘微’‘卢’见经，‘亳’见史，‘三亳’：蒙为北亳，穀熟为南亳，偃师为西亳。”[①] 清儒于“三亳”考证更勤：“契之所封商邱，商洛是也。商土于迥，为卫是也。而学者以商邱为契封，谬矣。汤始居亳，学者咸以亳本商帝喾之墟，在《禹贡》豫州洛河之间，今河南偃西二十里尸乡之阳亭是也，以为考之事实，甚失其正。今梁自有二亳，南亳在穀熟，北亳在蒙，非偃师也。……殷有三亳，二亳在梁国，一亳在河洛之间，穀熟为南亳，即汤也。蒙为北亳，即景亳，汤所盟地。偃师为西亳，即盘庚所徙者也。故《立政》（周书）篇曰‘三亳、阪尹’是也。”[②] 除了历史文献的“三亳”，尚有山西运城垣曲的“上亳说”，陕西长安的“杜亳说”，河南内黄的“黄亳说”，河北涿鹿的“燕亳说”，山东曹县的“曹亳说”，对所有这些“亳”，邹衡全部否认掉，只以自己新提出的“郑亳说”为要：“成汤都亳，自汉以来，经过学者们的考证，曾有所谓杜亳说、北亳说、南亳说、西亳说、黄亳说、垣亳说，等等；所有这些亳说，笔者都曾在古文献上加以爬梳，发现这些亳说都没有汉以前的根据，不过是汉或汉以后的各种推测，且都存在严重的问题，因而都不是很牢靠的；尤其是对各种亳说，笔者都曾做过实地考察，发现这些亳说，大多没有考古材料予以印证，因而都是难以成立的。唯独偃师商城西亳说有考古材料可以印证，但它也只不过是早商的陪都或离宫所在，绝不可能是早商的首都亳城。与以上诸种所谓亳说相比，郑州商城亳都说既有可靠的古文献记载（包括战国时陶文），又有大批考古材料相印证，其为成汤之亳都，已经不存在什么疑问了。”[③]

郑州商城遗址的发现比偃师商城要早二十多年。1950 年首先发现的是郑州市东郊二里岗、凤凰台一带的商代文化遗址和西郊西沙口一带的龙山文化遗址。1951 年，又发现了白庄的“仰韶文化”遗址。1953 年，郑州大搞社

① 〔南宋〕蔡沈：《书集传音释》书卷第五“立政”，元至正十一年刻本。
② 〔清〕宋翔凤集校：《帝王世纪》“世纪四”，清嘉庆十七年刻本。
③ 邹衡：《夏商周考古学论文集》，第 54 页，科学出版社 2011 年。

会主义基本建设，在许多施工工地发现了殷商、战国、汉、唐、宋等历代古墓葬。1955 年冬，在进行郑州旧城南关外商代文化遗址发掘时，又发现一处规模宏大的二里岗早期商城遗址，该遗址于 1956 年 7 月 20 日发掘，同年 12 月 6 日结束。这个考古发掘就是后来唤起考古人和历史学者探索早商文化及夏文化遗址热情的郑州商城。因为史书所载盘庚以前的“五次迁都”—— 一迁郑州的隞（嚣），二迁河南的内黄，三迁河南温县的刑（耿），四迁山东鱼台的庇，五迁山东曲阜的奄，现在终于找到了一处遗址，学术界认为可能是“仲丁迁隞”的隞都。尤其是河南文物考古研究所所长安金槐于 1961 年在《文物》杂志第 4、5 期合刊发表了《试论郑州商代城址——隞都》的论文后，郑州商城为“隞都”似乎已成定论。所以，邹衡的“郑亳说”一出，真可谓“一石激起千层浪”。

登封会后，邹衡正式公布了他的“郑亳说”，文中列举了四个论据：①文献所见郑地之亳；②郑州商城出土陶文证明东周时期郑州商城名亳；③汤都亳的邻国及其地望与郑州商城相合；④商文化遗址发现的情况与汤都郑亳相合。

“郑亳说”一经公布，便引起众行家里手的商榷，其中有名者，如中国社会科学院考古研究所的郑光、杜金鹏，武汉大学教授方酉生等。在这场旷日持久的学术论争中，尤以与邹衡同出参加并主持过史语所安阳殷墟考古发掘、北大历史系考古专业导师郭宝钧门下的郑光，以“石加”笔名所发表的《“郑亳说”商榷》和《“郑亳说”再商榷》为一时美谈。

郑光认为，第一，“郑亳说”的文献证据有问题，所据《左传》“秋七月，同盟于亳”以及杜预注“亳城，郑地”这条史料与实际出入很大，作为文献根据是不大可靠的。第二，邹衡根据 1956 年郑州出土的一批东周陶文的材料中有一个“㢀”字，九个“亳”字，便得出“郑州商城在东周时仍名亳，就此成了铁案”的结论，未免有些牵强；而邹衡所称的阳文“亳”字，郑光看着反倒觉得更像“亭”字。他的理由是：在战国有地名的陶文中，“亭”和“里”字是比较常见的，此地名常作某“亭”某“里”，亭前地名往往省为一字，如“咸亭”，为“咸阳亭”之省。甚至“亭”前一字全省，单独作一

“亭”字。用一个完全不能肯定的“亳”字来证明郑州即古亳，似乎缺乏说服力。第三，对邹衡所说汤亳的邻国韦国在汤都亳附近，郑光以为这似乎不大妥当。况且所征引的“韦”即《吕氏春秋·具备篇》中“汤尝约于郼薄”之郼，“究竟此郼是否就是韦，实在大有问题”！第四，对于“郑亳说”，郑光认为并不在于考古和文献史料有什么新的发现，而在于邹衡对夏商文化分期理论有新的变化，而这种新的变化是为了保障那种变化的确立而产生此说的，所以才从头至尾再三强调确立“郑亳说”的重要性，认为它将为研究早商文化、先商文化，进一步论证二里头文化是夏文化打下坚实的基础，等等。通过对“郑亳说”几条证据的分析，郑光认为邹衡的“这些证据都是不可靠的，因而此说至少在目前是难以成立的”。①

主持会议的夏鼐有当天的日记：“邹衡同志于晚间继续发言，至8时半始毕。邹同志以为王城岗并非属于夏文化，许多人对此有意见，散会后议论纷纷。”②可见邹衡的“郑亳说”是孤例，某种意义上也可以说是原创和独创。

11月22日为大会的最后一天，上午发言的有中国历史博物馆的史树青，论题为《“夏虚都”三玺考释》，曾三赴夏县禹王城调查的张彦煌也发了言，接下来发言的是考古所曾主持过二里头考古发掘的殷玮璋，发言的题目是《二里头文化探讨》。这次会议上提出四种夏代文化：①河南龙山文化晚期和二里头文化是夏代文化；②河南龙山文化晚期和二里头一、二期文化是夏代文化；③二里头文化为夏代文化，河南龙山文化则不是；④二里头文化是先商文化，时代上相当于夏代，但不是夏文化。针对此，他的主张是：“二里头文化三期遗存中新出现的文化因素，其时代比商代二里岗期还早，如果是商文化，它是目前所知中原地区最早的商文化遗存。就二里头遗址来说，它的面积大、堆积丰厚。在第三期遗存中发现有规模很大的宫殿基址和手工作坊址，证明它是一个古代都邑无疑。结合汉以后关于偃师系汤都西亳的记载，二里头遗址与西亳说的地望是一致的。二里头三期遗存可能为汤都西亳的遗迹。联系到汤伐桀、商灭夏的历史事件，或可说明第三期遗存中出现变化的

① 石加：《“郑亳说”商榷》，《考古》1980年3期。
② 夏鼐：《夏鼐日记》，卷八，第149页，华东师范大学出版社2011年。

原因，只是文化面貌上的变化总没有政治变革那么急速。据此，这个早于商代、因商文化的出现而受阻以至被融合的、在传说夏人活动地域内发展起来的具有一定特征的二里头下层文化，有可能就是我们探索中的夏代文化，或可说是夏代后期文化。”① 殷玮璋所作的夏文化探索的发言，指出“二里头第三、四期遗存为商代早期遗存；第一、二期遗存则可能是夏代晚期遗存”的这一论点，成为此次会议之后夏文化探索中有影响的论点之一。

殷玮璋，上海人，1954 年考入北京大学历史系考古专业，1959 年毕业后分配至中科院考古研究所工作。先后主持河南偃师二里头、湖北大冶铜绿山古铜矿、北京房山琉璃河等遗址的科学发掘工作，为中国社会科学院考古研究所研究员、中国社会科学院研究生院教授，“九五”国家重大科技攻关计划项目“夏商周断代工程”专家组成员。在三代考古、年代学、考古学理论与方法、青铜器研究方面成绩卓然。曾应邀在美国、日本等国和台湾地区讲学。1998—1999 年在哈佛大学人类学系为研究生讲授三代考古专题。主要著作有《新中国的考古发现与研究》《中国大百科全书·考古卷》《中国考古学·两周卷》《百年考古之谜》等。

自 1977 年的“登封告成遗址发掘现场研讨会”后，殷玮璋又发表了《有关夏文化探索的几个问题》《二里头文化再探讨》《早商文化的推定与相关问题》《再论早商文化的推定及相关问题——“夏商周断代工程”结题后的反思（一）》《夏文化探索中的方法问题——“夏商周断代工程”结题后的反思（二）》《考古研究必须按科学规程操作——“夏商周断代工程”结题后的反思之（三）》《在反思中前行——为“夏商都邑暨偃师商城发现 30 年学术研讨会”而作》。尤其是“三个反思”的长文，以事实和科学检测的对比，披露了过去三十年间围绕着“早商文化研究与夏文化探索”历程，在转了一圈之后重又回到了原点的无奈结局。其中对邹衡用预设观点、为证而据的方法作出的“郑亳说”，对赵芝荃的“偃亳说”，毫无遮掩地进行批评。对“郑亳说”立论的两大支柱：一个东周时期的陶文“亳”字，一个“郑州商城”的

① 殷玮璋：《二里头文化探讨》，《考古》1978 年 1 期。

碳 -14 测年数值，也予以了批驳。尤其是对后者的揭露，令局外人深感吃惊之余，不免还生出“为证明自己推论的正确性，居然还可以如此操作科学的数字”的感叹。

邹衡是如何推定“郑州商城”是成汤的“亳都”呢？殷玮璋道出了其中的一些细节：

> 他先否定文献中的四亳，因为这四亳均无助于上述思路的实施，包括他认为“证据较多，现代最占势力”的北亳说。他认为郑州商城遗址区内东周文化层中出土的“亳”字陶文比文献更为有用，并将它作为立论的依据……其实，这是用主观解释作论据的典型实例。因为东周时期“亳”字陶文的出土，即使亳字是个地名，也只能证明东周时期该地名亳，怎么能够去证明近千年以前的“郑州商城名亳”？犹如用今天的某个地点去“证明”1000 年前一定也叫这个地名，究竟有多少合理成分？如果亳字陶文的出土，意味着那里必有一个亳都的话，那么临淄也出有亳字陶文，是否那里也应有一个商代亳都？用推理的方法并非不可，但他是有前提的。作者深知：即使有亳字陶文作郑州商城为成汤所都的证据，如果没有年代作证，划不出夏商两代的分界线，也难以“为商城上下诸文化层提出绝对年代标准”。为了强化“郑亳说”的论点，“郑亳说”者看中了碳 -14 测定的年代数据。他从郑州商城所测的若干个碳 -14 年代数据中，挑选了一个年代数值作为郑州商城是成汤所都之“亳”的证据。这个年代就是作者多次提到的 CET7 第 5 层（城墙夯土层）中出土的木炭，经常规碳 -14 测得的公元前（1620±140）年。[①]

不是殷玮璋告诉局外人，我们哪知道当年碳 -14 测年专家在对二里头遗址和郑州商城的数十个含碳样品进行了测年，公布了一批数据后，曾撰文指

① 杜金鹏、许宏主编:《二里头遗址与二里头文化研究——中国·二里头文化国际学术研讨会论文集》，第 517 页，科学出版社 2006 年。

出:“二里头遗址第一至第四期的年代在公元前1900年至公元前1500年范围之内。同时还说明:三代时期的这些数据，因种种因素，如采集的标本遭受污染;所选木炭，取的多是芯材，与树木死亡的时间之间，往往有上百年的差别;操作中出现的某些不可预见的情况等等，都可使有关数据有较大误差。所以，单个数值不可轻易采信，只有在对大批数据进行分析处理后，才可供考古研究做参考之用。”他们提醒说:“考古学家在运用碳-14数据时，对孤零零的单个数据要谨慎使用，更不能滥用或先入为主。对于成批正常的碳-14数据却不可置之不顾，而是要结合考古层位和文化之间的关系加以通盘的科学分析，才能取得较好的效果。”并特别告诫:“根据单个年代数值作出结论是很危险的。”

不是殷玮璋告诉我们，一般的受众怎能明白，“夏商周考古第一人”的邹衡选择的测年数据是经不起推敲的呢:

①他十分清楚碳-14测年的年代是个可“伸缩年代”,“即使测出的年代完全可靠，也还难以确定其夏年还是商年”。但他把一个误差范围很大的碳-14年代数值(公元前1620年 ±140年)，当作绝对年代(公元前1620年)使用，成为立论的基点。

②郑亳说者把公元前(1620±140)年这个碳-14年代数值，与“成汤始建国年应在公元前1528～前1666年”这两个年代范围，仅用一句“能大体吻合”的说辞，强拉在公元前1620年“吻合”。

③他用公元前1620年这个经不起推敲的年代基点，又以跟“早商开始的年代大体相合”为由，引出“郑州商城本身属最早的商年”的结论。

④在“郑亳说”这一假说未被验证的情况下，又把它作为推断二里头文化为夏文化的立论前提。[①]

---

① 杜金鹏、许宏主编:《二里头遗址与二里头文化研究——中国·二里头文化国际学术研讨会论文集》，第521页，科学出版社2006年。

局外人也从郑光为邹衡逝世三周年所作的一篇纪念文章中，除了看到赞誉邹衡为人正直，对学术界的不正之风和学术腐败甚为不满之外，还看到“二十世纪九十年代以来，学术界一些不正之风渐渐突出，有的年轻学者为追求功名，急功近利，浮躁虚夸，不脚踏实地，不遵守学术规范，在考古工作上不守操作规程。在世风锐变的情况下，人们见怪不怪，任其为害。而在许多老一辈学者看来，简直是胡来、胡说，不堪忍受。邹先生斥之为‘荒唐鬼’。考古所人提出‘唤回夏鼐精神’，可见问题之严重”①。“唤回夏鼐精神”，那就需要先回到当年登封会议现场，看看一个考古人是该如何进行夏文化研究的。

11 月 22 日下午，夏鼐在闭幕式上讲话，主要谈了研究夏文化的两个问题。他说：“夏文化”应该是指夏王朝时期夏民族的文化。有人以为仰韶文化也是夏民族的文化。纵使能证明仰韶文化是夏王朝的祖先的文化，那只能算是“先夏文化”，不能算是“夏文化”。夏王朝时代的其他民族的文化，也不能称为“夏文化”。不仅内蒙古、新疆等边区的夏王朝时代的少数民族的文化不能称为“夏文化”，如果商、周民族在夏王朝时代与夏民族不是一个民族，那只能称为“先商文化”“先周文化”，而不能称为夏文化。对于在会上众人所发表的夏文化的意见，他总结大致有四种：①认为河南龙山文化晚期和二里头文化的四期都是夏文化遗存；②河南龙山晚期与二里头一、二期遗存为夏文化遗存；③二里头一、二期遗存是夏文化，三、四期是商文化；至于夏代前期的文化是哪些则没有说；④二里头一至四期是夏文化，河南龙山文化不是。对于这四种观点，夏鼐没有一种是赞同的，主要原因是四种意见都有说不通的地方。比如，邹衡所说郑州是汤都，二里岗下层便是商朝最早的文化，可夏鼐却指出：郑州还有早于二里岗的商文化遗存。有共同点，又有差别，这里很复杂。现有的材料还不足以说明哪一个是夏文化。关于寻找夏都问题，夏鼐也有具体的看法。他说：一般的探索过程，是先确定一个遗址属于某一王朝，然后再确定它是该王朝的京都。如果夏到不了河南龙山文

① 郑光：《邹衡先生仙逝三周年的思念》，《考古学研究》，第八辑，第 45—46 页，科学出版社 2011 年。

1985 年 6 月 8 日，夏鼐（左三）赴河南偃师商城遗址发掘现场视察工作

化晚期，那么告成王城岗的城墙为夏都城之说便难以成立了。所以，这里首先要解决的是夏文化问题。如果这遗址属于夏文化，也仍有这是否为都城的问题。如果某一遗址由各方面的强有力的证据可以确定是夏都，那也可以由此找到一个标准，根据它去搞清楚夏文化的面貌。但是，关于禹都阳城说的时代还是比较晚。而且还有禹都安邑等说法。纵使禹都阳城，是否即战国时阳城，也可能是另一个地点，虽然很可能是指战国时代的阳城的附近地带。这个王城岗遗址有城，但是不是京都？①

夏鼐对夏文化的这些看法，自始至终都没有改变。为什么没有改变？因为这是傅斯年为史语所定的家训——“我们反对疏通，我们只是要把材料整理好，则事实自然显明了。一分材料出一分货，十分材料出十分货，没有材料便不出货。两件事实之间，隔着一大段，把我们联络起来的一切设想，自然有些也是多多少少可以容许的，但推论是危险的事，以假设可能为当然是不诚信的事。所以我们存而不补，这是我们对于材料的态度；我们证而不疏，

① 夏鼐：《谈谈探讨夏文化的几个问题》，《中原文物》1978 年 1 期。

这是我们处置材料的手段。材料之内使它发见无遗，材料之外我们一点也不越过去说。果然我们同人中也有些在别处发挥历史哲学或语言泛想，这些都仅可以当作私人的事，不是研究的工作。”①

尽管夏鼐在二十世纪五十年代，从胡适的著作中只找出一条关于考古学意义上的具体问题的意见，“发现渑池石器时代文化的安特生近疑商代犹是石器时代的晚期（新石器时代），我想他的假定颇近是”，便作了一篇长达六千多字的大文章《批判考古学中的胡适派资产阶级思想》(《考古通讯》1955 年 3 期)，并借此大批特批傅斯年，但在治学方法上，秉承着的仍是“证据”不是“推论”的认定原则。所以，他对徐旭生探索夏文化是支持的，但对于结论却是慎之又慎的。无独有偶，李济当年对徐旭生的《1959 年夏豫西调查“夏墟”的初步报告》，也有公允和中肯的评论。他的这一话题，从对于传说历史的史料价值说起，认为就现代考古学的立场来看，这一组材料是史学界不能完全忽视的。“至于大禹治水的传说，更有实质的背景。黄河下游的泛滥成灾应为农业社会必然防备的事件，史学家可以继续地对于大禹这位人物的真相予以不断的努力求证；这类人物存在的可能性，显然是很大的。”李济认为，研究夏朝的重要节目，除了传说的真实性与否，另一重要节目是要搞清夏代的疆域在哪里。他的看法是，徐中舒（1898—1991 年，安徽怀宁人。1925 年考入清华大学国学研究院，1930 年在史语研究所任专任编辑员长达八年之久，新中国成立后，为四川大学历史系教授）根据史料，得出夏代统治所及的地方，大概以洛阳附近一带为中心，离最初出彩陶文化的仰韶村遗址不远。但徐中舒所划定的夏代疆域，只以河南为中心，显然不符合历史文献记录的有关人物的广大迁徙路线。到了傅斯年作《夷夏东西说》一文时，才明确地指定：“夏之区域，包括今山西省南部，即汾水流域，今河南省之西部中部，即伊洛嵩高一带，东不过平汉线，西有陕西小部分，即渭水下流。”五十年之后，傅斯年所圈定的夏朝舆地，几乎和李济的学生、著名的考古学家、人类学家张光直所划分的中原彩陶核心区完全相符，李济才

---

① 欧阳哲生编：《历史语言研究所工作之旨趣》，《傅斯年集》，第 155 页，中国人民大学出版社 2015 年。

有了对徐旭生调查“夏墟”发现的五个遗址重要特征的关注：

> 1959年，有一位河南的老考古学者发表了他调查所谓“夏墟”遗址的简略报告；在五个遗址的遗存中，他所取的重要特征如下：
>
> （1）颍水北岸的，告成八方间遗址（登封县）：出龙山、仰韶陶片。
>
> （2）颍水入库处碎关数遗址（登封县）：出龙山、仰韶陶片。
>
> （3）阎砦遗址（禹县花石镇）：出龙山陶片。
>
> （4）谷水河址（禹县）：出仰韶陶片。
>
> （5）二里头遗址（偃师县）：范围广大似属商代早期。
>
> 这三县（登封、禹县及偃师）均在平汉路以西。
>
> 这一简略的报告，虽不能证实彩陶文化代表夏文化之假说（按：指徐中舒提出的“仰韶文化为夏文化”的观点），但却可以加强这一假说可能性的力量，并可证传说历史中，有若干成分构成了史前的主要事件。①

面对傅斯年、李济和夏鼐对考古人的忠告及他们考察上古史和史前遗址的做派，探索夏文化，确实应该像殷玮璋所提倡的那样：“在反思中前行。”因为对峙了三十年之久的“郑亳说”和“西亳说”，以及由此派生出来的各种各样的“说”，既没有找到当年李济主持殷墟考古发掘的甲骨文“地下档案库（H127）”，来作考古人裁判的根据，又没有“对于史料之范围及采集史料之方法”，所用多为被顾颉刚“古史辨派”弄得一清二楚的伪材料，不总结和反思，寻找出差距与不足，夏文化的探索仍将停滞不前。诚如顾颉刚的高足刘起釪不无幽默地说：“是不是盘庚甲骨不和武丁以后甲骨一起藏在小屯而藏在殷墟他处，目前尚未发现呢？如果哪一天能够发现出来，那么安阳之为盘庚所迁之殷，就无可动摇了。如果有哪一天在偃师亳地下发现盘庚时的

① 历史语言研究所、中国上古史编辑委员会编刊：《踏入文明的过程——中国史前文化的鸟瞰》，《中国上古史（待定稿）》第一本：史前部分，第479—480页，1972年12月。

甲骨文，那么盘庚迁殷是迁偃师西亳之殷，也就可成为定论了。”[①]

许宏对“郑亳说”和“西亳说”也有一个自己的判定：当一个议题多年来聚讼纷纭、久议不决时，是否就要考虑该命题的合理性、可行性或方法论上出了什么问题，与武丁至帝辛都殷这个“唯一解”和“信史”相比，二里头分别被推定为夏都斟鄩、夏桀所都、商汤都亳，郑州商城则被推定为商汤都亳、仲丁都隞，而给新发现的偃师商城贴的标签，更是五花八门，从商汤都亳、名相伊尹居城、伊尹放逐商王太甲的桐宫（邹衡持此说）、商王太戊新都、盘庚都殷，到辅都别都陪都或军事重镇，不一而足。人们不禁要问，前殷墟时代是信史时代吗？没有像甲骨文那样的当时的自证性文书材料参与互证，这类问题能解决吗？有学者风趣地总结道，“郑亳说”的大本营在北大（邹衡为主帅），“西亳说”的大本营在社科院考古所（以赵芝荃等学者为首），主战场则在河南！作为“郑亳说”和“西亳说”分别认定的最早的商都，郑州商城和偃师商城“城头变幻大王旗”，两方都把自己认定的主都放在最为重要的位置而加以强调。但学术观点历来只能是学者“个人本位”的，而不可能是以某一学术机构为本位的……风传于北大学子间的一首打油诗更有意思：

郑亳西亳几成仇，
西亳全赖大灰沟。
前八后五今何处，
东西二里不到头！

大灰沟，是偃师商城“宫城”内发现的一处该遗址最早的遗存，被发掘者引为夏商分界的界标。前八后五，史载商人迁都，建国前八次，建国后五次。[②]

---

① 顾颉刚、刘起釪：《尚书校释译论》二，第1041—1042页，中华书局2018年。
② 许宏：《发现与推理》，第166—168页，山西人民出版社2021年。

第三章　垣曲原来是汤都

在偃师商城遗址发现之后，接踵而至的便是山西运城垣曲商城遗址的发掘。

垣曲在唐虞夏三代，均为古冀州之邑，商为侯国，周为晋；秦为河东郡，汉为河东郡二十四县之一，东汉属河东郡二十城之一；魏属河东郡直隶司州，晋属河东郡九县之一，隶司州。汉以前因邑东王屋山，状如垣，故称东垣，亦称王垣。北魏皇兴四年（470 年）置邵郡，隶东雍州，太和年间（477—

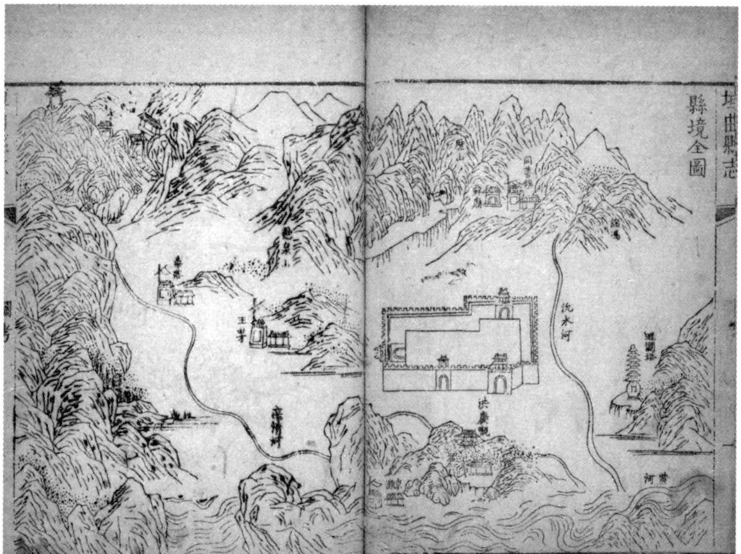

垣曲县境全图（《垣曲县志》，乾隆三十一年刻本）

499年）并河内、孝昌析置白水县，复置邵郡于阳壶城，领白水、清廉、苌平、西太平四县。北周明帝二年（558年）置邵州，改白水县为亳城。隋开皇初（581年）废郡，大业初（605年）废州，改为垣县，省后魏所置清廉县及后周所置蒲原县入垣县，属绛郡八县之一。义宁元年（617年），以垣、王屋置邵原郡，又置清廉、亳城二县。唐武德元年（618年）改为邵州，置长泉县；是年，以长泉隶怀州，后省。武德五年（622年），省亳城入垣。贞观元年（627年），州废，省清廉入垣。龙朔三年（663年），隶洛州。长安二年（702年），复隶绛。贞元三年（787年），隶陕州。元和三年（808年），复隶绛，为绛郡七县之一，隶河东道。五代因之。元初，属绛州七县之一，隶平阳路。至元三年（1266年）省垣曲入绛县。元朝统治者此次的行政区划调整，给垣曲差役和人民的生活生产带来很大不便。远者涉水登山，往回四百里，动经数日，农人贻误农时，多妨农务，差役又招违慢之罪责，以致民人虽在垣曲而心不安，虽置产而不辟田。至元十三年（1276年），垣曲典史刘让等四十余人联名状诉，以为本县地里宽远，东连王屋济源，南控本境，黄河济民古渡，西通解盐路径，北接冷口谷道，四通行旅经商；又有舜耕历山让畔之田，汤都葛伯仇饷之所，相去绛县一百七十余里，乞上可怜，复立垣曲县，诚为便当。于是前县官裴珍，兵马都监吕忠信、杨林，刘让和耆老鲁斌等五人，亲到州衙和路治请愿，又赴京师递状，经历三载，终获所愿，至元十六年（1279年）复置垣曲县。①

垣曲自汉讫五代，皆名曰垣。至宋改垣县为垣曲县，入元省并后以乡民请愿复置，是为县名至今千年不变的古县。因县地古老，又因东至河南济源县界五里，至济源县治一百六十里；南至黄河岸五里，与河南渑池县界相邻，至渑池县治九十五里；西南至夏县九十里，至夏县治一百九十里；西至闻喜县界八十五里，至闻喜县治一百九十里；左跨王屋，遥连析城，右扼中条，直接雷首、太行，北倚名山之宗，黄河南旋，众水所会，洵锁钥也，故有“被山带河，襟要之所”“河东之形势，陕洛之襟喉”的美誉，而所存古

① 〔清〕汤登泗纂修：宋景祥《沿革碑记》，《垣曲县志》，乾隆三十一年刻本。

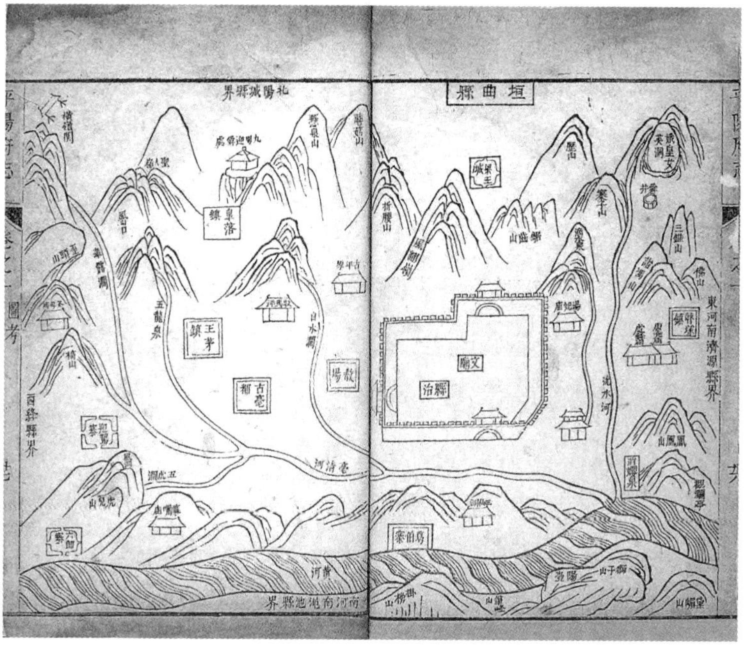

垣曲县（《平阳府志》，康熙四十七年刻本）

迹也多为或传说或史载的古城址：

亳城：在治西十里。相传为汤都遗址。元致和元年（1328年），在此勒“殷商烈祖成汤居亳故都”碑。《佩文韵府》亦言：“垣曲西有亳原，汤尝誓众于此。”

葛伯寨，在治南五里。《金史》：元光二年（1223年），高伦迁保葛伯寨。据《蒲州府志》载，以寨为五代葛从周所筑。考《葛从周传》，张全义袭李罕之于河阳，罕之奔晋，召晋兵以攻张全义军。张全义乞兵于梁太祖，遣葛从周救之，败晋兵于沇河。垣境教水（一名沇水），当即此地息桑园。

古皋落城，在县西五十里。《左传·闵公二年》：“晋侯使太子申生伐东山皋落氏，即其地也。”马端临《文献通考》载“垣有古皋落城，为周、召分陕之地。”

瓠邱（阳壶城），在治南二里，临黄河，是《左传·襄公元年》所载晋楚彭城之战，彭城人投降晋国，晋国将解救回来的五个宋国大夫安置该处。杜预注：“垣东南有壶邱。”西晋史学家司马彪续范晔的《后汉书·郡国志》

载“垣有壶邱亭。”北魏郦道元的《水经注》:“清水又东南，径阳壶城东，即垣县壶邱亭。”

白水城，《文献通考》:“白水有彭衙秦晋战处，后魏献文帝皇兴四年置邵郡于阳壶城南一里南大河，又置白水县在西郭。”

清防城，在县西五十二里。后魏割闻喜、夏县东，于清防山北置县。

梁王城，在县北六十里山中。世传梁王避兵于此，址存，蒲原故县，后周置，隋省入垣县。

在诸多的古城遗址中，夏朝时的葛伯寨和夏商两朝交替之际的亳城无疑是最令人关注的。

垣曲知县纪弘谟（字伯禹，辽宁开原卫人，河南辉县籍荫生）于康熙三年（1664年）主持修纂的《垣曲县志》(康熙十一年刊本)，引明陆应旸《广舆记》云:“垣曲有汤誓师处。周围百四十余步，至今民不敢耕。”又引《佩文韵府》:“垣曲有亳原，汤尝誓师于此，故世传汤都在今垣曲。”垣曲境内除了亳城，在县治东南还有乡名为亳川的乡和亳清河。据清汤登泗纂修《垣曲县志》:清水河，一名亳清河，俗名南河。在南郭外，发源横岭山下，由关店顺流而东经郭南入黄河。《水经注》:清水出清廉山之西岭，东南流出峡，径皋落城北，清廉城南，又南历奸苗北马头白水原，径县故城北，又东南径阳壶城东，即垣县之瓠邱亭，又东南流注于河。于是，垣曲八景之一便有了“亳城春水”。不但有图，还有赞诗:

汤城春早蔼春晖，岸柳参差金缕衣。
屋底清流随雨涨，村头活水带云飞。
夜深静洗巢由耳，日永相忘鸥鹭机。
早谢冠簪归故里，绿阴深处有渔矶。[①]

这首题名《亳城春水》诗的作者叫赵载（1481—1543年)，垣曲人，《明

① 〔清〕汤登泗纂修:赵载《亳城春水》,《垣曲县志》，乾隆三十一年刻本。

垣曲八景之一“亳城春水”（《垣曲县志》，乾隆三十一年刻本）

实录》有传：“山西垣曲县人。正德辛未（1511 年）进士，授户部主事，累升佥都御史，巡抚甘肃，督理屯田，升南京都察副都御史……在甘肃十二年，巡抚满两考，屡获边功。”升都察副都御史一年，又升管理江防的操江都御史。后被奸臣诬告，致仕还乡。

在赵载的心目中，亳城就是商汤王所都的一座城，这座城今年春天来得早，春晖让树木生长得比往年繁茂，亳清河岸那随风飘荡的柳条高高低低，参差不齐，让人想起唐代的乐府《金缕衣》。房屋底下的排水沟随着春雨涨满，村头河渠里的活水映照着蓝天上的云朵奔流。夜深人静，阵阵清风洗涤着宁为隐士不为帝王的巢父和许由之耳，白昼看到的鸥鸟和白鹭却只在高空飞舞盘旋，不肯落下来。早早辞谢了仕宦回归故里，因为绿阴深处有我的钓鱼台。

表面上看，赵载像是一个不以世事为怀的隐居钓客，但内心里却对狡猾奸诈之人之事充满了痛恨和不屑，钓上来的鱼，也许就是那个诬告他的奸臣。在官位上才能稳坐钓鱼台，下了台才钓鱼，只是一种无可奈何的象征。

在亳城与葛伯寨之间，有一片坡地，坡顶有平原数百亩，地名童子坪，即史书“葛伯仇饷”处。葛，是跟随大禹治水的功臣伯益之子大廉的封地。禹之子启为报伯益禅让帝王之恩，特封其子大廉为葛邑之伯。随后，葛邑渐渐发展为葛国。夏末，商汤王居亳，与葛国相邻，汤屡以葛伯不祭祖神、冤杀幼童为名，征伐葛国，最终夏朝的葛国被商汤所灭。故此，葛伯所居之地，成为探索夏文化的一个重要古地名。

垣曲八景之一“葛寨春耕”（《垣曲县志》，乾隆三十一年刻本）

赵载当年返乡隐居，也常常到葛伯寨怀古：

野老传呼葛伯城，面山临水一湾平。
青官布令兴东作，黄犊随风趁晓晴。
何事当年曾夺饷，于今比屋尽知耕。
民风伯业皆陈迹，写景人还说旧名。[①]

垣曲的老人不称葛伯为寨，而叫葛伯城，一面靠山，一面临水，所以这

① 〔清〕汤登泗纂修：赵载《葛寨春耕》，《垣曲县志》，乾隆三十一年刻本。

里的地亩也像一条弯曲的流水似的平平坦坦。礼部颁布政令，岁起于东，而始就耕，“农家东作有丰兆”，小牛也趁着初晴的早春开始耕地了。当年葛伯为何杀饷者夺其食，如今家家户户都耕田。过去的民风和葛伯的霸业都过去了，但我写诗还要用旧的地名。赵载称亳城为“汤都”，对葛伯寨则叫“城”，如此准确的用词，不是饱读历代地理志的人，决然用不出来。

如此美好的山居图景，让人很难相信，这就是南临大河，襟带嵩洛，东倚太行、王屋，踞河北之脊，西接中条，遥连关陕，商汤灭夏之战的必经之地吗？这就是晋末及五代时攻战无虚日、暴骨遍荒野的垣曲吗？带着寻找历史真相的疑问，1980 年和 1982 年，中国社会科学院考古研究所山西队对垣曲县的古文化遗址进行了两次调查，在所调查的二十一处遗址中，全都包含有仰韶文化和庙底沟文化等两种以上的文化遗存，保存较好且有发掘价值的多处遗址中便有古城东关遗址。

1982 年，中国历史博物馆考古部和山西省考古研究所对三面环水，东、北为流河、亳清河，南为黄河的垣曲古城东关遗址进行了试掘；1984 年秋，在对古城遗址周边地区展开调查时，于南关高台地北部意外地发现了一段城墙遗址。经 1985、1986 两年时间的调查、试掘，1988 年正式发掘以来，一座平面接近于梯形的近方形城址，渐渐呈现在考古人的面前——其北墙长 338 米，西墙长 395 米，东墙长 336 米，南墙长约 400 米，面积约 12 万平方米。西墙的南部与南墙的西部在主城墙之外还建有夹城墙，两段夹城墙在西南角相会并留有缺口，西墙中部另有包括在夹墙之内的城门。考古人估计，西、南城门均经此夹墙间从西南角的外城门中出入。城内尚有制陶作坊和宫殿。出土物有陶器、石器、骨器，主要是生产与生活用具，也有零星的兵器，另有少量的铜器、炼铜渣和卜骨等。经考古学者研究，垣曲商城不是一座孤立的城堡，它所处的古城地区一直是垣曲盆地不同时期原始文化发展的中心，古代居民从未间断过在这里的生活。在这个中心区内又以古城东关和南关两个遗址的规模最大，延续时间最长。[1] 这一遗址为商代前期垣曲盆地

① 王月前、佟伟华：《垣曲商城遗址的发掘与研究——纪念垣曲商城发现 20 周年》，《考古》2005 年第 11 期。

的统治中心。垣曲商城的发现与发掘引起了学术界的广泛关注，所引发的争议也很大：城址属于夏还是商？始建于何时，废弃于哪时？是北亳汤都还是一座军事城堡？

以为垣曲商城是《史记·殷本纪》“汤始居亳”之说的最早“亳”都的，是河南大学历史系教授陈昌远。1987 年，他在《历史研究》著文《商族起源地望发微——兼论山西垣曲商城发现的意义》，文中引《左传·昭公四年》“夏启有钧台之享，商汤有景亳之命，周武有孟津之誓”，《史记·殷本纪》《正义》“宋州北五十里大蒙城为景亳，汤所盟地，因景山名”，结合刘汉屏、佟伟华《山西垣曲县古城镇发现一座商代城址》的报告，否定了“景亳”在宋州北五十里大蒙城（薄县）之说：“景亳是以景山得名。可是景山并不在宋州，因为宋州根本没有山。”景山在哪里？他据《太平寰宇记》“景山在闻喜县东南十八里”，《清一统志》“景山在闻喜东南三十里，即中条最高峰，一名汤寨山，又名汤王山，上有汤庙，下有葛寨村”，得出结论：“汤王景亳之命，应在晋南，与山西垣曲紧相连，不在宋州。”既然不在宋州，那么“亳”之具体地望应在何地？他又据地理志和地方史志的记载，认为垣曲历史上曾名亳城县，其设亳城县是与汤居亳有关系，故古城北为亳村，仍称汤王坪，当为汤都亳地，并依据邹衡的研究，郑州二里岗时期相当于成汤时期，称为殷商早期文化，初步断定：此遗址当为“汤始居亳”的最早“亳”都。

针对陈昌远的这一观点，邹衡亲自到了一趟垣曲，考察了商城遗址，作了一篇《汤都垣亳说考辨》的文章，认为：“此城的南墙下压有属于二里头文化三（前 1635—前 1565 年）、四期（前 1565—前 1530 年）的灰坑，可见此城的始建期有可能早到二里岗期下层（商代早期）。再从几年来出土的陶器来看，虽然属二里岗期上层（商代中期）者居多，但属二里岗期下层者亦不少，由此也可以旁证二里岗下层的绝对年代一般属早商早期，也可到夏代末年，应该包括成汤在内。”但在承认垣曲商城属早商文化，也可到夏代末年之后，笔锋一转，又定论为：“因不具备都城条件而只能是当时的别邑了。”

陈昌远对邹衡否认汤都在垣曲的考辨说不服，于 2000 年在《河南大学学报（社会科学版）》刊发长篇反驳文章《论山西垣曲商城遗址与“汤始居亳”之历史地理考察》，对邹文中的主要观点进行了针锋相对的缕析。首先，对于邹衡的垣曲商城不具备都城条件，只是早商夏末的一座“别邑”说，陈昌远回应道：“城的规模较小，不具备都城的条件，当是别邑，这也难成立。因为作为一个都城，不能只看城的规模大小，而应看它的地理条件与城的职能。周武王经营雒邑，就曾经指出：‘我南望三涂，北望岳鄙，顾詹有河，粤詹雒、伊，毋远天室。’三涂山在伊水上游，岳鄙指近太行山的邑，这是说雒邑南北有山，中间有河、伊，还有广阔的原野，可见其地理条件优越适宜建都。所以，城的规模大小不能是成为都城建筑存在的本质条件。”其次，他认为“亳”与“薄”古通用，这早已是人们的共识。亳之地名，来源于薄或称薄草。因晋南一些河流旁盛产薄草（或称蒲草），商人用此盖祖庙，因此以“亳”命名的地名特别多，当与晋南特产薄草有关。所以，“汤始居亳”的“亳”地应在晋南。一些人认为只有偃师一亳说，这是欠妥的。因为在偃师找不到以“亳”命名的地名，如亳清河、上亳城等。

然而，在主流的偃师“西亳说”面前，陈昌远的“垣亳说”孤掌难鸣，只能成一家之言，甚至连发掘垣曲商城遗址的佟伟华也都不赞同“垣亳说”：“垣曲商城的始建年代应是在二里岗下层偏晚的时期，比偃师商城的始建年代似应稍晚。我们认为汤始居亳的年代至迟不晚于二里岗下层早段，而垣曲商城的始建早不到这一时期，故垣曲商城为汤始居亳之亳都说难以成立，从城址规模和地处夏人密集区的地理位置看，这一城址也不可能是亳都。”① 垣曲商城不是亳都是什么？王月前和佟伟华也给出了答案：“由于垣曲商城在地理环境、城墙结构等方面表现出来的浓重的军事色彩，目前一般认为它是商王朝设在晋南的军事重镇，是商人势力已经到达晋南黄河北岸的证明。”②

当今的学者对古地名、古遗址引经据典，论来争去，除了考古发现，其

① 佟伟华：《商代前期垣曲盆地的统治中心——垣曲商城》，《中国历史博物馆馆刊》1998年1期。

② 王月前、佟伟华：《垣曲商城遗址的发掘与研究——纪念垣曲商城发现20周年》，《考古》2005年第11期。

实所有的证据早已被古人说尽了。就以“景亳说”为例，清康熙三十九年（1700年）进士、福建松溪县知县张象蒲（临汾人），就有一篇考据景亳在哪里的文章，叫《亳都辨》。文章开宗明义，直指旧县志载殷迁耿之事，不及亳者，是“未知亳之在垣曲也”：垣曲面景山，濒大河，近接葛伯寨，在五代周时名亳城县。《汉书音义》称“济阴亳县”者，济水出济源山，而山在县东也。桐乡在其北，即伊尹放太甲处，今闻喜是也；汤陵在其西，历载祀典，今荣河是也。皆距垣不到二百里，而汤妃墓、庙俱在垣境，其为亳地明矣。于后人引《孟子》“汤居亳，与葛为邻”（《孟子·滕文公下》），“世传亳州为亳，长葛为葛”，他认为十分“妄谬，不足与辨”。对西晋医学家皇甫谧在《帝王世纪》所说的“亳在榖熟”，对魏晋经学家杜预在《左传注》所注的“亳在蒙县”，对东汉儒学家郑玄在《尚书》注引的“亳在偃师”，以及称亳为葛者二，一云宁陵有葛伯国，一云鄢城有葛伯城，张象蒲笑了：“嘻，何亳与葛之多也！”据他考证，“榖熟”是在夏邑（今商丘夏邑县，商称“栗邑”），而考城亦名榖熟，北蒙有大小二，大者在商邱北，小者在商邱南。北蒙的商邱北和商邱南，茫无确指，这种古地名，你能信吗？他还对黄钧、李嵩纂修的《归德志》所谓的“帝喾都商邱之亳城，汤自商邱迁焉”，对《河南志》所载“偃师县，帝喾所都也，成汤居西亳即此”，深深地不解：“其在《左传》，帝喾封其子阏伯于商邱，以主大火，是以有阏伯之台之墓之庙。既封其子，又作之都，于理非宜，且既都商邱，何为又都偃师？是二都矣！”而“偃师最西，去景山不远，说者引‘景员维河’以实之”（《诗经·商颂》），他也感到莫名其妙：“按黄河自潼关而下，入阌乡县界，经灵宝、陕州、渑池、新安、孟津诸县，以达于开封，不闻经偃师也。所谓员河者，安在？偃师近景山而不名景亳，蒙城无景山而名景亳，所不解也。若其谓宁陵有葛国者，所以实‘亳在商邱’之说也。”但是，“宁陵实宁城，非葛乡，盖说者妄也。鄢城云三亳甚远，安得有葛”？原因便在于“好事者欲以葛城在偃师证成偃师之为亳”。但好事者不知“偃”“鄢”音近，以讹传讹，遂蔓及之耳。唐李泰《括地志》所言“汤冢在北亳”，三国魏桓范、王象等编纂的《皇览》所说的“在济阴亳县”，西汉文学家刘向直谓的“汤无葬处”，张象蒲感到皆不可信，因为偃师之墓是伪作。而对孔安国以桐为汤葬地，郑康成谓桐地有王离宫，他也认为“皆不得其实”。因为《闻喜县志》早有定论：闻喜，《禹贡》冀州之域，历唐虞夏，皆属畿内地。周成王封其弟叔虞于唐，传子燮，改国曰晋。晋昭侯封其叔父成师于曲沃，即其地也。由沃桓叔之孙武公伐晋灭之。周釐王遂以武公为晋君，而尽有其地。战国时属魏。秦为桐乡，属河东郡；又于东立左邑，以安邑在右故名，而桐乡附焉。汉元鼎六年（前111年），武帝将幸缑氏，经左邑之桐乡，闻破南粤而喜，因改桐乡为闻喜，属冀州郡。[1]唯一让张象蒲相信的是《晋太康地记》所记：“尸乡有亳坂，东有城，为太甲所放处。”之所以可信，就在于《晋太康地记》在此处没有附会桐地说。写到此时，不禁一声长叹：“自秦以来，所谓桐乡者，乃在偪近垣曲之闻喜耶？垣曲地僻而道险，名公巨儒罕有至者，故其遗迹不见于论述，而守斯土、生斯地者，承讹袭舛，不复考核，如斯类者，盖比比也，可胜道哉！”[2]

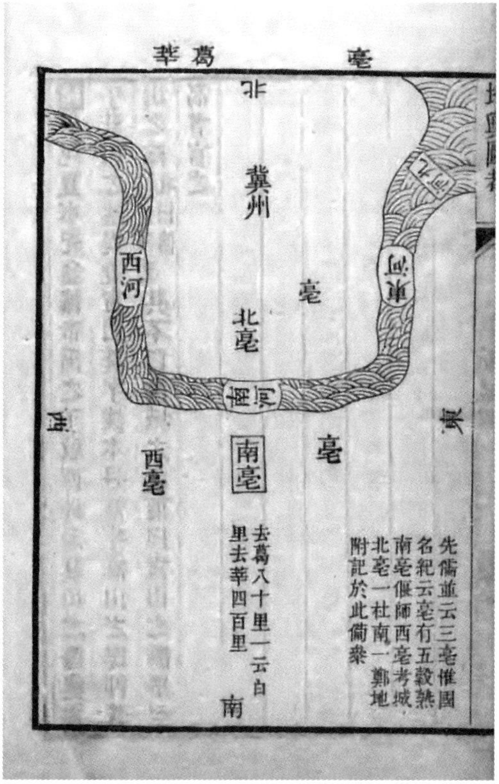

北亳（景亳、垣亳）在冀州示意图
（清杜炳《四书图考》，道光七年刻本）

张象蒲的这篇考证文章，最早刊刻在清平阳府知府刘棨主修、以《桃花扇》著名的戏曲家孔尚任所纂的《平阳府志》，时间为康熙四十七年（1708年）。没人想到，五十多年之后，即乾隆三十年（1765年），垣曲知县汤登泗在纂修《垣曲县志》时，居然对张象蒲发起了一场类似于

① 〔清〕李遵唐修、王肇书纂：《闻喜县志》，乾隆三十年刊刻本。
② 〔清〕刘棨修、孔尚任纂：张象蒲《亳都辨》，《平阳府志》康熙四十七年刊本。

顾颉刚发起的“古史辨”运动后“疑古派”和“信古派”的论战。他从《平阳府志》选刊《亳都辨》时，另作有一个“附记”，对“垣曲之为亳都”之说，一面表示未敢附会；一面对张象蒲明确提出的“北亳即景亳”说，予以封杀，而且是“不得引以为垣曲证”！

按皇甫士安云：梁国穀熟为南亳所都。《括地志》宋州穀熟县，南亳故城，即南亳汤都。孟子：汤居亳，与葛为邻。《汉书·地理志》：葛今梁国宁陵之葛乡。《晋书·地理志》：宁陵，故葛伯国。且《书序》：“汤伐桀，升自陑。”“汤归自夏，至于大坰。”大坰地在山东定陶，距南亳为近，合数说观之，则南亳之为汤都无疑矣。后自南亳迁西亳，亦在河南偃师，地与垣无涉。前于“沿革门”辨之已详，篇中云：“垣曲面景山，濒大河。”亦未足为据。盖景，大也，凡山之磊者，皆可名景山，如《诗·卫风》“景山与京”，不闻卫实有景山也。季彭山论《殷武》诗云：“此必高宗伐楚，有克缵成汤之绪，于汤受命之亳，立庙以祀，故推原汤之所以受命，而称商邑、称景山，皆北亳也。”夫北亳即景亳；景亳、景山，名适相符，不得引以为垣曲证。

再考五代时梁太祖遣葛从周救张全义于河阳，与晋兵转战至垣，筑垒，故有葛伯寨，以为即汤邻葛伯，不亦误乎？至牵引汉之桐乡当桐宫，谓在闻喜，则《通志》载：李汝宽辨已甚明，其非是矣。垣曲之为亳都，未敢附会，聊赘所闻于篇后。①

不仅对张象蒲的《亳都辨》如此，汤登泗对垣曲境内所有“不信正史而旁引他书”的山川、古迹均做如是处理。这与他泥古不化的“食古”思想大有关联。其在县志的“凡例”中阐述了总的纂修原则：“记载古迹无夸！”过去的县志于境内的诸冯、历山、亳城等山川，“地名每铺张舜、汤圣迹”，这

---

①〔清〕汤登泗纂修：《垣曲县志》乾隆三十一年刊本。

种古来圣贤诞育之乡，本来是人们游历憩息之所，但后世却多以争托为荣，如历山、亳城遍稽前典，今次编纂，“非有确据，不敢附会”。但因各叙旧说，他便在“有问题”的条目之下附上了自己的按语。在“沿革门”，便可见到这种自谦为“聊以献疑”的“鄙见”：

> 《广舆记》云：“垣曲有汤誓师处。周围百四十余步，至今民不敢耕。”又引《佩文韵府》：“垣曲有亳原，汤尝誓师于此，故世传汤都在今垣曲。”但考《史记》云：自契至汤八迁穀熟县西南南亳故城，即汤都也。宋州北大蒙城为景亳，汤所盟地。河南偃师为西亳，帝喾及汤所都，是即《周书·立政》所谓三亳也。初未尝及垣，且《史记》又云盘庚之时，殷已都河北，盘庚渡河，南复居成汤之故居，乃五迁无定处。正义曰：汤自南亳迁西亳，仲丁迁敖河。亶甲居相，祖乙居耿。盘庚渡河，南居西亳，则汤都河南之四亳，历有明征矣，与西河之垣何涉？不信正史而旁引他书，不亦惑乎？[1]

在名胜古迹上，不以“争托为荣”，这当然是对的。但像张象蒲这样饱读四书五经的翰林及在外做官所亲历过山山水水，并到过垣曲，所言垣曲为“景亳”“汤都”大概也不会错。

清康熙四十三年腊月三日（1705 年 1 月 9 日），张象蒲在严冬从平阳（今临汾）到垣曲县治所阳壶署衙探望同年许穀。许穀，字诒孙，江苏常熟人，翰林院庶吉士，康熙四十三年夏，任垣曲知县，康熙四十九年离任。在衙署听涛轩馆，张象蒲对许穀说：你来这个小而僻的垣曲，四达皆山，有路还是水潺潺出涧的道，巉滑不容车船行，既无驿站转运，也无来此一游的名公巨卿，即使迁客骚人也不愿到此行旅疲困不堪之地探奇，唯一例外的就是你这新授的县官，其他则小商旅捆载担负，趋舟楫之便而已。这里不是形胜不著，而是无人吟咏。

---

① 〔清〕汤登泗纂修：《垣曲县志》乾隆三十一年刊本。

许榖说：平阳有一半是肥沃的土地，而被称为“上亳”的垣曲农耕地却是又薄又瘦又弱，农人的生活真苦！如果是风调雨顺的年景，本该五天刮一次风，十天下一场雨，可今年连一场雨都没下，山农、泽农、平地农都陷入了困苦的绝境。不说这里的劳力对种田松懈怠惰，眼下最苦的还是无稻粟也没播种的麦子。我到署后就去察看灾荒，访问疾苦。乡人有的哭泣，有的流着眼泪和我陈述，日子就像太阳从山顶一下跌落到谷坑，苦不堪言。乡民的话自不可信，于是我骑着马在田间纵横交错的小路察看，甚至到了僻远之地的山中。时当夏日炎炎，落叶灌木到处披挂在山崖上，石隙中还藏着浅水和沙子。乡农有翻耕土的农具，但无多少可耕种的田地。我在一户看起来还算不错的人家下了马，主人请我喝他供奉先祖的七月半酒，我借酒温言问主人：相邻的县都在庆丰收了，为什么你却没有一担一石之粮的收获呢？主人不言。我劝他说：人事能胜天，唯有勤劳才能有收获。只要不怕苦不怕累，手掌磨出老茧，耕作九年就能积余三年的粮食。主人说：县大人啊，亳邑自古以来就是荒远的角落之地，肥地都没有寸尺。水田傍着山麓，一万口井，井水满着的时候也不足百，涓涓流水有时也会枯竭，疏淤导水入田也没有用，平畦列石滩，一场暴雨，石滩的平畦就被冲得了无痕迹。高山上的黄沙一吹，播下的种子都被吹跑了……

勤俭本来是虞唐留给这里的民风，可连粮食都打不上，哪里有什么办法来弘扬虞唐好的风尚呢？有的只是空叹惜！老农边说边流泪，我听着看着也是动了心魄。古人有言，救荒无奇策。既然来到这个边远贫穷的地方做官，就要到处走走看看，查明实情，请皇上蠲恤，免除赋役，赈济饥贫。度过旱灾后，再寻出一个让人能脱贫的良方。①

说到此处，两人的心情都很沉重。此时夜已静，滚滚涛声来到枕上。张象蒲对许榖说：“听涛何如观澜？”许榖笑答：“你所言诚不妄，河上有观河亭，明天我让两个佐治陪你去。这个景地我还没去过，何不想陪你一起听涛观澜啊，可我刚来未久，忙碌的事情还很多，请你见谅。”

---

① 〔清〕许榖:《省耕行》,《平阳府志》康熙四十七年刊本。

第二天，张象蒲由许榖的同里师爷沈天叙、陆来珍陪伴，策马出城。往南越过涧河，沿着河堤行进不到二里，就到了观河亭。亭子建于绝崖上，有诗碣卧于颓壁间，已不可尽识，唯一一块断碑临悬崖上竖立，有七八尺高，镌“天上来”三个大字，碑后题“太白”二字。张象蒲对此不信：“或因李诗假借耳，实不闻太白至此。”此亭不甚巍耸，但形势尽来。张象蒲凭栏一眺，三面之胜悉收望中。往下看，奔流与乱石相搏，气势澎湃，雪卷雷轰，真是蔚为大观。隔岸山形，中间断裂处为七盘鸟道羊肠，景山在其后。河以南冈峦叠出，最高者为黛眉山，而景山又高出黛眉山，俯河如环，《诗经·商颂》所说的“景员维河”即此。亲眼见到景亳之地就在垣曲，张象蒲的心情如同人河奔流般地澎湃起来：“渡南北两邑，分疆邑各一艇，烟霭波光，互相离合，棹歌既发，人影与凫鸥浮沉巨浪中。于是流盼东西，望穷忽接，回视观澜，如立天际，觉河山胜概尽在斯亭而徘徊不能去。”在返回的路上，于马上口占二律，回到县衙出示给许榖，且告之曰：“潼关之雄也，以关龙门之险也，以楼而阳壶之奇也。以亭亭物也，而作亭者人也。潼关当燕晋秦蜀之冲，禹绩龙门最著，故关与楼得以不废。阳壶越在僻远，问津者非愚则俗，其寂寂无闻宜矣，而此亭岿然犹存，则山水之神气固未尝去也。”① 张象蒲在垣曲衙署听涛轩馆连住两夜，回到临汾，就写了《亳都辨》。

被汤登泗视为异端邪说的张象蒲，在垣曲却遇到一位知音——安清翰。

安清翰（1728—1791年），字仪甫，号雪湖，垣曲本土人，清乾隆三十一年（1766年）进士，安徽潜山知县。其父安受祺为浙江金华知县，其弟安清翘为陕西三水知县，其家族是闻名垣曲的文化世族，有“一门三进士”的美谈流传。当年，汤登泗纂修《垣曲县志》时，在乡等待补授知县的安清翰，还被汤登泗聘为纂修《垣曲县志》的“纂辑”。安清翰著有《雪湖先生文集》《有竹草堂诗稿》《尚书录》等。尤其是以垣邑阳壶城东之“瓠邱亭”命名的《瓠邱笔记》，显示了他对家乡古地名的眷恋不忘和对先秦史典掌故的熟知。他感叹“垣曲者，乃成汤古亳都也”，怎么史书所载与世俗相传竟

① 〔清〕张象蒲：《观澜亭记》，《平阳府志》康熙四十七年刊本。

然各持一地?“皇甫谧说在穀熟,郑康成说在偃师,杜预说在蒙城,《归德志》说帝喾商郊之亳城,汤自商郊迁焉。相传亳州即亳,长葛即葛,一说宁陵有葛国,一说郾城有葛城。”噫嘻!你们真行,亳城与葛,竟然弄出这么多个“亳”来,而且还是“说”!要知道,使用“说”这种文体,一旦你把你的论点推出后,是需要实证实据实迹来支撑的。凡事必有“说”而后才明,所以“说”者也必须要有能被人验证的实据,“说”出来的见解人们才信。

为了弄清楚垣曲究竟是不是成汤的古亳都,安清翰经过精心准备,周密谋划,进行了一次到河南实地勘访“亳都”的探源之旅。事后得出结论:

> 穀熟即今夏邑(今河南商丘市),与商邱、宁陵属归德,偃师属河南,郾城、长葛属许州,亳州、蒙城属颍州府。地之相去也,远者则四五百里,近者亦二三百里。《孟子》曰:“汤居亳,与葛为邻。”又曰:“汤使亳众,往为之耕,老弱馈食。”信如(皇甫)谧、(杜)预诸说,不识当日之亳众,果如何往耕,如何馈食?矧夫仁智如汤,素称以礼居心,以义制事者,宁不念道里云遥,舍己田而芸人田,忍出此不情之使也耶?

安清翰又说:如果相信皇甫谧、杜预的这种超出生活实际范围的“亳都”说,用来当成一种“说”,那么这种“亳说”恐怕也难以成为表达你的观点的“说”。

真正的亳都在哪里?不在黄河南边的河南,而是在黄河北的“北亳”——垣曲:

> 治西十二里有亳城,城基尚在,治南五里许有葛寨,古城犹存。而亳葛之间,有平原数百亩,地名童子坪,即书云葛伯仇饷处也。是县有平原桑柘,即史称桑林祷雨处也。汤陵在西北,历载于祀典,今荣河是;桐乡在西,即伊尹放太甲处,今闻喜是,距垣界皆百余里耳。且《汉书音义》命名亳县,五代周时亦号亳城,《韵

府》所载，垣曲有亳原，汤尝誓众于此。《广舆记》云，垣曲有汤誓师地，周围百四十余步，至今民不敢耕其地，古碑现在，刊书“商烈祖成汤居亳故都”，即汤妃陵墓亦在垣境。由此观之，垣曲为故亳原都，殆凿凿有据者矣。

既然垣曲是“亳都”，那为何还有众多杂七杂八的这“说”那“说”？安清翰对此也给出了与张象蒲同样的说法。主要的原因是：垣曲在偏僻之区，中条山和王屋山耸立于东西，太行山与景山排列在南北，沇河、清水河环绕，再加黄河的涛浪冲刷，虽有道路，但多是让人见了就忧愁的险阻之路。即便有行人，也是下了恒心，苦苦跋涉上来的。而且云遮雾障，林茂荆丛，屡经虎豹隐伏，素为豺狼窝窟，致使吊古寻芳，名公巨儒，也未有多少亲临其境者，所以垣曲的古亳实迹，在古籍经传中难以见到有所论述。如果不是张象蒲的《亳都辨》存世，现今还会承袭各种“亳说”的谬误，把垣曲的“亳城”混迹于众多的“亳说”之中。没人来考稽核实“亳都”到底是在河南的偃师，还是山西的垣曲！

是啊，“亳都”到底是在河南的偃师，还是山西的垣曲？距离安清翰的发问已经过去了二百五十多年，这个世纪之问，至今仍然没有得到令人信服的解决。

第四章　徐旭生未能进行的晋南调查

在河南登封、禹县、巩县、偃师等处进行完豫西的夏墟调查后，徐旭生按计划前往山西，准备进行晋西南的夏墟调查。由于当时豫西没有直接到运城的火车，5 月 26 日，徐旭生和周振华从陕县乘陇海路火车先到陕西的潼关，再从潼关转车赴运城。车到潼关，他们即换乘往运城。晚七点，车经停解州站，徐旭生从车窗外看见有一座金碧辉煌的大庙，便问周振华："这是不是关云长庙？"周振华也不敢确定，疑疑惑惑地说："咱们所山西考古队的住址为运城解州关帝庙，莫非就是这里？"徐旭生也疑惑这里就是山西队，但未敢决定，因觉得行李已发到运城，如果在此下车，无法取行李，也就没有下车。车到运城，下车打问解州关帝庙在哪里，检票员告他："关帝庙在解州，不在运城，您买错票了。"不得已，徐旭生和周振华只好提出行李，在车站附近的益群旅社住了一夜。

第二天早晨起来，徐旭生到由安邑、解虞、永济、临猗四县合并为一个大运城县才一年的街上走走看看，那种把砖侧立，扣缝斜砌而成，很是平整的马路给他留下极深的印象。九点半从运城站上车，重返解州。到了关帝庙，借住在这里的山西队同志说："昨晚没见您来，我们队长张彦煌昨晚动身到陕县接你们去了。"徐旭生听说此事，很是懊恼自己：如果"昨日决定在此间下车，何致有此段人力浪费"！

中科院考古所山西工作队的前身是 1958 年成立的黄河水库考古队山西

分队；再往上推，黄河水库考古队是 1955 年为配合苏联援建中国的第一座高坝水库——万里黄河第一坝三门峡水电站，由中科院考古所与文化部联合组成的，其主要任务是对三门峡水库库区进行考古调查与发掘。之所以成立山西工作分队，是因为三门峡水电站准备于 1957 年开工，而水库的蓄水区将要淹没晋南平陆、芮城、永济三县的沿黄部分区域，那里恰恰是先秦三代华夏文明精华之所在。黄河水库考古队山西分队是支非常年轻的队伍，全队共七人，平均年龄不到二十二岁。成立当年，共钻探和试掘了九处遗址，开掘十六条探沟；发掘的典型遗址主要有平陆县盘南村和葛赵村的新石器时代遗址，芮城县东庄村仰韶文化遗存以及南礼教村龙山文化遗存。

在山西队没成立之前，1957 年 11 月 2 日，中科院考古所主持黄河三门峡水库考古复查的著名考古学家安志敏（1924—2005 年）就和张振邦、李进一同从陕县前往平陆对盘南遗址进行调查。坐船渡河时，因南岸水较浅，船不能靠岸，须赤脚在寒冷刺骨的水中蹚过。那时船工可以背人上岸，每人两角。但安志敏以“甚不雅观，加以拒绝”，赤脚涉水登上北岸。盘南村遗址适在后川对岸，过了渡口又绕了十余里才到达。遗址的面积相当大，地面陶

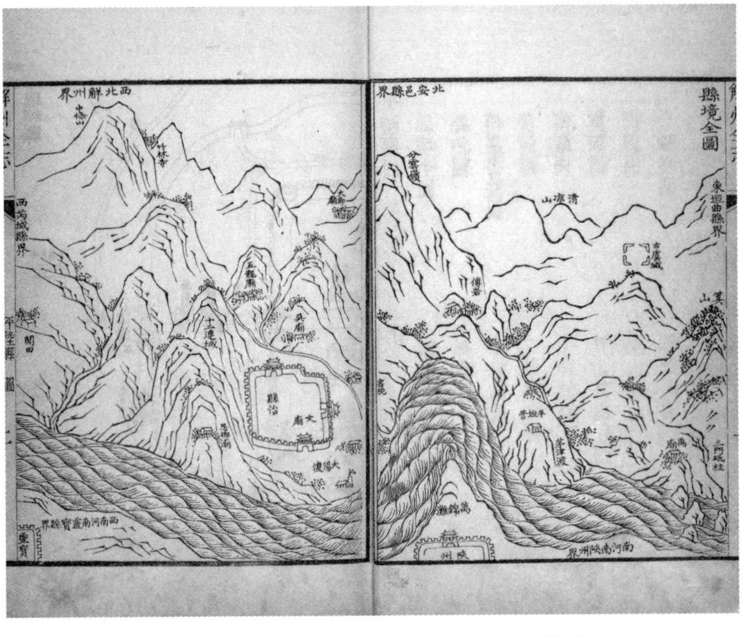

平陆县境全图（《平陆县志》，乾隆二十九年官衙藏本）

片亦多，路沟陷塌之处露出灰层达米余，但遗址边缘均不见有痕迹。最初调查时断定为仰韶、东周遗址，但这次复查时在盘南遗址东缘，发现龙山篦纹陶片一片（与庙底沟相同）及一把石斧，由此又觉得盘南遗址内必有包括龙山时期之遗物。中午，安志敏他们在平陆县城用餐，感到县城虽小，但比陕县热闹，可逛处也多。饭后，他到平陆县文化馆了解情况，喜见沙口出土的蒜头铜壶后，判断大阳渡头之城当为战国或汉初时所建。还看了从一座唐墓出土的矛头和陶俑。最令安志敏珍奇的是距平陆四十里的长安—洛阳古驿道，因修水渠挖出殷代的鼎、爵、觚、戈等，虽已破碎，但花纹精甚。看完出土的古物，安志敏本来还想勘察大阳渡头城址，但因过于疲乏而时间又不允许乃作罢。归途在大阳渡口他偶然捡得一块鱼化石，保存很完整，这是他到平陆的意外之收获。这也应了丁文江告诉他的朋友的话："在中国境内作现代学术工作，真是遍地黄金，只要有人拣。"可惜的是，安志敏晚间回到陕县，看豫剧《狸猫换太子》了，没能在平陆城楼领略一下明洪武年间平陆县学训导、夏县人、后为翰林编修的名诗人王翰在《平陆城楼晚望》诗中的景色：

连日南风扫宿霾，高楼独上遣羁怀。
山围晋国千峰合，河壮秦关万里来。
雁带断云归极浦，鸦鸣残日下高厓。
茅津涧口人争渡，一片轻帆向晚开。

无论考古人如何全力保护已发现的夏文化的遗存，一些地下文物和人文景观还是被水库区淹没了。具体到运城，除了将现存最早、保存最完整、世界现有最大的古代壁画艺术宝库之一的道观建筑——元代永乐宫，从芮城县原址永乐镇彩霞村整体迁建至现今的古魏镇上之外，古迹和文物受损最大的要数历史悠久的平陆县——筑建于金朝兴定年间（1217—1222 年）的县治和元至元年间（1335—1340 年）的县署搬迁到十几公里之外的圣人涧村；传说的大禹开凿"三门"的实迹——夏文化的人文景观"三门"和"砥柱峰"，

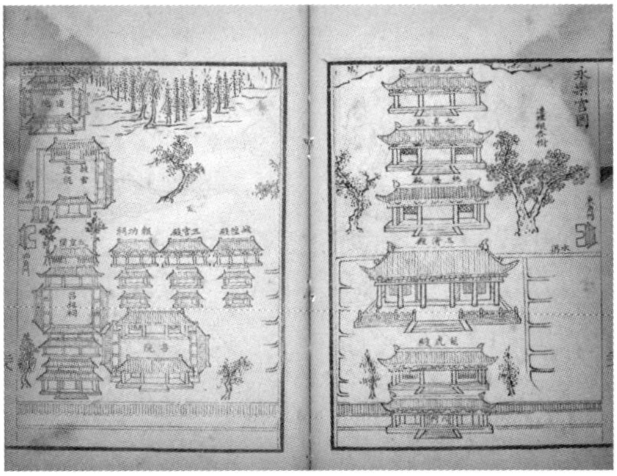

永乐宫图（《蒲州府志》，乾隆二十年府署重镌藏板）

1959—1965 年永乐宫迁建时，
用人力拉车往新址运送壁画

1959—1965 年永乐宫迁建时，
工程技术人员补贴三清殿画面场景

以及建于唐朝天宝年间（742—756 年）的神禹庙和黄河古栈道遗址中的人门段栈道全都沉入水底，成为历史的陈迹。

1959 年之前的三门山和砥柱峰，虽然《平陆县志》和河南《陕县志》均有记载，但在行政区域界线没有法定之前，三门山和砥柱峰全部在平陆县治东六十里的黄河中，自黄堆村循河东下十里即是。传说洪荒时代，禹凿三门，以通河流。南为鬼门，中为人门，北为神门。鬼门迫窄，水势极为湍急；人门水稍平缓，东向五十步中流有一小山，这便是大名鼎鼎的砥柱山。砥柱山往东十步，其水潆洄，形成七个深不可测的“海眼”盘旋，好古者就以“三门集津”代之；神门较长也宽阔一些，水流也相当安妥。

除了人们所熟知的“三门”，唐开元年间（713—741 年），国子祭酒赵冬曦在与其内兄牛氏壮游三门时，还写了一篇《三门赋》，从序中可知，这一著名的黄河景观，并不只有“鬼门”“神门”和“人门”，还另有“金门”“三堆”及“天柱”三门：“砥柱山之六峰者，皆生河之中流，盖夏后之所开凿。其最北有两柱相对，距崖而立，即所谓三门也。次于其南，有孤峰揭起，峰顶平阔，夏禹之庙在焉。西有孤石数丈，圆如削成。复次其南有三峰，东曰金门，中曰三堆，西曰天柱。湍水从黄老祠前东流，湍激蹙于虾石，折流而南，漱于三门，包于庙山，乃分为四流，淙于三峰之下，抵于曲隈，会流东注。加以两崖夹水，壁立千仞，盘纡激射，天下罕比。”赵冬曦所说的夏禹庙，建在平陆县东三门之北岸的金门山上。此山孤峦特出，屹立河干，所建神禹庙，基踞金门之巅，岩蹲虎豺，树迸蛟龙，古柏参天，四围拱翠，俯瞰河流，东折而下的断岸奔涛，悍怒陡殊，澎湃砰訇之声震若雷霆，而三门排列，砥柱孤撑，足令观者目骇心悸。由此，清乾隆翰林院编修杜若拙在《重修三门大禹庙记》中说：“即吕梁龙门，恐未方其奇胜也。”① 砥柱山下游另有梳妆楼，唐著名谏臣魏徵的写有“仰临砥柱，北望龙门；茫茫禹迹，浩浩长春”的《砥柱铭》就镌刻在梳妆楼上。与梳妆楼并排的炼丹炉则是世传的老聃于此渡河，险不可过，见上游有列石，

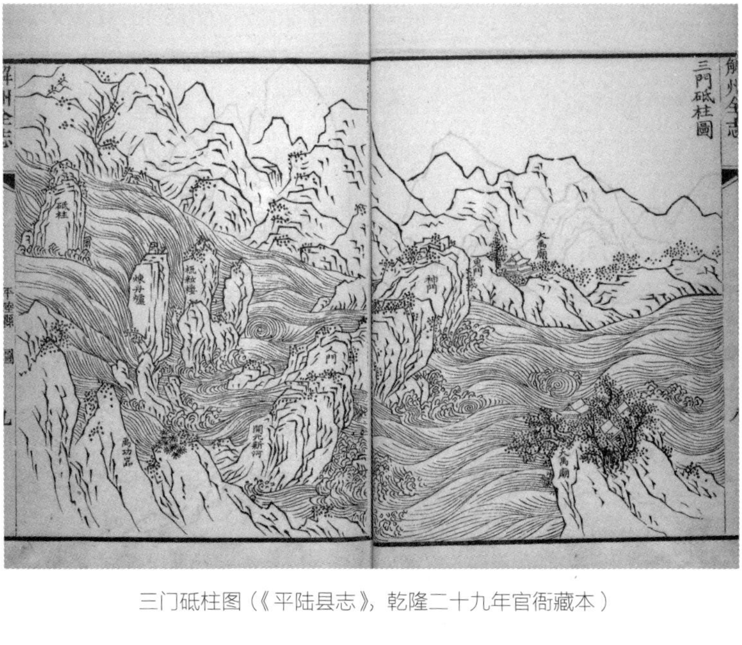

三门砥柱图（《平陆县志》，乾隆二十九年官衙藏本）

---

① 〔清〕言如泗总修、韩夔典纂修：《平陆县志》，乾隆二十九年官衙藏本。

似“川”字，遂炼丹升天飘行飞越黄河。据诗人王翰在洪武七年（1374年）二月二十八日游三门所记：“新开河左就岩石下，刻宋金人题名并诗，且刻翠阴‘禹功’。二岩稍东，刻‘忠孝清慎’四字，字画若颜鲁公书者。其南山上有石，巉然如鸱蹲者，人号为挂鼓石，盖禹用以节时齐力也。”[①] 王翰看着摩崖石刻“禹功”二字，对大禹开凿三门的丰功伟绩感动不已，口占一首《禹功岩》：

琬琰何时写？磨崖纪圣功。
石红经火烈，字绿见苔丛。
疏决功能就，怀襄害亦穷。
鱼虾民免化，至德与天同。

王翰说：悬崖峭壁上纪念大禹巍巍圣功的这块摩崖石刻是何时写就的？岩石红得好像经过烈火烧过似的，但那“禹功”两个绿色的大字却被丛生的苔藓圈点得格外鲜亮。那汹涌奔腾溢上山陵的无穷洪害，自从被大禹开凿疏通之后，便顺着黄河中的砥柱向南滚滚流去。而那些频遭黄河水害的民众，则免去了被河里的鱼虾吃掉的危险。大禹这种崇高伟大的功德，真是可与天界的帝王交相辉映。

王翰当年所看到的这些摩崖石刻随着三门峡水电站的开建，原崖原刻已不存，只是由于安志敏坐镇河南，才保留下一些拓片。据其1957年5月8日日记：“与张子明同志赴三门峡，目前三门峡已面目全非，开元新河修成公路。人门岛栈道题字已完全拓片，目前正在拓开元新河岸上者，大体不数日即可竣工。题字已凿下六块，尚有五块在施工中。鬼门岛上由土中挖出一磨制石斧，剖面作长方形甚为整，附近土色作灰褐色，还采集了二三片陶片，时代不详。新石器时代的人类如何来到河中的岛上，颇饶趣味。新闻摄影拟拍摄拓片镜头，本约下午开始，以机坏不果。这里拓片工作（者）成为摄影

① 〔清〕言如泗总修、韩夔典纂修：《平陆县志》，乾隆二十九年官衙藏本。

速写的模特，又将成为电影明星矣，因栈道已在去年 7 月拍摄，返京拟行联系拷贝两份。”①

平陆在汉魏，叫大阳县，后魏为河北郡，县名仍为大阳县。隋文帝杨坚开皇初年（581 年），废郡，改平陆县名为河北县，属河东郡。唐太宗贞观元年（627 年），改属陕州。唐天宝元年（742 年），洛阳到长安的漕运在砥柱山常常遇阻，且有覆舟之患，时任陕州太守的李齐物便向唐玄宗奏疏，凿三门，以保畅通。唐玄宗遂准李齐物开凿水道。开山岭时，李齐物为保拉纤者走的路不致堵塞，采用了战国时秦国蜀郡太守李冰修建都江堰时的“烧石沃醯”凿法，即将木柴架在石头上，点火燃烧，当石头烧得火热时，将冷水或醋猛浇其上，热石突然遇冷爆裂，炸成碎片，以清除峰障。令李齐物没有想到的是，炸裂的弃石飞入河内，原本激荡的水流愈发湍怒，往来舟船不但不能进入新河，还要等候其水上涨，以纤夫挽舟而上。准开水道已三载，洛阳经三门到长安的漕运仍旧迟缓不畅，唐玄宗怀疑这其中必有隐情，便遣特使前往平陆视察。李齐物贿赂了使者，又把一块铭曰“平陆”的河卵石交给使者带回，请其向唐玄宗进言：经凿三门，河道已成平陆，漕运不羁。唐玄宗见“平陆”石铭，异之，遂改县名河北为平陆，赐李齐物貂裘一领、绢三百匹，特加银青光禄大夫、鸿胪卿，另赐玉尺一，诏曰：“谓之尺度，可以裁成。卿实多能，故为此赐。”特使走后，李齐物把三门北俗名公主河的一条小河改为“开元新河”，并刻勒在公主河对面的峰岩上，官升河南尹。唐开元二十一年（733 年），京兆尹裴耀卿（681—743 年，稷山人）鉴于漕粮在三门难通，奏请唐玄宗于三门东置集津仓，三门西置盐仓。唐肃宗上元二年（761 年），权逾宰相的元帅府行军长史李泌开运道，为避砥柱之险，益开集津仓，自集津至三门凿山开道十八里，上路回空车，费钱五万缗，下路费钱二万五。山西径为运道，属于三门仓治。

从方志可见，三门山或简称三门，或三门岭、三门渡，或三门集津，从传说中的大禹治水起，一直是人所皆知的人文胜迹。

---

① 安志敏：《安志敏日记》，第 356 页，社会科学文献出版社 2020 年。

1955年7月18日，国务院副总理邓子恢在第一届全国人民代表大会第二次会议上作《关于根治黄河水害和开发黄河水利的综合规划的报告》，其中特别提到大禹治水的传说：“大禹治河的传说充分反映了我国古代人民反抗洪水的英勇精神。传说中禹的父亲鲧治水九年不成，被舜所杀；禹继承父业，娶后三日而出，八年于外，三过其门而不入。‘我若不把洪水治平，我怎奈天下的苍生？’（郭沫若长诗《洪水时代》）禹的这种伟大的抱负，至今还激动着人们的心。”报告对黄河综合利用规划及修建三门峡水利枢纽等工程作了介绍。

邓子恢副总理的报告，使全国人民欢欣鼓舞。文学艺术工作者更是掀起了用文艺作品歌颂的高潮。曾被鲁迅称赞为中国最优秀的抒情诗人的冯至在看了邓子恢的报告后，感动莫名，于1956年6月20日晚，写了一首《三门峡》：

黄河把岩石冲开三座门，
据说是在洪荒时代……
石门挡不住滔滔的河水，
却阻挡着河水上的行船；
鬼门、神门都不能通过，
通过人门也是冒着危险。

如今这一切都要成为过去，
三门峡就要改变面容。
我们用五六年有限的时间，
结束千百年无限的痛苦；
我们用十几年有限的时间，
创造千百年无限的幸福。[①]

---

① 冯至：《西郊集》，第10—11页，作家出版社1958年。

在歌颂改天换地、黄河新生的众多文艺作品中，贺敬之的《三门峡——梳妆台》无疑是传唱最广的一首。1958 年，他参观了正在建设中的三门峡水利枢纽工程，抚今思昔，看见黄河之水已不是天上来，而是从水电站的建设者的“手”中来，他为“史书万卷脚下踩”的革命浪漫主义感奋不已。再望三门山，门已不在，诗情在胸中喧腾，豪言壮语般的诗句在脑海里激情飞扬：

望三门，三门开，
“黄河之水天上来！”
神门险，鬼门窄，
人门以上百丈崖。
黄水劈门千声雷，
狂风万里走东海。
……
何时来啊，何时来？……
——盘古生我新一代！
举红旗，天地开，
史书万卷脚下踩。
大笔大字写新篇：
社会主义——我们来！

我们来啊，我们来，
昆仑山惊邙山呆：
展我治黄万里图，
先扎黄河腰中带——
神门平，鬼门削，

人门三声化尘埃！[①]

以《团泊洼的秋天》一诗而感动过无数人的郭小川，在 1961 年也有《三门峡》诗：

来到了三门峡——三门落深渊，
威风凛凛一条坝，把峡谷变成一座马蹄形的山。
旧梳妆台打碎啦，娘娘住进了新宫殿，
英雄的儿女，用双手将方圆几千里的明镜高悬；
炼丹炉歇火了，中流砥柱换了班……
神鬼失灵了，禹王爷爷赋了闲……[②]

在以上歌颂三门峡水电建设的诗歌中，无一例外地用了神门、鬼门、人门和中流砥柱的传说和典故，这说明大禹开凿三门和砥柱中流的传说，在中国的各个阶层的认同和感知度是何等地一致！

认识到夏文化的许多遗址将被水库淹没的清醒者，当数中国现代著名古文字学家、考古学家、诗人陈梦家了。他知道三门峡水库这个规划的实现，将对社会主义建设有着多么巨大的意义，对于这样史无前例的伟大规划，他当然同样地感到异常兴奋。因为在这个伟大的规划中，使考古人有机会贡献出他们的力量。但是他也忧虑：在历史上，虽然黄河带来了无数的灾难，但是我们古代的文明是滋生于黄河中游两岸的。三门峡工程是规划中的关键所在，而三门峡水库将要成为比太湖还大的人造湖。它所占用的地方，从陕县上溯到潼关以北临晋（1954 年撤销县建置，与猗氏县合并为临猗县）和朝邑（1958 年废为镇，并入陕西大荔县）的黄河两岸，潼关和西临潼以下的渭河两岸和大荔以下的北洛河两岸。包有河南、山西、陕西相邻接的一部分土地，这正是古代文化兴盛区域之一。将要暂时成为水库水底的许多地方，埋

① 殷之光、朱先树编：《朗诵诗》，第 269 页，人民文学出版社 1985 年。
② 郭小川：《郭小川诗选》，第 129—130 页，人民文学出版社 1977 年。

藏了古代的许多时期的许多文化遗址和遗物。为此，他思考了三个问题：

> 第一，这一地区是历史上若干古代时期的人民活动过的地方，对于它们的地理沿革首先应加初步的了解。这地区的山西部分接触到传说中夏都疆域的南边的一部分，它可能提供给我们一些夏代遗迹的线索。这地区的河南西部部分，应该是夏人殷人曾经活动过的地方。这地区的陕西渭河部分可能有西周的遗址，而河的两岸在东周时又是秦晋两国交替接触频繁的地区。地方志和其他的典籍，对于我们了解这一地区的情况，应该有一些帮助。另外，历史学者对于古代的历史和传说的研究，应该对我们的工作更多一些便利。
>
> 第二，按照计划，三门峡水库预定在1961年放水，我们必须在放水以前完成勘查和发掘工作。但地面辽阔，不能作全面的发掘，时间有期限，不能不争取早日完成。因此，全面的地面调查工作应是最近工作的重点。只有在地面调查完毕以后，才能布置有重点的发掘计划。即使是重点的发掘，其发掘地点的数目和工作量一定很可观。合理的人力配备和必要的工作方式的改变，是完成此次任务的保证。
>
> 第三，我们是否可以预先考虑一些可能遇见的问题，预先探讨一下我们对于某些问题轻重缓急的处置。譬如，我们应着重注意新石器时代的豫、陕、晋的陶器的联系问题呢，还是比较注意历史时代的遗址？我们怎样才能更好地处理出土的材料？除了完成调查发掘的任务以外，我们心目中想要解决一些什么可能解决的历史问题。①

随着三门峡水电站库区考古的调查完成，1959年3月，中科院考古所黄河水库考古队山西分队的建制撤销，改为中科院考古所山西工作队（简称

① 陈梦家：《迎接黄河规划中的考古工作》，《考古通讯》1955年5期。

山西队），首任队长张彦煌，陈存洗、张五明任副队长。改名为山西队后，这个中国顶级的考古学术机构派驻地方的考古单位，为探索夏文化在晋南地区的遗存立下了汗马功劳，取得了不亚于豫西的考古成绩。主要成就有：1960—1963年参加文化部组织的侯马东周铸铜遗址的发掘会战；1974—1979年发掘夏县的东下冯遗址；1978—1985年发掘襄汾陶寺遗址；1993年参与国家小浪底水库工程在垣曲县的考古发掘；1999年发现陶寺城址；等等。实际上，在开展调查了解三门峡水电站淹没区地面和地下的古代遗存状况的之前或同时，夏文化也是被中科院考古所有关专家重点关注的考古项目。据中国社会科学院考古研究所汤超博士撰文：1955年10月，郭宝钧在工作队临行前对队员作报告，提出"希望能解决夏代文化问题"。再加上文陈梦家指出的"山西部分接触到夏都疆域的南边的一部分，可能提供一些夏代遗迹的线索"。"两位先生后来都成为考古所第一届学术委员会委员，他们的期望至少能说明，在当时的考古所内，徐旭生并不是唯一执着于探索夏文化的学者。"①

徐旭生在等张彦煌回来的空当，游览了关帝庙。山西队为他找了一位姓闫的引导讲解。听到闫引导介绍关帝庙初建于陈隋之间，至今已有一千三百余年历史，但徐旭生看到的碑刻最古的仅为明万历年间的一通，大殿前铁人上有嘉靖三十八年（1559年）的记录，铁质焚表炉的纪年当为此庙最早的纪年，也仅为嘉靖十三年（1534年）。因此，徐旭生判断关帝庙的建筑或在宋代以后。参观完关帝庙后，张五明向徐旭生报告了山西队近一个月来所做的工作。

5月28日上午，张彦煌自陕县返回，拿出山西队近一个月来考察中所得的陶片，让徐旭生观看。5月29日，徐旭生与山西队同人谈夏墟考察问题。5月30日，张彦煌到有关部门办理调查夏墟的手续。31日早，徐旭生独自到解州街上游转，主要大街也像运城似的，为一东西走向的大街，大街也和运城一样用砖铺路。等他回到驻地关帝庙，张彦煌已把一切介绍手续办理妥

① 汤超：《六十年前的黄河水库考古工作队》，《江汉考古》2021年第6期。

解州关帝庙山门

当，于是计划 6 月 1 日出发考察，山西队派徐殿魁陪同。可是当晚又得到消息，晋南地区党委开会，号召大家抢收麦，学校放假，机关干部扫地出门，驻地单位自议如何参加抢收麦。自 6 月 4 日开始，一星期收割完，十日内打完场，十五日内完全入仓。听到这个消息，徐旭生才感觉到这个时候谈调查夏墟之事实在太不合时宜！“不但跑去求公社帮助，人家百忙中无法应付，就是我们自己也怎么好开口呢？”于是他请求参加割麦子，但是张彦煌考虑徐老都七十多岁了，坚决不让他参加这种能把年轻人都累趴下的田间劳动，不但不让徐老割麦子，张彦煌还留下一个队员来招呼徐老。徐旭生想：“这怎么可以呢？并且我这十几天中也闷得慌。过了这十几天，天气已过热，很难工作，因此决定提早回北京。明日先到侯马，参观后往太原参观，此后即回北京。”[1] 当时的晋南地区，包括运城，虽然也处在“大跃进”的特殊年代和已是三年困难时期的前夜，但生活似乎要比徐旭生所去过的豫西要好得多。据徐旭生日记：1959 年 4 月 21 日，他们一行从郑州坐车往登封。路起伏很大，有一截闻因土质不好，麦苗较次。4 月 30 日，在登封八方，大路北偏东处麦田很好，但像是试验田，垄间颇宽。5 月 4 日，到禹县，三点刚过，到白沙在北寨南头食堂内午饭，馒头用玉米及红薯面做成，红薯面里还有不少沙粒。5 月 6 日，见闫寨河南岸一带土质不坏，并且有渠水可以灌溉，可是麦苗远不及登封境内；虽已密植，但苗浅且颜色不正，像是肥施太少。他们在第十一中学搭伙吃饭，虽然偶尔能吃到干的，可是学生、老师似乎是全顿皆稀！于是徐旭生叹喟：“这边的农业还需要大加努力。”5 月 9 日，徐旭生一行住在禹县县委会招待所，但因已过开饭钟点，招待所的食堂无饭，他

解州关帝庙寝宫

① 徐旭生：《徐旭生文集》第十一册，第 1743 页，中华书局 2021 年。

们只好到街上的国营饭店，也因无他物，仅每人喝一碗或两碗牛奶而已。想买双雨鞋，也不可得，听说雨鞋还有，但锁在仓库中，以备支持大炼钢铁的人用。5 月 11 日，经许昌赴巩县，在路中见运焦铁矿石的肩挑车推络绎不绝。晚六点到许昌，旅馆因开会人满，没房，只能到一茶馆寄宿，每人一把竹躺椅，有被褥，密排无隙地，也只好止宿。5 月 22 日，乘火车从洛阳到陕县，沿途所见新安、渑池山区麦苗很次。

夏风轻轻掠过，运城成片成片的麦田，在艳阳的照耀下，金黄的麦穗高低起伏，如浪翻滚，禹平水土后的大夏京畿之地，仍在延展着四千余年的农业文明光辉。

6 月 1 日一早，徐旭生和周振华在徐殿魁的陪同下，出解州城东看古今闻名的运城古盐池。出了解州城就望见了华夏文明的发祥离不开的那一大片盐海，但走起来，徐旭生感到也还是有不少的路。到了盐池，已有运城一位熟悉盐池历史的李同志在等他们。但当时是工业“五年赶超英国，十年赶超美国”的理想时代，李同志的讲解也基本不谈运城盐池的历史，也不讲历代的盐政，只讲运城盐池的盐系硝盐性质，所以质量不如海盐；可是拿来制硝，却是国内无两，非常好。解放前，国内工业不振，需硝很少，且盐池分

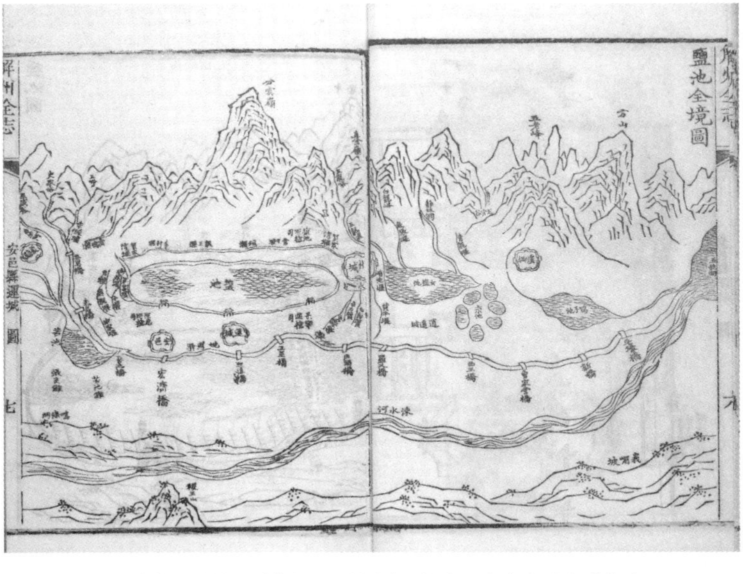

运城盐池全境图（《安邑运城志》，乾隆二十九年本衙藏板）

散在私人手中，资本家急欲牟利，只好制盐。现在工业方面需硝很多，并且交通方便，人民吃的盐，大多从青海矿盐运来，我们这里的盐主要是制硝，仅剩一小部分制盐。但这一部分食用盐，每年还要赔钱，只是因为顾及人民需要，不得不如此。最近及将来，青海的盐来得更多，我们将完全取消制盐，专门制硝，以供全国工业之用。看完盐池，李同志又带徐旭生到一家化工厂看了制硝的钢锅及钢板。在徐旭生看来，这种钢锅，说是锅，其实只是一个长丈许、宽正四尺的大方槽，在槽中过火后，即放板上烤干。而且他观察到，这一切设备全在木棚下，制硝的火色掌握很重要，一不小心，就会爆炸，可以伤人，并且把棚子炸飞。另据李同志介绍：解放前，池周围有土墙，防止盗盐。穷人盗盐，只要能出墙，即可无事；如在墙内被巡逻人发现，打死无罪；可是贫民太多，仍是结帮冒险偷盗。解放后，土墙已无用，因为已经无人偷盗了。这种新旧对比，除去阶级斗争和人民公社吃大食堂的背景，也是当年“路不拾遗，夜不闭户”的真实写照。

1959 年 6 月 1 日，徐旭生与中国科学院考古所山西队队员在驻地解州关帝庙合影

返回山西队工作站吃午饭后，徐旭生与山西队的同志合影留念，即往火车站到山西文管会侯马工作站。这个文物工作站是 1956 年设置的。畅文斋是第一任站长，最早的成员有张守中、杨富斗、关恩民、海玉仁。1959 年 1 月，侯马工作站在配合八七四机械厂（第六机械工业部直属的军工企业，亦称平阳机械厂，为苏联援建）施工时，发现了两座仿木构结构砖室墓

和一座金代董氏墓。金代董氏墓，历经八百多年，墓室初被揭露，里面仍保持全新的态势，水磨青砖的华丽雕刻丝毫未损，特别是北壁上部的一座戏台模型和生旦净末丑五个正在作表演状的戏俑，揭示了晋南地区曾是中国戏剧历史的摇篮。由于平阳机械厂施工的厂房区很大，墓室不能在原地保存，侯马站同人当机立断，决定将金墓拆迁复原，在畅文斋的指导和技工海玉仁等人共同努力下，张守中和杨富斗两人包揽了全部技术工作，复原工程请侯马镇南街建筑社承担，拆迁工作一气呵成，不用数月便将这座金墓复原在工作站院中。这里多年来一直作为对外宣传山西文物保护的一个窗口，接待过许许多多慕名前往参观的宾客。1961 年年初，戏剧家田汉以极高的兴致参观了这座金墓出土的戏台，还兴致勃勃挥毫题诗一首："大金有优谏，歌台竟如画。不缘新建设，何以见风雅。" 尚有题跋："1961 年元月 6 日访侯马，得见金墓舞台真迹，同行诸友无不快慰，工作站功绩极可感谢！"[①] 徐旭生无疑是观看侯马出土的第一座金墓戏剧舞台的第一位名人。

6 月 2 日上午，由畅文斋及杨守中陪同到侯马文物工作站在八七四机械厂的基建工地参观。先看城墙遗址，只见地面上尚有略微隆起的部分。侯马站的队员曾发掘一段，夯土层还约略可见。接下来看数个正在工作的坑，因所用挖坑工人绝大多数为八七四机械厂的工人，今日因厂中事务忙，全部叫回，所以真正开工的不多。徐旭生所看遗址均为春秋或战国的，其中很多互相打破。有一片地出土牙器很多，并有些牛马骨，他疑为这是当时一制骨工厂。看一种新出土的小圆锥形物，高约二寸，泥质，烧过；上点有很规矩的红点，或三，或四，或五；外有作目形的圈，也是多寡不等，出得很多，不知为何用。畅文斋和杨守中疑为当时赌具，但也不敢肯定。后又看了两座金代墓，用砖圈建筑，砖花有刻的，有模制的，颇工整；上四周有斗拱，中为一孔，以方砖覆盖，砖下有铁钩。此类墓，畅文斋对徐旭生说：这类方砖下面均挂一个铜镜，钩就是挂铜镜用的。墓室前门很窄，必侧身才能进去；中为砖台，台当门处有缺，与门同宽，进深均约二尺；台上即置尸骨，多寡不

① 张守中主编：《梦还山西》，《山西文物五十年》，第 180 页，山西人民出版社 2000 年。

山西文管会侯马工作站初创时队员合影

一。徐旭生认为，凡此类墓均无棺椁，疑非汉人墓。又见一墓中有文字，很幼稚粗陋。葬时为大安四年。另一墓无文字。畅文斋和徐旭生说：“还有一墓，与前面咱们看过的两座墓大体差不多。”徐旭生因不容易下就未再看。这一类墓，畅文斋说已发现好几十个，站内移置了一座更完好的。徐旭生说，那就回去看站里的。下午，徐旭生参观侯马站发掘出土的古物，令他感到很特别的是出土带钩范很多，各式各样，他疑其是当时制带钩的工厂。在站内文物陈列室，徐旭生看了一套金时戏剧演员俑，共五人，衣服有彩色；后又看站内从八七四机械厂所移回的金墓，也属同一类型，但正面上层有戏台。所看俑原即置于台上，出土时有二人已坠到砖台面上。站内金墓内背面门上写有买地券，文颇长，叙述墓主购买此建筑成墓经过，文为大安二年所写。

当天晚上，徐旭生与杨守中谈及侯马遗址与夏代遗址的关系。

6 月 3 日早饭后，徐旭生和周振华即乘火车往太原，6 月 7 日返回北京。

徐旭生到运城调查夏墟，虽因没有想到的“收麦子”问题没能进行，但在夏鼐和他的推动下，中科院考古所山西队还是进行了卓有成效的调查。其中，1959 年 5 月、1961 年 7 月和 1962 年 10 月，在山西省文物管理工作委员会过去调查夏县禹王城的基础上，又对这一古城址进行了三次复查。1959 年，首先发现了可与二里头文化遗址相比肩的夏县东下冯遗址。

回到北京的徐旭生着手准备写《豫西调查“夏墟”的初步报告》。6月19日上午与周振华谈夏代都城问题，经周振华提醒，徐旭生才注意到禹都安邑或平阳的说法，并不始于西晋皇甫谧，而是在比皇甫谧早了二百多年的西汉刘向辑编古史官所记的《世本》(另有一说为东汉宋均所著)已经有“禹都安邑或平阳”的说法。再加徐旭生在准备到豫西和晋西南寻找夏墟所查阅的地方志中，只看了《临汾县志》和《安邑县志》，而没看记载夏禹事迹材料较多的《平阳府志》和《夏县志》，也许是这两个原因，使他在运城期间，与夏县失之交臂。1959年第11期《考古》杂志刊发了他的《1959年夏豫西调查“夏墟”的初步报告》，这一影响了探索夏文化和寻找夏墟四十年之久的名作，在“我们是怎样决定调查的重点”的理论阐述的“山西西南部汾水下游（大约自霍山以南）一带”部分，对夏墟及夏都是否在晋南，因史料不如豫西多，持了一种将来有证据确凿再做定论的态度：

> 这一区域（指晋西南）倒不像第一区域（河南豫西）有那样多条的资料可考，但它与夏后氏有很深的关系却毫无疑问。《左传·定公四年》内说：“分唐叔……命以唐诰而封于夏墟。启以夏政……”这是说周初封唐叔虞于夏墟，因为那里是夏的旧地，还沿袭夏后氏的风俗习惯，所以“因夏风俗开用其政”。还有一件极重要的证据就是拿《左传》与《春秋》相比，凡关于晋国的事它们所记的月份大约均差两月。这是因为《春秋》用的历法是周正（指春秋战国时的三种之一：夏历、殷历和周历），它的正月是斗柄建子之月。《左传》大约是采用《晋乘》的旧文，用的夏正，以斗柄建寅之月为正月，所以总差两个月。这一点古人全晓得。到了周代，晋地还沿用夏正，这不是更可以证明它同夏后氏有很深的关系么？这个夏墟在什么地方，从前的人却有不同的说法……《史记·封禅书》“昔三代之君皆在河洛之间”句下《正义》引《世本》说：“夏禹都阳城避商均也。又都平阳或在安邑或在晋阳也。”“避商均”下疑系宋衷（东汉南阳章陵人）注文。前面已经说过，当日无所谓“即天

子位”，也就无迁都的必要，而鲧（同“鲧”）、禹、启、太康四世，据前面所考证，前三世均在洛阳附近，无疑问，后一世也有在此附近的可能，是夏民族或部落早期活动的中心当在河南中部，不在山西西南部。所以禹都平阳或安邑虽也系汉代人的说法，未必全无根据，可是以为都城在那边终觉未必可靠。那么，夏墟既不是夏民族或部落早期活动的中心，它是哪一时期活动的中心呢？对于这个问题，现在似乎还不容易说出一个有决定性的意见。看这一区域的地方志书，在夏禹的传说以外，关于夏桀的传说记载的也还不少。可是桀的都城到底是在河南或在山西，现在并没有定论。《竹书纪年》说他居斟鄩，此地或说在山东，或说在河南，却没有人说它在山西。吴起对魏武侯谈“夏桀之国”，列举四方，似乎很够清楚完备，可是《战国策》（魏策一）与《史记》（列传五）文不同。《史记》所指的河济、泰华、伊阙、策所指的伊洛位置比较清楚。就这几个清楚的地名来看，说桀都在洛阳附近比较方便，但主张在山西西南部的人也还不至于没有话说，完全驳倒也还不大容易。所以这一点在现在还只好存疑。《古本纪年》（御览八十二引）说：“帝厪一名胤甲，即位，居西河。”西河所在，有说它在旧蒲州府一带，即今永济、虞乡、安邑各县境内，有说它在陕西郃阳一带，并无定论。又有说它在旧卫国境内黄河东北折处西北岸离河不远的地方，从帝杼曾居原（在今河南济源县境内）来看，此说也未始不可能。这一点在现在也是以存疑为最好。所以晋西南部同夏民族或部族有很密切的关系虽不成问题，可是关系发生于夏代哪一期问题的解决只好等待将来。

此外在山西的地方志里面记载关于黄帝、尧、舜、丹朱等人的传说也很多，虽不能说全有根据，但这有些出于民间的传说，一概抹杀，也未必适当。山西境内遗址的调查虽还未能完全完成，但据初步的了解，说它非常丰富，当不错误。并且不惟新石器时代的遗址很丰富，还有不少旧石器时代的遗址……所以对于山西古迹的探查，不但研究夏代时应该作为一个重点，就是研究更古的历史，也不应该忽视这一区域。我们就是据以上理由也把山西的西南部作为此次调查工作重点之一。

晋西南不是夏墟吗？安邑不是禹的都城吗？从徐旭生因运城割麦子没有进行夏墟调查之后，中科院考古所山西队所进行的对夏县禹王城的调查以及发现的夏县东下冯遗址，以及地方志中众多的记载，很能说明运城是夏墟的主要地区，大夏的第一国都就在夏县。

第五章　夏鼐看好东下冯

如果说徐旭生是夏文化的探索者，那么夏鼐便是夏文化考古调查和发掘的实际指挥者。在探索夏文化的过程中，夏鼐设定夏文化的主要地区与李济如出一辙，即夏代的疆域，不仅在河南西、中部的伊洛嵩山中岳一带，山西晋南的汾水流域更是核心。否则，1959年3月中国科学院考古研究所撤销原黄河水库考古队山西分队，成立中科院考古所山西工作队（简称山西队）时，他便不会交代给首任队长张彦煌的重要课题就是“夏文化探索”与“商文化研究”，也不会在1977年著名的登封告成遗址发掘现场会上安排正在夏县东下冯遗址（1959年，山西队进行夏墟调查时发现夏县东下冯遗址，此时第一期发掘工作还没有完全结束）发掘工地的徐殿魁、高炜、黄石林、张岱海前来参加会议，并在会上由徐殿魁、高炜、黄石林三人介绍东下冯遗址的发掘情况。

以张彦煌为队长，陈存洗、张五明为副队长的山西队，也不负使命，在1959—1963年，以探索夏文化为主要的目标，为摸清自古以来素有“夏墟”之称的晋南地区的文化遗存，共寻访八千余平方公里，进行了四次大规模的田野调查，发现二里头文化遗址三十五处：永济东马铺头，运城阎家村，夏县小王村、东下冯，闻喜大泽村（南）、大泽村（西），河津庄头村、燕掌村，稷山西社村等；发掘（试掘）的遗址有永济东马铺头。

在那个特殊的年代，夏鼐不可能给他们讲“资产阶级史学家”傅斯年于

1933年为庆祝蔡元培六十五岁时所作《夷夏东西说》一文的主要内容，如阐述夏人的主要活动区域及与夷人交战的地点均在河东："偃师之亳虽无确证，然汤实灭夏，夏之区宇布于今山西、河南省中，兼及陕西，而其本土在河东。《史记》'汤遂率兵以伐夏桀，桀走鸣条'，《集解》引孔安国曰：'地在安邑之西。'按之《吕览》等书记吴起对魏武侯云'夏桀之国左河济，右太行，伊阙在其南，羊肠在其北'，则鸣条在河东或不误。然则汤对夏用兵以偃师一带地为根据，亦非不可能者。且齐侯镈钟云：'咸有九州，处禹之堵（都）。'（从孙仲容释）则成汤实灭夏桀而居其土。此器虽是春秋中世之器，然此传说必古而有据。"[①] 但考古调查的必备案头工作的方法之一总是可以讲的：

> 出发以前，应该先参考一些书籍，把有关的文献摘抄下来。我国古书史部地理类中，如《水经注》《元和郡县志》《太平寰宇记》《舆地广记》《读史方舆纪要》，明代（天顺）和清代（乾隆、嘉庆）的一统志等，都有一些和我们调查有关的材料。正史的地理志，尤其是《汉书·地理志》（可用王先谦补注本），也是如此。至于各地的方志，尤其是县志，更是应该参考。一般而论，同一地方的方志，修撰的时期越晚，便越详细。方志体例不一，其中沿革、山川、古迹、陵墓、寺观、金石等门中和我们有关的材料最多。如果近人曾在我们调查区域内调查或发掘过，或当地曾发现过古物，这些报告消息，更应该阅读后加以摘录。其他书籍中有关的数据，只要是不重复的，也都应加以摘抄。为着行动的方便，调查队不能多带书籍，实际勘查工作期中，也没有工夫博览群书，所以要先做好这准备工作。[②]

1934年，傅斯年的《夷夏东西说》刊发后，影响很大，胡适、顾颉刚及

① 傅斯年：《史学方法导论》，第171页，江西教育出版社2018年。
② 夏鼐：《考古调查的目标和方法》，《考古通讯》1956年1期。

以后有国际影响的考古学家张光直等许多历史学、考古学学者均不同程度地受到了“傅说”的影响。张光直对这篇论文的重要性曾给过很高的评价：“傅斯年先生的《夷夏东西说》一篇文章奠定他的天才地位是有余的。这篇文章以前，中国古史毫无系统可言……傅先生的天才不是表现在华北古史被他系统预料到了，而是表现在他的东西系统成为一个解释整个中国大陆古史的一把总钥匙。”山西队的这些年轻人，当时虽然无缘得见这篇调查夏文化遗存和寻找夏墟的“总钥匙”，但因夏鼐的谆谆教导，有时甚至是耳提面命，所以其后的发掘报告，写得也非常好，不但有精细的专业分析，也有对历史典籍的引证。张岱海和高彦的《晋南二里头文化遗址的调查与试掘》（《考古》1980 年第 3 期）报告和徐殿魁、王晓田、戴尊德所写的《山西夏县东下冯遗址东区、中区发掘简报》（《考古》1980 年第 2 期）就是很好的例证。

张岱海和高彦的《晋南二里头文化遗址的调查与试掘》起首便说：“晋南地区自古以来素有‘夏墟’之称。根据探索夏文化的学术任务，中国社会科学院考古研究所（前属中国科学院）山西工作队自 1959 年以来，在山西

1975 年，夏县东下冯遗址全景图

省文物工作委员会和有关地、县文化主管部门的协同下，曾在涑水流域和盐池、伍姓湖周围、汾河下游（限于临汾以南）和它的支流浍河、滏河流域，做过较为详细的调查，共发现古文化遗址三百多处（内有部分遗址是山西省文物部门发现的），我们又作了进一步的复查，其中属于‘二里头文化’的遗址有 35 处。”在这 35 处二里头文化遗址中，他们说：“夏县东下冯是面积较大、包含较为丰富的一处。”东下冯遗址从 1974 年开始，一直到 1977 年年底，做了较大规模的第一期发掘，在遗址的东区和中区，发现了一批重要资料。而且东下冯遗址的“二里头文化”遗存，直接叠压在二里岗商文化层之下；同时，放射性碳素年代也与河南境内“二里头文化”遗存相当或接近；通过对这个遗址出土遗物（主要是陶器）所做的初步分析，他们看出：东下冯与偃师二里头遗址为代表的河南境内的“二里头文化”遗存，文化面貌大同小异。为了便于表述这种文化面貌上的大同小异，暂将东下冯遗址称之为“二里头文化东下冯类型”。

为什么和二里头遗址相比肩的东下冯遗址非要冠以二里头文化的文化类型呢？这是因为在东下冯遗址发掘以前的 1959 年秋至 1960 年冬，河南省文物局文物工作队和中科院考古所洛阳发掘队分别在二里头遗址进行了试掘，并将文化堆积区分为“上下二层文化”。当时对此的命名有些混乱，有“洛达庙类型”，有仰韶文化、庙底沟二期文化和二里岗晚期等诸多说法，而参加二里头遗址试掘的河南文物工作队中有一个叫许顺湛（1928—2017 年）的，是山西芮城人，后任河南省文物工作队副队长、队长，《中原文物》编辑部主任，河南省博物馆（现河南博物院）副馆长、馆长，于 1960 年发表了一篇《关于中原新石器时代文化几个问题》的文章。文中首先提出“二里头文化”这一概念：“可喜的是在偃师二里头，发现了两层文化遗址，上层是商代早期文化，与郑州仲丁时期文化直接衔接；二里头下层文化，反映着龙山晚期文化的极大特点，同时也反映着商代早期文化的极大特点，把龙山文化与商代早期文化，衔接为一个整体。所以二里头文化遗址，基本上把龙山和商代衔接起来了。这是考古发掘上一项重大收获。二里头下层文化，引起了我们河南考古工作者极大的注意，一致认为它有可能是中国的夏代文化。

1959年冬天组织人力调查了26个县，发现了38处与二里头下层文化相类似的文化遗址；特别重要的是在登封告城（夏都阳翟）附近的八方村、桐上村发现了类似遗址，在巩县罗庄附近（夏都上鄩）偃师孙家湾附近（下鄩）发现了类似的文化遗址，济源县的原村（少康迁原地）发现了类似遗址。老丘与帝丘因为水淤没有找到遗址。阳翟、斟鄩、原村等地文献记载与遗址保存状况相符合；遗址中出土遗物类同二里头下层遗物，从绝对年代考虑也相符合。这一重要发现给研究夏代文化提供了重要的线索，在今后继续的发掘工作中，一定会使夏代文化真相大白。总之，在党的领导下，通过全体考古工作者的积极努力，找着了仰韶向龙山过渡的文化遗址，明确了仰韶和龙山一脉相承的关系，找着了龙山向商代过渡期的文化遗址，明确了研究中国夏代文化的线索，等等，对建立马列主义中国考古学体系，是一个重要的贡献。”于是，二里头遗址便被命名为“二里头类型文化”和“二里头文化”。

夏县东下冯遗址的发掘与夏鼐是分不开的。在东下冯遗址发现及发掘之前，夏鼐曾两次到过晋南。一次是他任黄河水库考古工作队队长时的1955年10月，他到三门峡调查现存的古代人类居住遗址、洞穴遗址、摩崖造像、古代建筑物、古生物化石，及墓葬、矿穴等文物，以便将来在水库工程开工时能够做好对这些珍贵文物的发掘、整理和保护工作。10月22日，他本想从河南陕县搭三门峡水库运送施工材料工程队的小船到三门和砥柱山，然后到平陆看文物。在羊角山文昌阁（陕县文化馆第二阅览室）等开船时，已经可以远望相去五里远的平陆县城，但因水流太急，运送材料工程队的同志劝他明天再搭船前往，夏鼐只好返回陕县文化馆。10月23日上午十时，船始开行，风狂浪急，逆风而行，下午二时才抵史家滩。10月24日，始由史家滩到三里远的三门。黄河汹涌而来，夏鼐看到：“至三门分为三支，出鬼门、人门、神门，其前又有一石柱，屹立中流，即所谓‘砥柱’也，岩石为闪长斑岩（火成岩）。鬼门南岸为狮子头，有明人及清初人之石刻。由南岸至北岸，有索桥，须15分钟始能渡过一次，以工程忙迫，不能随便运人，故我们仅能作旁观，以望远镜远眺。神门之北岸，中腰有方孔颇多，约10—20厘米许，相去约2米左右，距现水面约1米，当系隋唐时为运粮船拉纤而刻凿，至11时许始返史家滩。”

1956年6月20日，夏鼐终于到了一下平陆，由陕县的大安村动身至史家滩渡黄河，到平陆唐代三门仓所在地观仓里遗址处察看后，马上又返回三门峡，观娘娘河侧唐宋题名及“人门”侧栈道上的汉晋题记。因要赴陕西，没在平陆逗留，所以只是到了一下。

夏鼐第二次到山西，而且是到的夏县，但却不是调查夏文化，而是1965年11月随中国科学院院长郭沫若前来参观“四清运动”成果的。此行，有大名鼎鼎的钱锺书，著名历史学家、古文字学、考古学家张政烺，现代磁学研究的先驱者开拓者和创始人之一、中国科学院院士施汝为，大气电学家、水声学家、中国科学院院士汪德昭，昆虫学家、生物学家、中国科学院院士陈世骧，著名地球物理学家、中国科学院院士傅承义，工程热物理学家、中国科学院院士吴仲华，高能物理学家、中国科学院院士张文裕，前来晋南调查夏墟未果的徐旭生等一大批精英。11月22日，他们由太原到达运城。次日早饭后，夏鼐出来逛大街，走到骆家巷街104号，他看见一家清真饭店，悬挂着一块“革命文物”的牌匾，上面说这里是1930年裴丽生（在清华时名“裴裕华”，在此工作化名“陶君贻”）做地下工作时所办“丽丽派报社”的旧址，因裴丽生此时为中科院副院长，而且此次赴山西参观也是裴丽生联系安排的，故夏鼐对这一“革命文物”旧址特别记到日记之中。① 裴丽生（1906—2000年），运城垣曲县人，1929年考入清华大学经济系。中华人民共和国成立后，历任山西省人民政府副主席兼省委常委、省长。1956年奉调中国科学院秘书长，1960年为中国科学院副院长。

11月25日上午，夏鼐随集体赴解县参观关帝庙。他看得很详细，所记也有自己的感想：“因为解县是关羽故乡，所以这庙的规模特别大。前有端门、雉门、午门、御楼，两侧有钟鼓楼。正殿为崇宁殿，因为宋封崇宁王，有康熙、乾隆及咸丰的题匾。塑像作冕旒的王者像，后殿为春秋楼，楼下关羽作武将像，楼上作看《春秋》状，四壁为《春秋经》，故一称麟经阁。更

① 夏鼐：《夏鼐日记》，卷七，第171页，华东师范大学出版社2011年。

后为关娘娘庙及左右关平庙和关兴庙，已于解放前被国民党所毁。登楼一望，南为中条山，北接‘硝池’，此殿初建于陈末隋初，现存者为康熙时所建。西厢房为文物陈列室，有汉陶器、宋瓷及书画等。”

11月26日上午开座谈会，由贫下中农及地富子弟谈他们对“社教运动”的体会和感想。一共有七个站稳阶级立场、对坏人坏事敢于作斗争的贫下中农谈体会；还有一个是与地主出身的家庭划清界限，揭发他父亲与伯父，并揭露队中坏人坏事的积极分子谈了感想。最后由郭沫若致辞。当天晚上，晋南地委请中科院参观团观看了眉户戏喜剧《彩礼》及现代剧《一颗红心》。夏鼐还注意到主角许老三即是以临猗县劳模王傅河的真人真事改编的歌颂新时代农民热爱集体，反映农村两种思想斗争，揭示人性善恶的一个戏。

11月28日，夏鼐和徐旭生、张政烺一起去看池神庙，所记甚详：中间三座殿，中央为东西盐池之神，左为条山之神、风洞之神，右为忠义武安王之神。殿前有二大碑，一为元至治元年（1321年）重修碑，一为嘉靖十四年（1535年）重修碑，皆尚完整。前为戏台，台前竖立石碑十余，闻运城县文化馆门口的唐贞元十三年（797年）的石碑即由此处移去。其中有元大德三

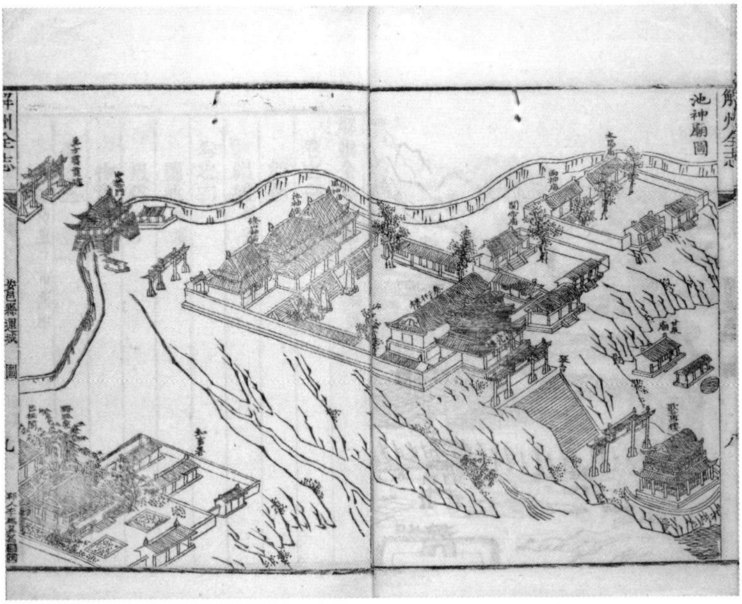

池神庙图（《安邑运城志》，乾隆二十九年本衙藏板）

年（1299 年）圣旨加封碑二，万历丁酉（1597 年）《河东盐池之图》，至正七年（1347年）碑记，天顺七年（1463年）重修记，万历四十年（1612年）三碑，正德三年（1508 年）《修周垣记》等。壁上嵌有诗刻，有嘉靖胡缵宗（1480—1560 年，明正德翰林，历官安庆、苏州知府，山东、河南巡抚）诗，爱堂诗二首，剑泉与侍御王竹岩等《游海光寺》诗，阶上弃置一块明朱裳（1482—1539 年，邢台人，嘉靖年间御史）《捞盐诗四言十章》。由庙中出来后，绕道至庙前，为海光楼旧址，解放时毁掉，仍留石碑数件，矗立荒草间，嘉靖十四年（1535 年），古峰余光（安徽祁门人，嘉靖年间御史，有《古峰集》）撰《海光楼赋》，嘉靖十一年（1532 年），曹嘉（明正德年间进士，历官凤阳知府、山西提学副使、江西右布政使，有《漫山集》）撰《盐池虎异记》，万历卅三年（1605 年），侍郎曾公大然撰《盐法记》，刘敏宽（1551—1607 年，解州安邑人。万历进士，历任陕西三边总督，兵部尚书，有《定园集》《延镇图说》）撰文，崇祯九年（1636 年），南阳鲍武撰行书《重修盐池神庙记》。

11 月 29 日，夏鼐等十六人前往夏县参观。先至郭道公社的绿化模范郭道大队，由大队支书介绍情况。午饭后赴司马大队，此时正在“学大寨”，平整梯田。夏鼐到司马光陵园参观：前为“忠清粹德”楼，此楼解放时所毁，旁立 1962 年重修记，谓此楼原高四丈五尺。中有大碑，为嘉靖二年（1523 年）御史朱实昌另刻之神道碑。至陵园，有大墓五，小墓十三。其中二墓之前有石人石兽等，墓前仍竖立有宋碑三，为司马池、司马咨、司马浩三人的墓碑，皆司马光所撰。又赴祠堂，中有王安石撰司马沂碑，已断为二，卧于地上，壁上嵌有金皇统九年（1149 年）碑记，又有至正壬辰（1352 年）重刻的苏轼书神道碑，计四块。壁上嵌有诗题，如嘉祐元年（1056 年）马瑞撰《司马君实哀辞》。此数碑所在地，即所谓杏花碑堂，亦即司马光祠堂。又东，原来亦为祠堂之一部分，现唯留下石碑，如嘉靖三年（1524 年）《重修司马光祠碑》，至元四年（1338 年），范离撰《谒司马君墓诗并序》，吕柟撰《重修司马光祠碑记》，朱定昌撰《司马光故里碑记》。于情于理，更由于李济对夏鼐的热心栽培，既来到夏县，就该到李济考古发掘的西阴村去看看，但可能是因为没公开点名批判过李济“为考古而考古”“和历史学不结合”“在考古学上标新立异，另创名称——《安阳发掘报告》”，在那个特殊的年代，又是在集体活动的情景下，夏鼐不便去西阴村遗址参观，于当天返回运城后，下午与张政烺再次去了运城县文化馆看碑。

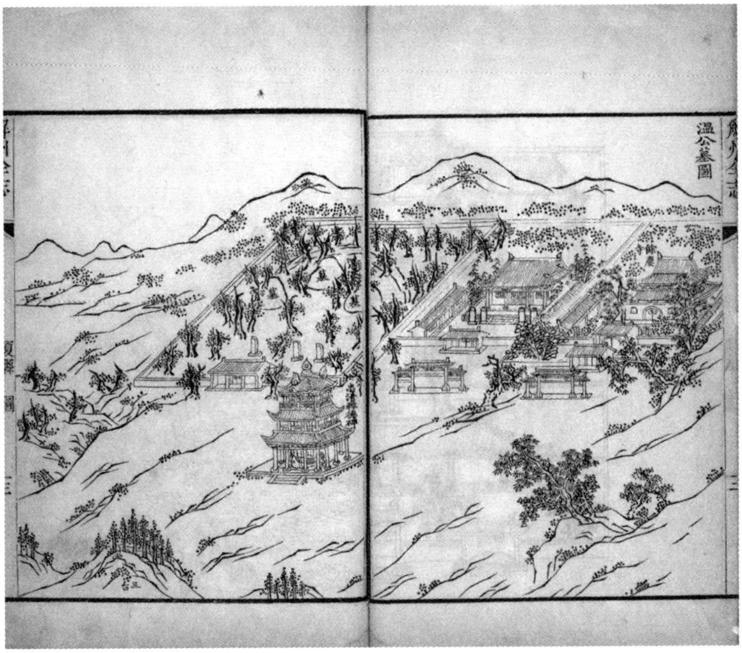

司马温公墓图（《夏县志》，乾隆二十九年官衙藏板）

夏鼐回到北京一年后，史无前例的十年“文革”开始了，1966 年 8 月 23 日，考古所中的红卫兵，开始揪斗“反动权威”苏秉琦示众，并集中考古所全体“牛鬼蛇神”，戴纸帽游行，在考古所院内绕三匝。夏鼐打黑旗，牛兆勋、林泽敏打锣，被揪斗游行的有“反动权威”徐旭生（未到）、郭宝钧、黄文弼、苏秉琦、安志敏；“保皇派”王伯洪、王世民、许景元、刘随盛、王抒、张广立、卢兆荫、曹联璞；“右派分子”陈梦家、仇士华、蔡莲珍，以及靳尚谦、王仲殊、佟柱臣、陈公柔、王俊铭、林寿晋、张振邦、齐光秀、赵铨、郭义孚、莫润先等，共计二十九人。什么探索夏文化和考古发掘，基本处于停止状态。直至 1973 年邓小平复出，1975 年开始对工业、农业、科技、文教、军队全面进行整顿，考古所才逐渐恢复了正常的工作秩序。

1974年7月15日，山西文管会已决定要在东下冯遗址作主动发掘，考古所山西队拟派出一队共同工作，派人到京请示夏鼐。18日，著名考古学家张颔、陶正刚到京找夏鼐谈山西发掘东下冯之事。8月2日，山西文管会的张德光、邓林秀找夏鼐汇报与山西队共同发掘东下冯遗址之事。隔了五天，张德光、邓林秀再度找夏鼐续谈与山西队共同发掘东下冯遗址具体事宜。8月10日，张彦煌找夏鼐汇报山西队发掘东下冯工作的问题，他打算10日左右出发到夏县。

1974秋，由中科院考古所山西队、中国历史博物馆、山西省文物工作委员会、运城地区文化局、夏县文化局共同组成的东下冯联合考古队，终于开始了对东下冯遗址的发掘。

东下冯遗址距夏县城北十七公里，东倚中条山，北枕鸣条冈，处在山麓下的平原地带。遗址在东下冯村北青龙河南岸的台地上。沿河两岸尚有西阴村、崔家河和埝掌等遗址，包括仰韶、龙山、夏、商、周各个时代的文化遗存。最令人心动的是东下冯遗址与著名的西阴村遗址处在同一平行的轴线上，如果比喻的话，两个遗址的距离就是北京东长安街和西长安街，或者是太原的迎泽东西大街。东下冯遗址总面积约25万平方米，文化层厚2—3米。为了便于工作，东下冯考古队把遗址分为东、中、西、北四个工作区。北区在青龙河北岸，其他三区在青龙河南岸。1974—1976年，考古队主要在商代前期遗存和“二里头文化东下冯类型”遗存的东区进行了较大面积的发掘；以龙山文化遗存为主的西区则在1975—1976年做过发掘；主要是“东下冯类型”遗存和东周遗存北区，于1977年做过小型的试掘。从徐殿魁、王晓田、戴尊德发表的《山西夏县东下冯遗址东区、中区发掘简报》(《考古》1980年第2期）可以看出，中区和北区并没有进行发掘。但即便这半个遗址的发掘，也引来了考古界学人的注目。

考古发掘的“东下冯类型”遗存：

（一）遗迹

1. 在里外两圈沟的两壁上共发现了十多个窑洞式居住址。

2. 先民在平地建造的和半地穴及窑洞式三种居住遗址共发现三十多处，数量较多的是窑洞式民居。这些窑洞有门洞，室内顶部为穹庐状，壁下还有小龛和火膛，有的火膛还有烟道通向洞外。

3. 发现灰坑百余个，据初步判断，当为一种废弃的储藏窖穴。

4. 水井两眼。这是人类从远古走向文明的标志之一。

5. 陶窑三座。

（二）墓葬

发现十一座，出土随葬陶罐、陶爵、陶盉各一件和绿松石片八块。

（三）遗物

1. 铜器有双翼、圆铤铜镞，长方条形、单面刃铜凿。

2. 石器有石斧、石凿、石刀、石镰、石铲、石镞、石磬、石范；骨器有骨铲、骨镞，另有磨制极精、下端锐尖、上端穿孔的骨针和两面均有雕刻花纹的骨器。

3. “东下冯类型”的陶器有鬲、斝、甗、鼎、甑、圜底罐、单耳罐、深腹罐、折肩罐、尊、大口尊、小口尊、罍、蛋形三足瓮、敛口瓮、大口直壁缸、盆、钵、簋、豆、爵、盉、杯、小碗和器盖等。

东下冯遗址发掘现场

东下冯遗址发掘的夏先民民居

商代前期遗迹：

1. 发现了一座城址的南墙及西墙，南墙的总长约四百米。

2. 排列前后有序，左右成行，间隔均约五米，十分规整的一组经过规划的圆形建筑群址。

徐殿魁、王晓田、戴尊德发掘简报的“结语”部分说：

> “东下冯类型”遗存和二里头1—4期，在文化面貌上既有很多相同之处，又有不少相异之点。在相同方面，就器形而言，二者的单耳罐、深腹罐、尊、小口尊、罍、甑、盆、四足方杯、鼎、爵、盉和器盖等的形制非常相近。就纹饰而言，都常见绳纹、索状堆纹、鸡冠耳和舌形鋬等。就其他方面而言，二者都直接叠压在商代前期文化层之下，放射性碳素测定的数据也很接近，对于死者都有扔入灰层灰坑中草率掩埋和正式埋葬两种截然不同的处理方法，都有小件青铜器出土，都有成组酒器出现，都大量使用磨制甚精的扁平长方形石铲和半月形石镰。在相异方面，主要表现在某些陶器的器形和常用器的组合上。二里头的主要炊器是鼎、折沿深腹罐和侈口圆腹罐，东下冯的主要炊器是单耳罐、鬲和斝、甗。在二里头器物群中极为常见的三足盘、刻槽盆、觚等在东下冯遗址中基本不见，而东下冯很有特色的敛口宽肩深腹瓮和蛋形三足瓮，在二里头遗址中则不见。这些异同是我们认真分析研究东下冯与二里头之间关系的客观依据。
>
> 夏文化问题的研究，素为史学界、考古学界所关注。近年来河南偃师二里头等遗址的发掘，使这个课题的研究大大深入了一步。但是，对于什么是夏文化的问题，看法上还存在着一定的差距，有的同志认为二里头遗址一、二期是夏文化，三、四期是商文化（如《二里头文化探讨》，《考古》1978年1期），有的同志认为二里头遗址一、二、三、四期都是夏文化（如《夏文化初论》，《中国史研究》1978年2期），对于二里头文化的分布分期以及社会经济形态

的综合研究，都还需要大量的工作，还有待更多的新资料的发表。晋南在文献上早有“夏墟”之称，这个地区的调查试掘也证明与二里头文化近似的遗址有三四十处之多（考古所山西队资料），山西夏县东下冯遗址的发掘，为在晋南地区探索夏文化增添了一批可喜的实物资料。

夏鼐对东下冯遗址的发掘一直关心着，并做着具体的指导工作。据其日记：

1976 年 12 月 21 日：徐殿魁同志来谈东下冯遗址今年清理城址过程，顺便向仰峤（刘仰峤，历任文物局党委书记，科学院哲学社会科学部领导小组成员，中国社会科学院秘书长）同志汇报。

1977 年 2 月 25 日：上午在所中参加汇报会，为山西队下川（张子明）及东下冯（徐殿魁）二处工作汇报，北大亦有十余人来听。

1977 年 3 月 11 日：与山西队谈东下冯工作计划问题。

1977 年 7 月 13 日：上午与徐殿魁同志谈东下冯遗址工作问题。

1977 年 7 月 22 日：上午与河南安金槐及山西队东下冯分队同志谈夏代文化探索问题。

1977 年 7 月 25 日：下午在历史博物馆开“考古发掘展览”第二次座谈会，谈夏文化之探索问题。闻参加者颇多，由安金槐、徐殿魁、赵芝荃各同志作报告。

1977 年 11 月 18 日，登封告成遗址发掘现场会开幕，上午开幕式，下午由安金槐作告成遗址发掘的报告。19 日赴告成现场参观。20 日赴阳城山参观东周时代阳城遗址。21 日上午大会，先由徐殿魁介绍东下冯遗址的发掘工作情况，后由赵芝荃介绍二里头工作情况。下午继续开会，由夏鼐主持。首先由黄石林作了结合夏县东下冯遗址发掘情况与探索夏文化关系问题的发言。

黄石林，江西高安人，武汉大学历史系毕业，分配至考古所后，参加过西安半坡、长安客省庄、山西夏县东下冯、河南偃师商城等著名遗址的发掘工作，发表有《关于探索夏文化问题》《偃师商城的发现及其意义》《山西夏县东下冯龙山文化遗址》等论文，著有《中国重要考古发现》。他说："探索夏文化问题，有其十分重要的历史意义，正如夏鼐所长所说的它是中国历史上的关键性问题。研究它，就是研究中国国家起源问题。因之，它是中国古史上一个重要课题；探索它，就是要确定夏代物质文化遗存，填补中国考古学上一个重要缺环。"黄石林十分赞同夏鼐给夏文化所下的定义，那就是"夏王朝统治区域内的夏民族文化"。但这种夏王朝文化的特征，目前还认识得不太清楚，很难确指哪一种文化就是夏文化。但也不是无踪可寻，无迹可探。他认为：河南的龙山文化（即洛阳王湾第三期文化）、偃师的二里头类型和夏县的东下冯类型文化，可能就是夏文化，也是应该探索的对象。从地域上看，夏文化的中心区域第一是在山西西南部的汾河中下游，特别是汾、浍、涑水流域；第二是在河南省中、西部，尤其是洛阳平原，伊、洛、颍水流域及其登封、禹县一带。谈到都邑，他对古籍中提到的阳城、平阳、晋阳、安邑、帝邱、斟鄩、原、老邱、西河、洛阳等，一一进行了点评。对阳城，他引《孟子·万章上》"禹避舜之子于阳城"；又引《史记·夏本纪》"禹辞辟舜之子商均于阳城"来说明《世本》云"夏禹都阳城"，实则是禹为了让舜的儿子商均即位才避于阳城。《汉书·地理志》颍川阳翟县下注，臣瓒曰"《世本》禹都阳城，《汲冢古文》亦云居之"。对阳城的所在地，他特别指出，除了《汉书·地理志》所云"阳城在颍川郡"，也引经据典说明"阳城当曰唐城"，如《左传·定公四年》："分唐叔……命以唐诰，而封于夏墟。"服虔曰："大夏在汾浍之间。"《尚书地说》："唐氏在大夏之虚。"《史记·晋世家》《正义》引《括地志》："故唐城在绛州翼城县西二十里，即尧裔子所封。"唐人以古唐在翼城，此阳城当即唐叔所封之唐城。近人丁山说："成汤"在卜辞金文均作"成唐"，易声字古或作唐，阳城故名当曰唐城……唐人谓唐城在翼城西者较确。阳城故名唐城，本在浍河流域。因为黄石林曾在翼城西天马村附近做过调查，天马遗址面积约为 2500×1500 米，发现有西周灰坑、陶器等，有些陶器尚属西周早期遗物。在其附近又有方城龙山遗址，可证唐城在翼城西的塔儿山下浍水之阳的天（天马村）曲（曲沃曲村）平原上，并认为旧典所说的“唐城”，即为山西翼城的阳城，较为实确。

关于禹都安邑，黄石林以《诗·魏风谱》所记“魏者，虞舜夏禹所都之地也”予以解释。他说:《禹贡》在冀州目下，有“雷首之北，析城之西”，而安邑正在雷首（今中条山）之北，析城（今析城山）之西。冀州王畿，并包三晋，安邑是大禹之故墟。在列举了《帝王世纪》“禹自安邑，都晋阳，至桀都安邑”，《水经·涑水注》于安邑注曰“禹都也”，《史记·吴太伯世家》《索隐》“夏都安邑，虞仲都大阳（今平陆）之虞城，在安邑南，故曰夏墟”，《括地志》载“安邑故城在绛州夏县东北十五里，本夏之都”，清顾亭林《日知录》云“夏之都，本在安邑”之后，他特别强调:“今夏县东下冯遗址发掘的城堡，正在文献中的夏之安邑地望范围之内。”为了说明夏代与龙山文化、二里头类型和东下冯类型文化的关系，黄石林还根据夏县东下冯遗址发现的城基遗迹，经碳 -14 测定的绝对年代为距今 3930 ± 165 年—3815 ± 120 年（树轮校正年代），即公元前二十世纪—前十九世纪，约当夏代中期，与河南二里头类型文化测定的年代大致相当。当然，他也没有推论二里头遗址和东下冯遗址谁前谁后，孰是孰非，而是本着科学研究的本分说:“两座城堡规模虽小，但它的历史意义却很大。这高峻的城墙，是划时代的标志，标志着阶级社会的产生，标志着社会进入文明时代。”①

登封会议之后，继徐殿魁、王晓田、戴尊德的《山西夏县东下冯遗址东区、中区发掘简报》之后，张岱海、高彦在同年的《考古》杂志第 3 期上发表了《晋南二里头文化遗址的调查与试掘》的报告。他们在报告中说:在山西队所调查的三十五处二里头文化遗址中，夏县东下冯是面积较大、文化内涵较为丰富的一处。东下冯遗址从 1974 年开始，连续数年，做了较大规模的发掘，在遗址的东区和中区，发现了一批重要资料。东下冯遗址的“二里头文化”遗存，直接叠压在二里岗商文化层之下；同时，放射性碳素年代也与河南境内“二里头文化”遗存相当或接近；通过对出土遗物（主要是陶器）

① 黄石林:《关于探索夏文化问题》,《中原文物》1978 年第 1 期。

做的初步分析，可以看出，东下冯遗址与偃师二里头遗址为代表的河南境内的“二里头文化”遗存，文化面貌大同小异。为了便于表述这种文化面貌上的大同小异，他们暂称它为“二里头文化东下冯类型”。东下冯遗址的发掘和“东下冯类型”的发现，使他们对晋南地区“二里头文化”的研究工作，在实践上和认识上都前进了一步。至为重要的是，通过对东下冯遗址陶器分期的初步研究，为晋南其他地点的夏文化遗存提供了一个可资借鉴的尺度。为此，他们还就试掘永济东马铺头遗址发现的材料与东下冯遗存做了比较：永济东马铺头出土陶器，从器物群整体观察，与东下冯遗存十分近似；从陶质、陶色、纹饰和器形的特点看，则更近于东下冯遗址的早期和中期。虽然晋南地区的二里头文化遗存，有若干处是与龙山文化晚期或二里岗商文化共存的，但他们也坦率地承认：“目前除在东下冯发现东下冯类型晚期直接叠压在二里岗商文化层之下的地层证据，并在一些陶器上看出二者之间的前后演变迹象外，还没有找到这一时期的文化层与龙山文化晚期遗存相互之间的地层叠压关系。”

1980 年秋，中国社会科学院考古所山西工作队再次进行发掘，从而发现了“东下冯类型”文化层与龙山文化层直接叠压的层位关系的证据。1983 年，黄石林代表中国社会科学院考古研究所，李锡经代表中国历史博物馆，王克林代表山西省文物工作委员会联合组成的东下冯考古队在《考古学报》1983 年第 1 期上发表了《山西夏县东下冯龙山文化遗址》的报告。

关于东下冯龙山文化的早、晚期的关系问题，他们认为：东下冯龙山文化遗存，从文化层的叠压、遗迹的打破关系和遗物的差异方面看，大致可暂分为早、晚两期。早、晚期的差异虽较显著，但仍有若干共同因素，可说是同一文化系统的不同发展阶段。以陶质而言，早期以红陶为主，灰陶少，晚期以灰陶为主，红陶少，并增添了泥质绿陶和泥质磨光灰陶。从纹饰而言，早期以绳纹、篮纹、线纹、附加堆纹为多，方格纹次之，也有磨光素面陶。其中横（斜）篮纹、细绳纹、带状堆纹最为流行。还有少量的在灰陶或红陶罐上绘的红彩网纹，与郑州大河村遗址第四期同类器上的纹饰基本一样，这表明了它的继承因素。晚期以竖篮纹、绳纹为多，方格纹很少。而鸡冠形耳、磨光素面陶大为增加。从器形而言，早期陶器与西王村、大河村仰韶晚期同类器极为近似，说明具有仰韶向龙山过渡的两重性。晚期陶器与三里桥龙山同类器有相似处。总体上看，东下冯文化的基本性质应属“河南龙山文化”范畴。

此次发掘，最令他们兴奋的是发现了“东下冯类型”文化层直接叠压在龙山晚期文化层之上的地层证据。出土的大口尊、单耳罐、甗等陶器，与“东下冯类型”文化晚期同类器十分相似。从而判断在地层叠压关系上，表明“东下冯类型”文化晚于晚期龙山文化。

对于此次发掘出土的原始青瓷，在他们看来，山西省境内的龙山文化中出土的原始青瓷，这是首次。初步观察来说，原始青瓷比一般陶器所用的原料质量要高，胎骨青灰色，质地坚硬致密，器表涂有青绿色薄釉，光泽度较好，釉色并不纯，或为青中泛黄，或为黄中呈绿。火候较高，它比一般陶器的烧成温度要高些。这些情况，与商周原始青瓷十分相似。

此次发掘，在山西境内还第一次于龙山文化中出土了石灰。说明至迟在龙山时期已经有人工烧制石灰，并把它使用在建筑上了。

对于最重要的东下冯龙山文化的年代问题，他们据陶器的器形和纹饰推断，早期相当于庙底沟第二期文化，或更早些。晚期，据两个碳 -14 测定的数据：①白灰面距今 4030 ± 125 年（树轮校正），即公元前 2080 年；②木炭距今 3900 ± 100 年（树轮校正），在公元前 1950 年，认为这个数据比较符合龙山文化晚期的年代。最后说：“晋南古有‘夏墟’之称，东下冯龙山文化晚期经碳 -14 测定年代为公元前二千年左右，正在夏纪年之内。因此，它可能为探索夏文化提供一些实物资料。”

然而，对于东下冯遗址的年代问题，北京大学考古文博学院教授李伯谦撰文《东下冯类型的初步分析》称：自 1959 年以来，为了探索夏文化，中国社会科学院考古研究所山西队和山西省文物工作委员会等单位曾在传为“夏墟”的晋南地区进行了大量的调查工作，发现在年代和文化面貌上与河南偃师二里头遗址相似的文化遗址近四十处。从 1974 年秋季开始重点对夏县东下冯遗址进行了发掘，获得了一批重要资料。在 1977 年 11 月于河南登封召开的夏文化座谈会上，东下冯考古队介绍了遗址发掘情况与收获，在与二里头遗址对比分析的基础上，首次提出二里头文化东下冯类型的名称，并为其他同志所沿用。最近，《考古》1980年第2期与第3期分别发表了东下冯遗址东区、中区发掘简报和晋南地区有关这类文化遗存的调查报告，更明确提出“它与偃师二里头遗址为代表的河南境内的‘二里头文化’遗存，文化面貌大同小异”，进一步肯定了二里头文化东下冯类型的命名。我们认为，将东下冯遗址为代表的文化遗存命名为二里头文化东下冯类型是合适的、符合实际情况的。

但是，李伯谦在承认将东下冯文化遗存命名为二里头文化东下冯类型是合适的之后，却把东下冯类型归结为二里头文化的派生物。他说，东下冯开始形成的时间晚于二里头，东下冯类型的主要文化因素来源于二里头，它是在二里头类型发展到一定阶段向晋南地区传播并与当地原居文化逐渐融合而形成的。总之一句话：二里头文化是原生态，东下冯文化只是对二里头文化的临摹写生。

李伯谦由此推论：夏族与夏文化的发祥地应在豫西地区，而不在晋南地区；夏文化之所以在晋南产生，“只是随着夏族势力的扩展，夏文化才越河北向发展到山西南部，与当地原居文化逐步融合形成具有一定地域特点的东下冯类型文化”①。

与李伯谦的观点完全相反的是曾任山西队队长、中国社科院考古研究所研究员的李健民。他在《东下冯“龙山文化早期遗存”的再认识》一文中说：山西夏县东下冯新石器时代文化遗址，经过较大规模的正式发掘，为研究晋南地区新石器时代文化提供了十分宝贵的实物资料。李健民所说的这种宝贵的实物资料，是说东下冯不是距今约四千六百年至四千年的龙山文化，而是距今约七千至五千年的仰韶文化向龙山文化过渡的一个宝贵的遗址。文中，他纠正了黄石林、李锡经、王克林在《考古学报》1983年1期发表的《山西夏县东下冯龙山文化遗址》中的一个错误，即：“东下冯有的所谓‘龙山早期’

① 李伯谦：《东下冯类型的初步分析》，《中原文物》1981年第1期。

陶器标本，出自龙山晚期遗迹之中，但实际却是仰韶晚期遗物。”通过大量的器物和纹饰分析，李健民坚定地认为，东下冯“龙山早期遗存”，实际上可以区分为仰韶晚期和龙山早期这两个性质不同，但又有承继关系的发展阶段。之所以黄石林和王克林将东下冯遗址判定为“龙山文化”，是因为龙山早期和仰韶晚期二者的面貌颇多近似之处，某些龙山早期遗存中又杂有仰韶晚期的遗物，所以对这两种文化遗存性质的判别，自然容易出现偏差。最后，他把东下冯遗址定为“东下冯仰韶—龙山文化遗址”，认为这一仰韶文化向龙山文化的过渡的遗址，为研究晋南地区的新石器时代文化，提供了重要的线索。

1988 年，中国社会科学院考古研究所、中国历史博物馆、山西省考古研究所出版了《夏县东下冯》考古发掘的正式报告。其在“结语”第二节“关于东下冯类型的年代估计”中说：以东下冯Ⅰ—Ⅳ期为代表的东下冯类型和以二里头Ⅰ—Ⅳ期为代表的二里头类型，应属于同一个文化系统，其相对年代也应大体相当。根据东下冯遗址西区 T261 的地层关系，东下冯Ⅳ期叠压在龙山文化层之上。二里头类型的年代，仇士华等同志在《有关所谓“夏文化”的碳十四年代测定的初步报告》一文中认为：“应不早于公元前 1900 年，不晚于公元前 1500 年。”东下冯类型的碳 -14 数据不多，而且其中有的年代早晚颠倒，有的年代过高、过低误差甚大，很难作出准确的结论。所以参照二里头类型的年代，粗略估计东下冯类型的相对年代大致为公元前十九世纪至公元前十六世纪。东下冯Ⅰ—Ⅳ期和二里头Ⅰ—Ⅳ期，究竟是夏文化遗存还是商文化遗存，或者哪些期是夏文化遗存，哪些期是商文化遗存？从现有材料看，还无法作出合乎实际的结论。不过，东下冯遗址正处在传说中的“夏墟”范围之内，东下冯类型的大致年代又相当于我们估计的夏末商初。因此，东下冯类型遗存对探索夏文化和研究商文化都具有重要意义。

第六章 大禹的家世

屈原是最早一批探索夏史的千古人物。他的《天问》涉及了天地开辟，洪水传说，夏、商、周古史传说和古史逸闻及吴楚史事等多方面的内容。

作《天问》，为何不用更通畅易懂的《问天》？这是因为天尊不可问，所以屈原便把不能问的天颠倒了一下，改为《天问》。其时，正是屈原被流放沅水、湘水一带。忧心愁悴，彷徨山泽，走过山陵与平地，呼号苍旻昊天，不停地仰天叹息。疲倦之时，忽见楚先王庙及公卿祠堂，想进去睡一觉，但见墙壁上画着天地山川，神灵奇丽怪异，古圣先贤都是奇形怪状的妖魔般的行为举止，屈原转着看了一遍，来了精神，睡意全无，想：这些神灵先贤要我观他们，但谁来“观”我？于是在楚先王庙的墙壁一口气写下 369 行诗句，向天神发出了 178 个问题。在问了宇宙是如何形成的难题，说出了他想象的开天辟地的样子之后，便提出鲧生禹和禹治水、划九州的设问：

> 不任汩鸿，师何以尚之？佥曰“何忧，何不课而行之？”鸱龟曳衔，鲧何听焉？顺欲成功，帝何刑焉？永遏在羽山，夫何三年不施？伯禹愎鲧，夫何以变化？纂就前绪，遂成考功。何续初继业，而厥谋不同？洪泉极深，何以寘之？地方九则，何以坟之？

屈原向天尊所问的是：鲧不能胜任治这么大洪水之职，为什么还能得到那么多人的推举？你们都说可以保证，为何不试验一下看看行不行再任用？鸱龟首尾相接好像一条堤坝，鲧为什么就照它们的模样施行治水的大策？他顺从众民的心愿想把洪水治好，天帝为何还要对他施刑？尸体长久被丢弃在羽山上，为何三年都不腐烂完好如生？剖开鲧的肚腹却生出了一个活生生的伯禹，天底下怎么会有这样的奇怪事情？伯禹继承父亲鲧的遗业，终于成就了先父的未竟之功。为什么同样是治水，而禹与鲧采取的办法却不相同？洪水还是那么深，禹是用什么来填平的？大地分为肥瘠九等，禹是用什么办法平均划分的？

写完《天问》之后，屈原便在楚顷襄王二十一年（前 278 年），带着他对夏史的疑问投汨罗江而去，时年六十二岁。

禹父鲧因治水失败，“鸱龟曳衔，永遏羽山”
（明萧云从绘并注《楚辞图注》，明永历元年刻本）

《天问》的这宇宙般的疑难之问，实际上道出了屈原心目中的一个上古史五帝的谱系，最主要的是推出了禹的父亲鲧这个人物。在西周《诗》《书》中已经有了夏、商、周三代祖先禹、契、稷，以及其后的启、汤、周文王、武王，姜姓族宗神伯夷、苗族宗神蚩尤、楚族宗神重黎等诸神，唯独缺了鲧。另外，在《天问》中，除了鲧禹父子，共工、舜、尧等人物也先后出现。《国语》《左传》所记传说中显赫的古史人物炎帝、黄帝、太皞、少皞、颛顼、高阳、高帝、帝鸿、金天及秦祖伯翳、楚祖祝融等人，《天问》中均没有出现。由此可知，汉魏之前所传古帝名号是很多的，但凡是个舞文弄墨的都可提出，除却时间有先有后之外，这些帝王并没有主次高下，都是平起平坐的古帝王之一；同时也说明要说清大禹的家世，只能从多达六七种的不同的“三皇五帝”的排列中，找出一两种合情合理的组合为大禹的族谱。但问题的复杂性还远远不止于此，《天问》中提到的共工，实际上和“鲧”是同一个人。只是由于同音异写，才分化成两个人。[①] 大禹的家世也和屈原的《天问》似的，成了人神合一的半神半人的“天问”。

中国是一个多民族的国家，从远古到禹创大夏之国前后，更是一个通过联盟，包容九州异姓之民，以仁政囊括八方极远之地的国家。由于氏族众多，各氏族又各有自己尊崇的英雄，以至后世将其视为神人，故而在“中国”形成之后，出现了各种各样的“三皇五帝”。关于帝王，刘起釪对其起源及被商王利用，有一段很好的评议：“帝”字的本义是指上帝、宗神，它原是存在于神话中的。殷代卜辞中的帝即指上帝，但到殷末，几位商王为抬高和神化自己，便称起帝乙、帝辛了。不过人们知道他们是自比上帝，帝字的本义仍没有改。所以周代文献中仍以帝指天神，一些神话专著如《天问》《山海经》中凡称帝某的，无一不指天神。特别是作为神话百科全书的《山海经》中那么多帝某，从他们的活动看，无一不是神，虽然有些后来进入普通文献中历史化了，人化了，但它在《山海经》中的本义全都是神，所以古代神话中叫作“帝某”的神，多得简直让人眼花缭乱，无所适从。

将大禹的家世排列得很繁盛的是《雍正山西通志》。该书由清康熙六十年（1721 年）会试会元、翰林院庶吉士储大文（1665—1743 年，江苏宜兴人）纂修，历时五年，于雍正十二年（1734 年）成书，但所涉山右上古和三代世谱基本上是南宋罗泌《路史》的缩编本，虽内容宏富，却也传疑杂出，不足以引为夏后氏的世系。但因秦始皇焚书坑儒，先秦史籍散佚严重，述大禹的家世，一些神话和传说也无法避免。

---

① 刘起釪：《古史续辨》，第 130 页，中国社会科学出版社 1991 年。

大禹高祖黄帝

黄帝，姓姬，一说姓公孙，号轩辕氏，又号有熊氏，为黄河流域著名的少典族的部落联盟首领，与炎帝的部落原来同居于晋西南的河东地区，同出于少典氏。传说黄帝时代的九黎族（古代南方部落名）首领蚩尤强悍凶横，经常侵略其他部落。炎帝被他击败，向黄帝求救。炎、黄便合力同蚩尤展开了一场对决。黄帝有熊、罴、貔、貅、貙、虎为图腾的六个部落，蚩尤只有兄弟八十一人，表面上看黄帝人多势众，但蚩尤的这些兄弟，个个凶猛无比，又使用刀、戟、弓、矛等锋利的石器，把黄帝部打得节节败退到无处可退的地步。黄帝眼看军心涣散，便让风后制作了一辆指南车。车来，上面站着一个铁制的小人，把手臂指向南方，黄帝便率众向南猛攻，冲出重围后，又纠集兵力打败了九黎族，擒杀了蚩尤。黄帝一战成名，被拥戴为炎黄部落联盟的首领。黄帝让风后制作的这辆指南车，后被人认为是他把指南针应用到军事上去了。指南针是一种磁铁，假如考古有所发现，便能证实五千年前的黄帝不但真的发明了指南针，而且已能够自己采冶，成为中国最早的矿冶工程师。除了指南针，黄帝时期还有很多发明创造，如养蚕抽丝、舟车、宫室、文字、音律、算数、历法、棺椁、器皿等，后人赞誉黄帝“能成命百物”。春秋后期，黄帝被尊奉为中华民族的共同祖先。《史记·封禅书》说，黄帝活到了一百岁的时候，到首阳山上去采铜，铸制宝鼎。宝鼎铸成以后，天上降下一条龙来接他，他便乘龙上了天。《史记·五帝本纪》说，黄帝在位一百年。亦有传说，黄帝活到一百一十一岁。

顾颉刚在《五德终始说下的政治和历史》对中国历史上的“五帝论”有着通透的分析。他说：在许多古史系统中，只有黄帝、尧、舜是不缺席的。再有二人，就很难定。一派说这二人是颛顼、帝喾，别一派则说是伏羲、神农。说颛顼、帝喾的，以黄帝为五帝的首一帝，与驺衍（战国时期阴阳家代表人物、五行创始人）时的史说合，可以称为“前期五帝说”。说伏羲、神农的，以伏羲为首一帝，黄帝居五帝之中，殆是秦以后的史说，可以称为“后期五帝说”。这两种学说各有其畛域，不容相混……黄帝是最早的帝王，兼为项颛和帝喾的祖父，又为“百家言”的中心人物，其势力之大自不消说。尧、舜靠了天下之显学儒墨二家的鼓吹……舜又是田齐的祖先，齐人是最夸诞的，他们的势力也正不可一世。在这种环境之下，五帝的座位哪能不请黄帝、颛顼、帝喾、尧、舜去坐，哪里再有空位给予炎帝？所以炎帝虽和黄帝同时出生，到了秦汉，许多小民族已团结为一大民族，颛顼、帝喾也失去了人们的需要。那时道家极盛，他们笃信“世代愈古则人民愈康乐”的历史律，要找黄帝以上的帝王来压倒黄帝以下的帝王……而伏羲、神农在黄帝前的系统遂得确立。又因为有了他们的鼓吹，而儒家也把这两位古帝请进了《易》的范围。可是“五帝”是只许容纳五个人的，挤进了伏羲、神农，只得挤出了颛顼、帝喾，因为他们的地位已经不重要了，有类于战国以后的炎帝了。[①]

大禹祖父颛顼

颛顼，姓姬，号高阳氏。传说活到九十八岁，在位七十八年，二十岁时就当了炎黄联盟的首领。炎帝的后裔共工和颛顼争位，双方发生过激战。传说共工与颛顼一直打到不周山下，也不分胜负。《山海经》说：不周山是由黄赭色的岩石垒结成的一根支撑天穹的巨柱。共工见打不过颛顼，一口怒气之下便向不周山撞去，将这巨柱拦腰撞断。天穹失去支撑，向西倾斜，所以日月星辰都往西运行；东南的大地被撞裂开一个深坑，从此大川小河的流水都向东南倾泻，汇成一片大海。《尚书·吕刑》说，颛顼担心会出现第二个蚩尤来鼓动人民反对自己，便令孙辈用力将原来相隔较近、神人能够自由上下

① 顾颉刚：《顾颉刚古史论文集》，卷二，第305页，中华书局2011年。

的天地撑开，让天地相隔得遥远些，从此断绝了相互的通道，使神人分离，只有神偶尔才可以下凡到人间，人却无法上天。又命重任南正之官，掌管祭祀天神，命黎任北正之官，掌管民事。颛顼实行的人神分职之策，喻示着原始宗教在向神权过渡。颛顼很喜爱音乐，在他幼年时，叔父少皞就专门为他制作了琴瑟。成年后，他仿效风吹的各种声音，命人制作了《承云》之乐。

台湾著名作家柏杨在《中国人史纲》一书中，对颛顼作出如此评价："他是五帝中的第二帝，号称玄帝，即黑颜色的君主。他也默默无闻，但在位七十八年中，却作了一件使天下所有男人都大为抚掌称快的事，就是他下令女人在路上遇到男人时，必须恭恭敬敬站在路旁，让男人先走，否则就流窜蛮荒。"

大禹父鲧

鲧的史料很不完整。在《史记》中，只有筑城郭和治水失败的记录。鲧治水是被尧的几个大臣推荐的。尧帝对鲧能否治水成功好像也不怎么放心，只是由于没有合适的人选，才起用了鲧。当时水灾最严重的地方便是现在山西西南从临汾到永济这一区域。鲧治水的方法是采用"水来土掩"的方策，到处筑堤防水，但终归失败。鲧治水九载无功而被帝舜殛于羽山。大禹接替父亲治水后，不但公而忘私，未尝念杀父之仇，还创造了疏导的方法，顺着水性，让水从高流到低的地方——在今山西吉县南面的壶口山，大禹开了第一个山口，河水由此下泄。之后大禹就爬上晋西南最高的雷首山观察地理——那时雷首山上的树木很茂盛，山中还有很多的野兽，他先把这些密密层层的树木除了，以为治水的前期准备，之后便在今河津西南的龙门山开了第二个山口，河水出龙门之后便在平地上流了，不再泛滥成灾，大禹治水因以成功。

明清两代山西最后一部通志，也是被梁启超称为"出自学者之手，斐然可列著作之林者”的《山西通志》，在夏后氏的世谱上，已接近今人的研究成绩，可以为信史。光绪十八年（1892 年）的《山西通志》，由曾国荃等人修，王轩、杨笃等人纂。王轩（1822—1887 年），山西洪洞人，同治二年（1863 年）进士，晋阳书院讲席，令德堂总校，有《顾斋文集》和《顾斋诗集》。杨笃（1834—1894 年），山西乡宁县人，同治举人，金石家、方志学家，先后编纂过《西宁县志》《蔚州志》《代州志》等十多种地方志书，有《山右金石记》刊行。由王轩和杨笃主纂的《山西通志》，在选用史料上，去伪存真，择是而从；在引用先儒著作时，极重古籍版本的选择；在历史人物和史实上，极重考证，且补漏订讹，又不囿成说，提出新说，故为明清两朝最好的一部晋省通志。因山西为帝王故都，唐虞治世的以民为本，禹治华夏文明初曙时的滔天洪水，夏王朝鼎立河东大地，晋主夏盟，三家并雄，其间有德无德之帝王和名卿大夫，辉映坛坫，儒家的经典著作和解释经典的传注，不可谓不多，但真伪莫辨，轻本事，重诠释，诸子之言，纷然淆乱；经皇帝首肯的史书，又不允许地方志书有“本纪”“世家”之述，不得取古君臣事迹，一律列入“耆旧”“先贤”之列，所以自殷以上的帝王和大臣年考，众说纷纭，无人能详。《山西通志》中的《三代世谱》本着“明世系，辨昭穆，定尊卑”的初衷，极尽考辨之功，剔除神神鬼鬼的成分，只讲系谱，已是一个靠得住的世谱：

夏

大禹夏后氏

颛顼曾孙，崇伯鲧子，姒姓。受舜禅，以金德王，都安邑。元年壬子，即位，居冀。八年六月，雨金于夏邑。八月，崩于会稽。

帝启

禹子。元年癸亥，即位于夏邑，大飨诸侯于钧台；诸侯从帝归于冀，大飨诸侯于璿台。六年，伯益薨，祠之。十一年，放王季子武观于西河。十五年，武观以西河叛，彭伯寿帅师征之。武观来归。十六年，崩。

帝启： 名建，一名余。据《中华史表》，帝启于公元前 2174 年至公元前 2166 年在位，共九年，一曰在位十年，一曰在位十六年。禹病死后，启就破坏了尧舜禹三代帝王所遵守的天子位传贤不传子的禅让制，自行袭位。启不但不守家规夺位，还杀害了夏禹指定的第二个接班人伯益，开创了各种政治制度中最坏的家天下世袭制。当他打败有扈氏后，变得越来越腐败，整天饮酒作乐，不是沉湎于歌舞升平之中，就是出游打猎。传说乐舞《九韶》就是夏启所作。夏启晚年，他的五个儿子太康、元康、伯康、仲康、武观激烈地争夺继承权。因小儿子武观争得最凶，夏启把他放逐到黄河西岸的陕西一带。其间，还发生过武观聚众反叛的事件。不久，夏启因荒淫过度而病死。

帝太康

启子。元年癸未，即位。畋于洛表，羿拒于河。遂都河南阳夏。四年，崩。羿据河北，以代夏政。

帝太康： 太康是启的长子，启病死后继位。名义上在位二十九年，实际只有两年。因不理民事，在去洛水北岸游猎时，被后羿夺去国政。太康从小跟着父亲启玩乐，即位后生活比其父还腐败，每天只顾饮酒游猎，根本无心打理政事。有一次，他带着一帮亲信到洛水北岸游猎，一去三个多月也不回帝都安邑理政，弄得百事废弛，民怨沸腾。东夷族的有穷氏部落首领后羿乘机起兵，夺取了夏都安邑。当太康带着大批猎物兴高采烈地回朝时，走到洛水岸边，才见对岸有重兵把守，慌忙派人过河探问，这才知后羿发动了政变，不让他回都。此时，各部落首领既不满意太康的荒唐，又惧怕后羿的实力，谁也不肯来帮助他。太康后悔不及，只好在阳夏（今河南太康县西）筑了一座土城住下来。太康的四个弟弟见一家之长不能回都，就陪着母亲来到洛水南岸苦苦等候，但始终也没有能等到太康的回归（一说厥弟五人，御其母以从，篌于洛之汭）。四兄弟就作了一首《五子之歌》来追念他们的祖父禹的功绩和品德，倾诉目下的凄凉悲哀之情。

其一

皇祖有训：民可近，不可下。民惟邦本，本固邦宁。予视天下，愚夫愚妇，一能胜予。一人三失，怨岂在明。不见是图。予临兆民，懔乎若朽索之驭六马。为人上者，奈何不敬。

其二

训有之：内作色荒，外作禽荒。甘酒嗜音，峻宇雕墙。有一于此，未或不亡。

其三

惟彼陶唐，有此冀方。今失厥道，乱其纪纲，乃厎灭亡。

其四

明明我祖，万邦之君。有典有则，贻厥子孙。关石和钧，王府则有。荒坠厥绪，覆宗绝祀。

其五

呜呼曷归，予怀之悲。万姓仇予，予将畴依。郁陶乎予心，颜厚有忸怩。弗慎厥德，虽悔可追。

歌词大意是：我们的祖先大禹曾经训导子孙说，百姓是国家的根本，只有根本稳固了，国家才能安宁。君主应当勤于政事，用心治理好天下，倘若贪酒色、好游猎，或者大兴土木，建造亭台宫室，那么，只要有其中的一件，就会失去民心，导致亡国。缅怀我们的祖先大禹在世时，他身为万邦之君，将天下治理得井井有条，使百姓安居乐业。他是一位多么贤明的君主啊！今天，太康不遵祖训，荒废政事，弄得百姓都仇视我们，使祖先创建的王朝被人颠覆，陷我们于凄苦的境地。太康啊，你犯下了大错，我们心中是多么痛苦啊！

太康被后羿代夏政二十七年后，病死于阳夏。

帝仲康

太康弟。元年己丑，即位。五年，胤侯帅师征羲和。世子相出居商丘。

帝仲康：太康弟。后羿废黜太康，立其弟仲康为王。仲康名义上在位十三年，实际上政权仍由后羿把控。仲康五年，不甘心做傀儡的仲康，一心想夺回大权，曾派大司马胤侯去征伐后羿的党羽羲和，试图削弱后羿的力量，终因实力薄弱，反被后羿软禁，忧郁成病而死。

帝相

仲康子。元年戊戌，即位，居商。八年，寒浞杀羿。二十八年乙丑，寒浞使其子浇弑帝，后缗归于有仍。丙寅，帝少康生。甲申，少康奔虞。甲辰，伯靡伐浞，女艾杀浇。乙巳，伯靡杀浞，少康归于夏邑。

帝相：仲康子。仲康病死后继位。在位二十八年，被寒浞的儿子浇攻破而自刎。相继位时，年龄还很幼小，因后羿带兵进逼，只得逃往帝邱（今河南濮阳），又迁到斟灌（今山东寿光东）。相继位后的第八年，后羿的助手寒浞指使后羿的门生、贴身卫士逢蒙杀死后羿，进而派儿子浇带兵进攻斟灌。相力量弱小，只好再次逃往帝邱。这时，相曾先后征伐过淮夷、风夷、黄夷等部落。不久，东夷族中的于夷来朝见，服从于相。第二年，浇又带兵奔袭帝邱。在一天晚上攻入城中，杀进相的住处。相眼见难以脱身，拔刀自刎而死。相死，寒浞篡得王位，使夏朝中断了四十年。

帝少康

相子。元年丙午，即位于夏邑。十八年迁于原。二十一年，崩。

帝少康：又名杜康。相的遗腹子。攻杀寒浞，复兴夏朝。在位二十一年。相被迫自杀时，少康还没有出生。母亲后缗氏当时顾不得丧夫的悲痛和王后的尊严，随宫女从后墙狗洞中爬出，逃到娘家有仍氏部落（今山东济南东南）。第二年，生下了少康。少康初懂人事后，后缗氏就告诉他祖上失国的惨痛经过，叮嘱他日后要报仇雪耻，复兴夏朝。从此，少康发愤图强，立志要夺回天下。他先在外祖父手下担任管理畜牧的官，平时一有机会就学习带兵作战的本领，并且时时警觉，防止寒浞来杀害他。不久，寒浞儿子浇果然派兵来搜捕少康，少康逃奔到名为有虞氏的部落（今河南虞城县东）。有虞氏首领虞思让他担任管理膳食的官，学习理财的本领；又把女儿嫁给他，还给了他一块十里方圆、地名叫纶的肥沃土地和五百兵士，使少康有了复国的根据地和军队。少康体察百姓疾苦，宣扬祖先禹的功德，千方百计争取各方人士对他复国的支持，并召集夏朝的旧臣前来和他会合。当时，有个名叫靡的人，原是相的臣下，寒浞夺取王位后，他逃到名为有鬲氏的部落（今山东临邑德平镇），招集流亡者，积蓄实力，等待时机复兴夏朝。他首先应少康之召，倾有鬲氏之兵，会合斟鄩、斟灌两地的复仇之师，与少康会师，坚决拥戴少康为夏王。少康先派儿子季杼攻灭了寒浞二儿子戈豷，削弱了寒浞军力。又派将军女艾去侦察了浇的虚实。一切准备就绪后，少康从纶出兵，一路势如破竹，攻克旧都，诛杀寒浞，夺回了王位。少康自幼历尽苦难，复国后勤于政事。在他治理下，天下安定，夏朝再度兴盛，各部落都拥戴他，史称“少康中兴”。晚年，少康封庶子无余于越（今浙江绍兴），以祀奉祖先大禹的墓，这就是越国的启端。

二十一年后，少康病死。

帝杼

少康子。元年己巳，即位，居原。五年，自原迁于老丘。十七年，崩。

帝杼：又名季杼，杼，少康子。少康病死后继位。在位十七年。杼精明干练，曾协助父亲少康攻灭寒氏势力，中兴夏朝。在位期间，他发明用兽皮制作甲，兵士穿上后，能遮挡敌人的石刀、石箭的砍、射，战斗力大大增强。他同东夷各部落继续争斗，一直攻到东海边，进一步扩大了夏朝的疆域，最后降伏了东夷族，被夏朝人看成是能够继承大禹事业的一位名王。

帝槐

杼子。《纪年》作帝芬。元年戊子，即位。三十六年，作圜土。四十四年，崩。

帝槐：一作帝芬。杼子。杼病死后继位。在位二十六年。槐在位期间，先后征服了居住于泗水、淮水之间的九夷，即畎夷、于夷、方夷、黄夷、白夷、赤夷、玄夷、风夷、阳夷等部落，扩展了夏朝的势力。

帝芒

槐子。元年壬申，即位。以元玄圭宾于河。五十八年，崩。

帝芒：槐子。槐死后继位。在位十八年。

帝泄

芒子。元年辛未，即位。

帝泄：一作帝降，芒子。芒死后继位，在位十六年。泄在位期间，东夷、西羌等六夷派使者来朝谒见，接受了他的爵命。说明夷族已经承认了夏朝的统治。

帝不降

泄子。元年己亥，即位。三十五年，殷灭皮氏。五十九年，逊位于帝扃。

帝不降：泄子。泄病死后继位。在位四十八年。不降晚年，因为儿子孔甲性情乖僻，担心他治理不好国家，决定改变自启以来实行的传子制度，传位于弟扃。这种将王位让给子弟的方式，史称“内禅”。不降禅位后，又活了十一年才病死。

帝扃

不降弟。元年戊戌，即位。十年，帝不降崩。十八年，帝崩。

帝扃：不降弟，受兄内禅而继位。在位二十一年。

帝廑

扃子，一名胤甲。元年己未，即位于西河。八年，天有妖孽，十日并出。其年，帝崩。

帝廑：廑，又名胤甲，扃子。扃病死后继位，在位二十一年。廑在位时，商的势力已崛起，夏的国势又趋衰落，退居于西河地区（今河南洛阳到陕西华阴间）。

帝孔甲

不降子。元年乙巳，即位，居西河。使刘累豢龙，以更豕韦之后。七年，刘累迁于鲁阳。九年，崩。

孔甲：少康六世孙，帝不降子，扃侄。孔甲好鬼神，事淫乱。据《中华史表》，帝孔甲于公元前1857年至公元前1827年在位，共三十一年，一曰在位九年。

孔甲性情乖僻，父不降怕他治理不好国家，就没有传位给他，而内禅给弟扃。扃死传位于子廑。廑死，才又由孔甲继位。孔甲在位期间，肆意淫乱，沉湎于歌舞美酒之中（传说他是一种叫作“东音”乐调的创始人），又笃信鬼神。各部落首领纷纷叛离，夏朝国势更趋衰落。《国语·周语下》说：“孔甲乱夏，四世而陨。”《史记·夏本纪》和《列仙传》载传说，孔甲很喜欢养龙，他弄来一雌一雄两条龙，又找来一个名叫刘累的，赐给他“御龙氏”的名号，叫他养这两条龙。刘累不懂养龙的方法，没多久，那条雌龙就死了。刘累索性将死龙煮熟，送给孔甲吃。孔甲吃后，大加赞赏。后来，孔甲见没了雌龙，他的那条雄龙也显得病恹恹的，就大发雷霆。刘累害怕，一逃了之。孔甲无奈，又觅到一个名叫师门的养龙高手。师门将那条雄龙豢养得精神抖擞，神采焕发，孔甲十分高兴。但是，师门秉性耿直，常常批驳孔甲对养龙不懂装懂，惹得孔甲恼羞成怒，命人将他杀了，尸体埋在城外远郊旷野。不久，天降大雨，又刮起大风，等到风停雨止，城外的山林又燃烧起来。孔甲本来就信神占鬼，这下更认定是师门的冤魂在作祟，只得乘上马车，赶到郊外去祈祷。祈祷完毕，孔甲登车回城，走到半路，在车中死去。

帝皋

孔甲子，一作帝昊。元年庚辰，即位。三年，崩。

帝皋：孔甲子。孔甲病死后继位。在位十一年。

帝发

皋子。元年乙酉，即位。诸夷宾于王门，再保墉会于上池。七年，崩。

帝发：皋子。皋病死后继位。在位十九年，病死。

帝癸

发子，名桀。元年壬辰，即位。三年，筑倾宫，毁容台。十五年，商汤迁于亳。二十二年，汤来朝，囚之于夏台，既而释之。二十九年冬十月，凿山穿陵，以通于河。三十年，杀大夫关龙逢。商师征昆吾。冬，聆隧灾。三十一年，商自陑征夏邑，克昆吾。大雷雨，战于鸣条，夏师败绩。桀奔三朡，商师征三朡，获之于焦门，放于南巢。

帝癸：名桀，一名履癸，帝发子。发病死后继位，为历史上著名的暴君。据《中华史表》，帝桀于公元前1804年至公元前1752年在位，共五十三年，一曰在位三十一年。国亡，被放逐而饿死，谥曰“桀”。桀力大无穷，能空手拉直铁钩。他仗着这股蛮力，经常无端伤害百姓。为政残暴，破坏农业生产，对外滥施征伐，勒索小邦。桀即位三十三年后，发兵征伐有施氏。有施氏求饶，进献给他一个美女，名叫妺喜。夏桀十分宠爱妺喜，特为她在今夏县琼台山造了一座富丽堂皇的琼宫，内有琼室、象廊、瑶台和玉床，供他俩荒淫无耻地享乐。而这一切的负担，都落在百姓身上，人民痛苦异常，敢怒不敢言。桀重用佞臣，排斥忠良。有个名叫赵梁的小人，专门投桀所好，教桀如何享乐，如何勒索、残杀百姓，深得桀的宠信。桀即位后的第三十七年，东方商部落的首领汤将一个德才兼备的贤人伊尹引荐给桀。伊尹以尧、舜的仁政来劝说桀，希望桀体谅百姓的疾苦，用心治理天下。桀听不进去，伊尹只得离去。到了晚年，桀更加荒淫无度，竟命人在今夏县西北三十里的下王村凿了一个大酒池，名为“夜宫”，他带着一大群男女杂处在池内，一个月都不上朝。太史令终古哭着进谏，桀很不耐烦，并斥责终古多管闲事，终古知夏桀已不可救药，就投奔了商汤。大臣关龙逢又进谏给他：“天子谦恭而讲究信义，节俭又爱护贤才，天下才能安定，王朝才能稳固。如今你奢侈无度，嗜杀成性，弄得百姓都盼望你早些灭亡。你已经失去了人心，只有赶快改正过错，才能挽回人心。”桀听了又怒骂关龙逄，下令将关杀死。桀日益失去人心，众叛亲离。商汤在名相伊尹的谋划下，起兵伐桀。汤先攻灭了桀的党羽韦国、顾国，击败了昆吾国，然后直逼夏的重镇鸣条（今安邑县西）。桀带兵赶到鸣条。两军交战，桀登上附近的小山顶观战。忽然天降大雨，桀又急忙从山顶奔下避雨。夏军将士早就不愿为桀卖命，此时，便纷纷逃散。桀制止不住，只得仓皇逃入城内。商军在后紧迫，桀不敢久留，匆忙携带妹喜和珍宝，登上一艘小船，渡江逃到南巢（今安徽巢县）。后又被汤追上俘获，放逐在这里。事已至此，桀还不悔悟，反而恨恨地说：“真后悔啊，当时没有把汤杀死在夏台监狱里！”

公元前1600年，夏朝宣告灭亡。

夏王朝世系表

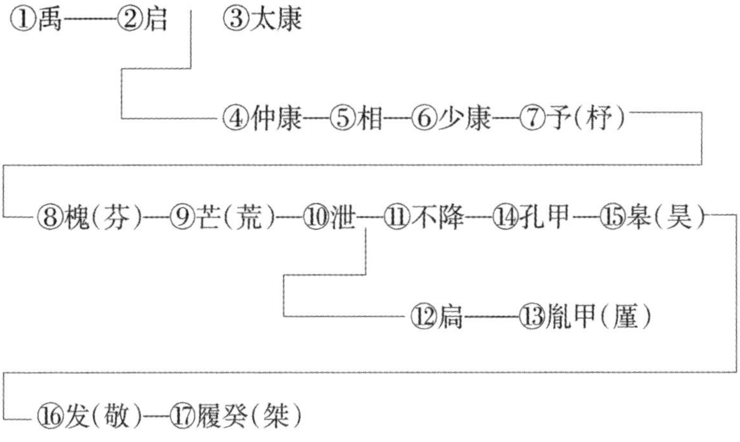

然而,《山西通志》之“三代世谱”，竟不敌《四川通志》中的“禹生石纽”说和其排定的一个帝王“简介”：

轩辕姓公孙，母曰：附宝，感电光绕斗而有娠。生帝于轩辕之邱，因名轩辕氏，以土德王，故曰黄帝。至峨眉山见天皇真人于玉堂，咨问三一（三才合一）之道，帝受其说，终身弗违，而天下治。

少昊名挚，己姓，黄帝之子元嚣也。母曰嫘祖，感大星如虹，下临华渚之祥而生帝。黄帝之世降居江水（《地理志》云：岷山在蜀郡湔氐道西徼外，江水所出今四川松潘卫，即汉湔氐道也）。有圣德邑于穷桑，以登帝位，故号穷桑氏，又以金德王，遂号金天氏，或曰宗师太皞之道，故曰少皞。

颛顼，姬姓，黄帝之孙，昌意之子。昌意降居若水（《汉志》：若水出蜀郡旄牛县徼外。《水经注》：若水出蜀郡旄牛徼外，东南至故关，为若水，今黎大所南，有旄牛故城，即汉县），娶蜀山氏女，曰昌仆，感瑶光贯月之祥，生帝于若水。年十岁，佐少昊，二十即位，以水德绍金天氏为天子。初国在高阳，故号高阳氏。[①]

大禹祖上的这三代，是《四川通志》的编纂者以司马迁没有确指的一句“禹兴西羌”的话，加以超想象推演出的一个叙事文本，同时也是旧方志帝王的遗迹必列的基本编纂原则。演绎自不可少，传说听的人多了，总有人能找出几条史书上如何说确有此事的事实依据。最让人看着就感到石崩天裂的是大禹的出生！靠着李白所书“禹穴”两个字及一个石纽的地名，却能写出一个既有某种传说的真实，又有传说叙事不可信的也是《四川通志》：

夏大禹，黄帝五世孙（黄帝生昌意，昌意生颛顼，颛顼生鲧，鲧生禹）。父曰鲧，娶于有莘氏之女，名修己，见流星贯昴，遂有娠，而生禹于石纽山（在龙安府石泉县）。尧时洪水方割，四岳举鲧治之九载，绩用弗成，于是舜举鲧子禹，使嗣鲧之业。禹乃劳身焦思，居外十三年，过门不入，卒平水患，受舜禅，以水德王。

刳儿坪在九龙山第五峰下，地称平阔，石上有迹，俨如人坐卧

① 〔清〕黄廷桂修、张晋生纂：《四川通志》，雍正九年刻本。

状相，即圣母生禹遗迹。

禹穴碑在石泉县南二十里，夏禹实生于此。镌古篆书“禹穴”二大字于石壁，又有李白所书二字。

岣嵝碑在石泉县南一里，石纽山下、禹庙前，大禹所书字画奇古。

石纽村在县西一百四十里。后人遂以大禹为汶川人。按谯周《蜀本纪》：禹本汶山郡广柔县人，生于石纽，其地名刳儿坪，今在石泉县境内，当时石泉为广柔县地耳。①

这种由掌印的外来官员批准或督修，组织当地有功名的人士编纂的地方志，在前人搭架得很像样的一个历史系统里，一次次地照搬或加入一些像样人物的传说故事，让面受过王国维、梁启超古史训练的、亲自发掘过南京明故宫、山西万泉县（今运城万荣县）荆村瓦渣斜遗址和汉汾阴后土祠遗址的卫聚贤不得不拉上大名鼎鼎的党国元老于右任一起到汶川实地访古调查；也让因古蜀国直到春秋、战国间才同秦国有了往来，在此之前和中原文明根本没有什么关系，可靠的历史材料太少，以至于连一篇“古蜀国的传说”都写不出来的历史地理学家顾颉刚站了出来，狠狠地写了一篇长达三万多字的文章《古代巴蜀与中原的关系说及其批判》，对一班修史的人把许多假史料编进史书里，搭架起的一个很像回事的历史系统，予以了彻底的批判和破坏。

抗日战争时期，中国最优秀的专家学者差不多都集合到四川、云南、贵州、陕西。传说中出生于四川北川的大禹，便成为不少怀有抗日激情的爱国学人热衷描写的人物。他们将大禹视为拯救国难的民族英雄，以大禹治水的精神，激励全国人民坚持抗战到底。史学界的著名学者则以古蜀国的历史文

① 〔清〕黄廷桂修、张晋生纂：《四川通志》，雍正九年刻本。

化为材料，撰写了不少颇有新见、令人赞赏的好文章。如钱穆的《神农与黄帝》，朱希祖的《蜀王本纪考》《古蜀国为蚕国说》，杨宽的《鲧共工与玄冥冯夷》，杨向奎的《李冰与二郎神》，董作宾的《殷代的羌与蜀》，陈梦家的《王若曰考》，林名均的《四川治水者与水神》，陈志良的《禹与四川之关系》，冯汉骥的《禹生石纽辨》，黄芝冈的《大禹与李冰治水的关系》，郑德坤的《僰人》，孙次舟以“古蜀国五王之一蚕丛”说开去的《从蜀地神话的蚕丛说到殉葬的蚕玉》等。而这些颇有水平的论文，大多是在卫聚贤所办《说文月刊》上刊发的。

卫聚贤（1898—1989年），山西万泉（今运城万荣）人。1927年，以《〈春秋〉研究和〈左传〉真伪考》的论文毕业于清华国学研究院。除了指导老师王国维和梁启超，考古学教授李济亦是其老师。而李济在夏县西阴村进行的考古发掘对其成为考古学家影响巨大。1935年，被中央银行总裁孔祥熙招致麾下，在经济研究处工作。1937年，抗日战争爆发，中央银行总部迁往重庆，卫聚贤留守在租界内的中央银行上海行。“八一三”以来，上海逐步成为孤岛，专门研究学术的刊物都停办了，以致没有讨论国学的机会。卫聚贤想：在公余做些学术的研究，也是抗战之一。有感于此，1939年，以他的私人名义，出版了一种以文字、训诂、语言、历史、考古、古钱研究为内容的《说文月刊》。是年2月创刊，出版了第一卷十一期后，因改任重庆中央银行秘书处秘书，该刊暂时停刊。1940年夏，在重庆又接沪版《说文月刊》出版渝版。

为《说文月刊》撰稿的作者真是阵容强大，当时著名的历史学家、考古学家和文化名人马叙伦、郭沫若、吕思勉、陆侃如、蒙文通、柳诒徵、杨树达、萧一山、姜亮夫、陈中凡、王献唐、卢前、罗香林、常任侠、董作宾、黄文弼、方壮猷、胡朴安、金毓黻、叶恭绰，以及国民党要人吴敬恒、邹鲁、丁惟汾也时时前来助阵。

《说文月刊》在重庆复刊的第一期，即总第一卷第十二期，陈志良据中国影像人类学的先驱、纪实摄影家庄本学（1909—1984年）到汶川一带的调查，将传说与志书上所载大禹的材料汇集起来写了一篇《禹生石纽考》。

于右任和卫聚贤在相传为李冰父子所凿的离堆上（盛学明摄）

陈志良（1908—1961年），生于上海浦东，毕业于上海文科专修学校国学系，师从卫聚贤，曾主编《东报》。抗战爆发后，前往大西南，被聘为“广西建设研究会文化部”研究员，以记录广西民俗而著名，《广西特种部族歌谣集》是其代表作。陈志良的这篇文章一经发表，颇为海内学者所重视。但也引起《说文月刊》的主要撰稿人、历史学家孔令谷（1901—1978年，字君诒，一字十穗，号谷人，苏州人，著有《蛮风夏征录》《原始民族咒术》）的猛烈批评，连着在《说文月刊》1940年第二卷第二、三、四、六、七期上，发表了《禹生石纽与禹为上帝辨》，从而又引起辛亥革命老人、民国要人、著名书法家、国民政府监察院院长于右任的重视，于是为了一探石纽是否夏禹王的出生地，他与卫聚贤相约，特前往石纽作实地探访之游，以获实物为证据。

1940年8月15日，卫聚贤与于右任、于右任之子于望德、于的副官杨万春，从战时首都重庆到成都。在往灌县行时加入了成都藏书家严谷声和林少和；到灌县后又加了监察院调查专员陈之谊和摄影家盛学明。在灌县，他们考察了相传为李冰父子所凿的离堆和著名的二郎庙。8 月 21 日到达汶川县。次日先到涂禹山进行探访。因《汶川县志》说，此山因禹娶于涂山氏而得名，所以有一去的必要。出了汶川北门，过索桥，向北行一里，攀上很高的一座大山，到了山巅，就是涂禹山。可这个传说有大禹和涂山氏遗迹的地方，他们一点也看不到找不到，只有瓦寺土司的衙署和一个寨子。这个寨子门楼上有木刻的大像，为鸟嘴人身，爪亦为鸟形，两手持大蛇一条，两爪各抓蛋一枚。相传此鸟共三蛋，一蛋为瓦寺土司之祖，一蛋为初斯甲（系清化县管，一大土司），一蛋为单东土司（在川西北，距汶川甚远），故三土司为兄弟三人，各据一方。全村共 26 家，142 口人。索姓稍多，当时村里的保长叫索颖之。涂禹山的索国光，因父亲不幸去世，年仅九岁，就继位成为土司。小土司前来谒见于右任，于右任见其甚英敏，便为索国光亡父的讣闻题了“世代忠贞”四个大字，并有诗作给小土司：“世代忠贞且勉之，天生才杰本无私。英英能自承家业，涂禹山前九岁儿。”

从涂禹山下来，卫聚贤一行便往此次考察的重要目的地——刳儿坪。刳儿坪在汶川县南十里，河的东岸有突出的山峰，上题“石纽山”，其东山上便是刳儿坪。原本往刳儿坪沿东山的路上去就行，后因这座东山山高路远，上去颇为不易，有人便在山下开凿了一条新路，因其峰正处在江岸，并正对山口，所以风很大，尤其是下午风更大，由此起名飞沙关。刳儿坪上原本有一个寨子，有十几户人家，因这条飞沙关的路好走，便搬迁到山下来。原先在坪上的一座启圣祠，也不知何时搬到了山下。

于右任和卫聚贤一行上去，见刳儿坪上仅住了两户人家。有庙一座，叫东岳庙，里面住着一个八十三岁的曹道士。刳儿坪上土地不多，庙中的地产不足以维持曹道士的生活，附近的羌民便送些米麦给老道士，坪上无水，庙中人和住户吃水都是从山沟背上来的。刳儿坪上的这座东岳庙，有一个铁香炉，是乾隆十八年（1753 年）的，一口铁钟是光绪十三年（1887 年）的。这里的羌民在掘地时曾挖出一只石虎，长尺余，高六七寸，其雕刻手法，卫聚贤看着像是唐宋时期的。除此而外，再无可考。卫聚贤向曹道士问起大禹的故事，曹道士说了一个和史书上大不一样的话本，听他师傅说：“夏禹王的

1940 年 8 月 21 日，于右任在传说中的大禹出生地汶川刳儿坪东岳庙与曹道士合影（盛学明摄）

母亲是个丫头子（女子），到了灌县修河堰，同伴的男子看见她肚子大了，就要拿刀开她肚皮，看肚内是男孩是女孩。他母亲吓得跑了，到刳儿坪生下禹。长到几岁时，他母亲又带他去修河堰，别人都打他，因为他不能做工而吃闲饭，他就到庙里找老道士当徒弟。这时老道士已有九个弟子，收他共为十人。但是他的九个师兄每日都打他。一天，老道士说要上山去，问他愿不愿意随上去。他说愿意去。到了山上，老道士问他胆大胆小，他说胆大。老道士给了他一口剑，要他到庙中杀他九个师兄。这九个师兄是九条孽龙，后来他才能治河的。”

卫聚贤又问那二户羌民，一位年轻一点地说：“刳儿坪俗称打儿坪，对大禹无特别称呼。”一位年老的羌民说：“汉人不应当叫我们蛮子，大禹王也是羌人，那样叫，就把大禹王当作蛮子了。”再问“大禹王是羌人，有何证据”，回答说：“古老传言如此……”[①]

此行的实地探访，卫聚贤收获颇丰。一是对于“禹为羌人说”是怎么发生的，何时发生的，他从字义解，似能说通：“羌字从羊从人，是牧羊之人；而姜字从羊从女，是女牧羊者。母系社会在父系社会之前，古文姜字古于羌字。甲骨文有伐姜的记载，按其地望在今河南南阳，即春秋以前的姜姓申吕之国。周初的姜太公即此族人物。其一支在陕甘之交，即《诗》所谓姜嫄履大人迹，而生后稷者。其一支西出甘青之交，即所谓西王母之国。姜

① 卫聚贤：《石纽探访记》，《说文月刊》1940 年第二卷第 6—7 期。

本三苗之后，而姜姓为神农之后，苗民本居南方，神农亦为苗民中共同的宗神。是羌人应由南而北。如此，禹生于石纽的传说，在春秋时固由甘肃传至河南洛阳；而在春秋以前，当由四川传至甘肃的，即羌人由四川迁徙至甘肃时，将此传说带去的。如《孟子》《荀子》所载，均在秦灭巴蜀以前，绝不是秦灭巴蜀后其说方传至中原。”

卫聚贤在四川灌县竹篾（石纽）滩前留影（盛学明摄）

至于“禹生石纽”的发生及其流布，灌县的治水之法和羌人的善于治水，给了卫聚贤很大的启发。北方治水方法为修堤，而他在灌县看到的却是坝堰皆用竹篾编成很粗很稀的大袋，将石块编入其中。这种名曰“笼石”的石头，水可以从石缝中流出，起到减其压力的作用，使竹篾在水中可存长久。这种竹篾，即是石纽。他在成都又看见标明为“专修河堰，包打水井”的工人，都是羌人，而且灌县正在修的坝堰，也多用羌人。于是联想：羌人之善于治水，或自古而然。禹传为中国第一治水的能手，自然传为禹是羌人，以其羌人治水唯一的方法用石纽，故说“禹生石纽”。

卫聚贤为解决禹的生地而往刳儿坪，结果没想到却用孔子的《论语》中的三句话作结：

一是：“巍巍乎大哉”！刳儿坪附近之山也。

二是：到刳儿坪访问禹迹，则为“民无能名焉”。（对乡民真不知该怎样来称赞他们了）

三是：于是我对于禹，成了“吾无间然矣”了[①]。（禹，无可挑剔）

于右任此行时已是年过花甲的老人了。过飞沙关，正是风大的时候，他以蹀躞的小步往山上走，还被大风吹得左右摇摆。即使如此艰辛，他还对没上比刳儿坪更高的一座山看看颓废的寨墙而感到遗憾，并对何年才能像大禹平水土那样，把日寇这个祸害中国的侵略者从九州赶出去，寄予了殷殷的期盼：

石纽山前沙尚飞，刳儿坪上黍初肥。
茫茫禹迹从何得，蹀躞荒山汗湿衣。
（坪上启圣祠不知何年移山下。）

坪上羌民余两户，坪前高处有颓墙。
坪中父老说神禹，手斩蛟龙下大荒。
（坪前高处，惜余等未到，一羌民云有颓墙。）

禹王明德古今悬，那计汶川与石川。
四海横流复昏垫，再平水土是何年。
（余题汶川禹王宫“明德远矣”四字。）[②]

1940年，原在西迁到成都的齐鲁大学任国学研究所主任的顾颉刚，被聘为国民政府教育部史地教育委员会委员。1941年春，赴重庆主编《文史杂志》。同年5月，他实在忍受不了一些文人为了创作以大禹之名激励抗战的作品，不加考辨地沿用伪史所说的巴蜀是黄帝的九囿之一、五帝们个个都和四川有关系，在敌机对重庆的轰炸声中作完了《古代巴蜀与中原的关系说及其批判》，刊发在由齐鲁、华西、金陵三大学中国文化研究所联合出版发行的《中国文化研究汇刊》1941年9月的第一卷上。

① 卫聚贤：《石纽探访记》，《说文月刊》1940年第二卷第6—7期。
② 于右任：《汶州纪行诗》，《说文月刊》1940年第二卷第5期。

顾颉刚的《古代巴蜀与中原的关系说及其批判》，分甲乙两个部分。甲篇，把四川方志所说产生在古蜀大地的夏商周各个帝王的史料来源都详列出来，最后得出的结论是："综合上面的记载，可知古代的巴蜀和中原的王朝其关系是何等密切。人皇、钜灵、黄帝都曾统治过这一州（梁州）。伏羲、女娲和神农都生在那边，他们的子孙也建国在那边。青阳和昌意都长期住在四川，昌意的妻还是从蜀山氏娶的。少昊和帝喾早年都住在荣县。颛顼是蜀山氏之女生在雅砻江上的。禹是生在汶川的石纽，娶于重庆的涂山，而又平治了梁州的全部。黄帝、颛顼、帝喾和周武王也都曾把他们的子孙或族人封建到巴蜀。夏桀、殷武丁、周武王以及吴王阖庐又都曾出兵征伐过巴蜀。武王还用了梁州九国的军队打下了商王的天下。春秋时楚国主盟的一个最大的盟会是在蜀地举行。游宦者有老彭、苌弘，游学者有商瞿，都是一代的名流。"①

乙篇，则对历代人士为秦汉的大一统思想所陶冶，不说蜀国文化在古代是独立发展的，偏要设法把它和中原的历史混同搅和起来，造成巴蜀不但是中原，而且是中原文化的核心了的置换变形，进行了系统的梳理和纠正。对于古代巴蜀与中原关系说的批判，顾颉刚特别说明：

> 这不是我们喜欢找古人的错处，要来无风兴浪，乃因我们治史的态度和他们不同……他们的著书立说的目的在于"求美"，要使一件事情说来好听，写来好看。他们想，蜀中是天府之国，秦汉以来多么锦簇花团，如果说它在商周以前是个文化低落之区，毫无中原文化的积累，未免太煞风景。因此，他增一些，你补一点，从没有关联的地方想出关联，从没有证据的说话造出证据，结果，倒也很像个样子，他们的心头也算得到安慰了。我们则不然，生长在科学的世界里，只能遵照了科学的规律说话，我们的目的是"求真"，所以材料的真实不真实，推论的合理不合理，那是我们必须负责审

① 顾颉刚：《古代巴蜀与中原的关系说及其批判》，《顾颉刚古史论集》，卷五，第316页，中华书局2011年。

查的。审查的结果，也许要把人们梦想中的美丽的境界打破，可是这不是我们有心去摧毁它，乃是它自身的不健全已走到了结束的阶段，我们只是执行这时代的使命而已！

人皇、钜灵等等该是神话中的人物，大概凡是稍有现代头脑的人们都已承认。谶纬诸书是始创于西汉的末年而极盛于东汉之初的，它们必然没有决定太古史事的资格，我想大家心中也是了然，现在姑且假定这种书的记载尚为可信，也该问问作者依据的版本如何。①

乙篇的最后，顾颉刚说：古代巴蜀史事的记载可信的实在太有限了。最有害的是东晋史学家常璩（约 291—361 年，蜀郡江原人，著有《华阳国志》）根据《谶书》和《纬书》叙述的巴蜀古史；南宋的罗泌（1131—1189 年，江西庐陵人，著有《路史》）根据《谶书》《纬书》和道教经典建立的全部古史；明杨慎（1488—1559 年，四川新都人，有《升庵集》）的有意作伪；唐司马贞（679—732 年，河内人，著有《史记索隐》）的胡乱拉扯。至于有历史事实的，顾颉刚认为，“只有蚕丛等为蜀王，巴与楚有国际关系的两点而已”。并表明自己批判巴蜀史事不可信的主要原因，是因为“古蜀国的文化究竟是独立发展的，它的融合中原文化是战国以来的事”。②

对于“禹生石纽”的问题，顾颉刚的看法是：“同颛顼一样，是一个真传说而不是真史实。禹是何代何地的人物，我不敢答。但我敢说，治洪水是迫切的需要，开发水利是战国时极发达的技术，整理水道是战国时极详密的计划，在这些工作进行之下，禹的偶像自有日益扩大的趋势。这个工程在什么时候开头，禹的传说就会在那个时候达到四川，也就会在那个时候在四川发扬光大起来。”③

---

① 顾颉刚：《古代巴蜀与中原的关系说及其批判》，《顾颉刚古史论集》，卷五，第 316—317 页，中华书局 2011 年。

② 同上，第 343 页。

③ 同上，第 323 页。

经过卫聚贤的实地探访和顾颉刚对蜀国上古世系的基本推翻，半个世纪以来，这个问题似乎也风平浪静，没多少人再翻旧案。诚如冯友兰在《古史辨》第六册序中所说："真正的史学家，对于史料，没有不加以审查即直信其票面价值的。"1992年，中国社会科学院历史研究所所长李学勤却在一个座谈会上，公开打出"走出疑古时代"的旗号。所谓"走出疑古时代"，就是要让历史研究者走出被顾颉刚推翻了的古史体系、辨别真伪地利用史料的"时代"。据刊发李学勤在此次座谈会上演讲稿的《中国文化》杂志所加"编者按"：李学勤"痛感'疑古'思潮在当今学术史研究中产生的负面作用，于是以大量例证指出，考古发现可以证明相当多古籍记载不可轻易否定，我们应从'疑古'思潮笼罩的阴影下走出来，真正进入'释古'时代"。(《中国文化》1992年第7期）该文被刘起釪看到后，撰文予以必要答复："对任何一个历史实例进行研究必须有对史料的批判审查工作，实际上你要离开它也离开不了，要'走出'也走不出去""真正的疑辨态度就是这样，不需要疑的就不疑，需要疑的就必须疑，这些对顾先生之学有异辞的学者，自己实践的就是这点，怎能说有什么'疑古时代'需要走出呢？"[①] 刘起釪为了对学术负责，亦对李学勤尽诚恳的朋友之谊，还有一个附录，对李学勤文中的几处具体的错误作了订正：

李学勤说："孔安国作隶古定，那时候他对战国文字毕竟不大懂，所以弄出很多问题。"竟完全信从伪《古文尚书》假托的"孔安国序"所说的"定其可知者，为隶古定"。刘起釪纠正道："所谓'隶古定'，完全是东晋出现的由伪古文作者依据一些字书异体与各种奇字，加上向壁虚造，所构成的一种假古董。唐陆德明已指出此字体是：'穿凿之徒，务欲立异，依傍字部，改变经文。'清段玉裁则明确论定它是：'集《说文》《字林》《魏石经》及一切离奇之字为之……此书伪中之伪，不足深辨。'这已成为学术上的定论。"

在讲演中，李学勤举了最早提出对尧、舜、禹是否真的存在颇感怀疑的日本学者白鸟库吉的例子，说："他不是写过《尧舜禹抹杀论》吗？在日本也

① 刘起釪：《关于"走出疑古时代"问题》，《传统文化与现代化》1995年4期。

成了名文，奇怪的是这篇东西在中国怎么没见过？我觉得现在应该翻译翻译了。”（刘俊文主编：《日本学者研究中国史论著选译》第一卷，内中就收入白鸟库吉这篇文章，日文原文叫《支那古传说的研究》，中华书局 1992 年。——笔者注）刘起釪明确告诉李学勤：“白鸟库吉并没有写过一篇《尧舜禹抹杀论》，他只在 1909 年写《中国古代传说的研究》一文，以为尧、舜、禹是儒家思想的产物，本于天、地、人三才说所创立，其论据就是牵强地说《尚书》的《尧典》《禹贡》《舜典》分别讲天、地、人。1912 年又撰《尚书之高等批判》一文，以为《尧典》《禹贡》等篇为战国时五行概念、地理概念出现以后的作品。非远古时代所能有。总之以尧、舜、禹三位先王这一格局，出于儒家思想的构成。由于白鸟氏在日本首先开创了东洋史研究，建立了日本东方学的一个重要学派，影响很大。因而此说一出，轰动一时，被称为‘尧舜禹抹杀论’。正像顾颉刚先生当年疑古辨伪，编著《古史辨》，被人称为‘古史虚无主义’，并非顾先生著有《古史虚无主义》。”李学勤另一处误说“那段话是周公和申徒狄的对话，周公不是周公旦，恐怕应该是西周君，因为申徒狄是战国时人”也被刘起釪订正：“因为是战国时称为周公的人，就推定他是西周君，过于简率。只要读过《春秋》《左传》，就会知道战国时周公是什么人。原来周公旦的长子伯禽一系世袭了他被封于东方的鲁侯爵位，其另一子（当是君陈，可能是金文中的明保）则世袭了他在周王朝内的周公爵位，历西周、春秋、战国之世，屡代都有周公不绝。所以春秋早期有周公黑肩，他曾统率左军，后来拟搞政变而被杀，为读《左传》者所熟悉。春秋中期有周公忌父、周公越等，稍晚有周公楚等。这些都是他们的名字，他们还有谥号，如周桓公之类。那么对这一战国时期与申徒狄对话的周公，要探寻的是他的名或谥，不能与分裂了的衰周王室君主误合为一。因此谈古代问题，必须具有古典学术根柢。正如原文第 5 页说的（即李学勤在《中国文化》1992 年第 7 期所刊发的《走出疑古时代》。——笔者注），作者为了抢时间，趁信阳长台关楚墓出土竹简刚发表，立即撰文据其中有‘先王’‘三代’‘周公’词，即论定为儒家作品。及中山大学学者发现它是《墨子》逸文，指出《墨子》中也有先王、三代、周公等词，才知抢时间所撰短文之误。其实只要对先秦学术稍熟悉，《墨子》书中把‘三代圣王’‘先王之言’是经常挂在口边的。所以治古代学术问题是必须有古典学术素养的。”

刘起釪在订正李学勤文中错误时所说的“谈古代问题，必须具有古典学术根柢”“治古代学术问题是必须有古典学术素养”，不只是针对李学勤的，也是给所有治学者的一个要有自知之明的中肯忠告。

1996年之后，李学勤出任“夏商周断代工程”专家组组长、首席科学家，“走出疑古时代”渐成气候，一些学者对已被否定了的古史体系开始了一场盘活运动。谶纬五行阴阳、神仙鬼怪，纷纷出笼，不加史料真伪考辨的“考”屡见不鲜，如同嚼蜡地堆砌了一堆人人皆知的条目的“论”满纸皆是。在夏商周三代研究方面，似乎任何人都可以找出一条证据而说“这个都城为我乡邦所有”，看到那个地方出土了一个什么遗址，便有专家和民间学者推论说这可能是“夏都”……于一般学者来说，有如此之作情有可原，专精者也不把这“论”那“考”当一回事，但于名堂很大的李学勤来说，为了“走出疑古时代”，而把黄帝的两个儿子玄嚣和昌意后世的谱系进行了重新排列，结果将唐、虞、夏、商、周、蜀、楚都弄成了黄帝的后裔不说，这二子还分居在中国的北方和南方：“玄嚣一系在北方，如帝喾、唐尧、商、周，都在北方。昌意一系，却多在南方或与南方有关，例如虞舜‘崩于苍梧之野，葬于江南九嶷’，夏禹生于石纽，崩于会稽，楚、蜀更是南方的诸侯”。[①] 如此考论，不但不严谨，而且有失学术风范。

2004年，吉林省文物考古所三峡考古队在重庆云阳县旧县坪发现了一通东汉熹平二年（173年）的《汉巴郡朐忍令景云碑》，碑文有“君帝高阳之苗裔，封兹楙熊，氏以国别……术禹石纽，汶川之会”句。2007年7月19日，“全国大禹文化学术研讨会”在四川北川羌族自治县举行。李学勤在演讲中特别举了这个东汉景云碑的例子来说明“禹生石纽”传说是在先秦前。他说：“我认为，这个碑最重要的就是表明汉初的时候，所有人都知道这里是大禹的石纽，时间不是在刻碑的东汉熹平时期，也不是景云所处的汉和帝时期，而是

① 李学勤：《走出疑古时代》，《古史、考古学与炎黄二帝》，第44页，辽宁大学出版社1997年。

西汉初的时期，所有人都认为这里是大禹的石纽。大家知道，那个时候经常都在打仗，哪有工夫去编造故事，可见这个传说一定是先秦的。我想这是对北川的一点贡献，我个人的一点理解，不知道对不对。”①

对承办会议的东道之地，说些山川如何漂亮美丽，历史人物是怎么地优秀，这是人之常情，但说没经过全面历史审查的从云阳出土的景云碑，而且还是东汉的，就一定能证明“禹出石纽”是先秦前的，则显得很不严肃。

既然“禹生石纽”的传说一定是在先秦之前，那么，据近人今人的研究成果和历史典籍，大禹出生在中流砥柱的故事新编可不可以呢？

大禹姓姒氏，名文命，号高密，是黄帝的玄孙，祖父是颛顼，父亲是鲧，母亲叫女志，姥爷是皇族有莘氏。据说，鲧和女志百年好合之后，大禹的母亲好几年都不见有喜。听人说，砥柱山上有薏苡，吃了之后可生子。她便跑到砥柱山下，看见神门山上有许多可以入药的薏苡，急急攀山摘了几穗，也没来得及回到家烧水煮着吃，挑了几粒就一把送到嘴里吞了下去。本来，女人生不生子，不是吞几个薏苡就可以生的，哪里想到，女志吃了薏苡之后，肚子真的一天比一天鼓大了起来。现代妇女怀胎十月，即可生产，而前夏的女子怀胎一年也不一定能生。女志怀着大禹一直到了十四个月才生出。这一天是公元前 2162 年的 6 月 6 日（大禹活了多少岁，说法不一，以说法最多的一百岁为终年；生年以《夏商周断代工程 1996—2000 年阶段成果报告》四“夏商周年表”排定）。出生地也不是石纽，而是比最早的中国更靠前的古冀州（今安邑、夏县、平陆一带的东下冯）。禹的相貌和其他孩子不一样，一张口，嘴就很大，两个耳朵上有三个窟窿，首戴钩钤，胸有玉斗，身长九尺二寸……这是因为女志既到砥柱，又攀神山，所以给了大禹不同于其他小孩的相貌和中流砥柱的脊梁。

① 李学勤:《在“全国大禹文化研讨会”上的演讲》,《李学勤讲演录：追寻中华文明的起源》，第 43 页，长春出版社 2012 年。

考察三皇五帝的世系和三代之前的系年人物，是夏文化研究的主要内容之一。找到殷都、商都、夏都，那只是露出的冰山一角，而从考古发掘出来的材料并结合历史典籍来确定始建于何年，哪一个帝王于此都居住，居住了多少年，才是将传说已久、悬而未决的历史难题终于坐实的大成绩。再往前溯源，就要看氏族从何而来，在何地繁衍强盛；既经并吞他族，跑马占地，发展壮大，又要巩固已有领地，一迁再迁的路线又是怎样的，也是有视野的历史学家研究夏文化的一个重要基点。

二十世纪五十年代末以来，在探讨夏族原居地上，似已成为河南中部的伊洛平原以及以中岳嵩山为中心的主流观点，持此说最坚定者为邹衡。他说："夏文化的早期遗址比较集中在以嵩山为中心的伊、洛、颍、汝地区。毫无疑问，夏文化的发祥地应该就在这里。"又说："夏文化早期，其分布面仅局限于比较小的范围之内；尤其是第一段的遗址，目前还只在嵩山周围半径大约百里左右的地区内发现。只是到了第二段偏晚，才开始向更远的地区扩展，直到黄河以北的晋西南地区。"[①] 然而，与所有持夏族的活动地区是在河南中部、晋西南与夏民族发生密切的关系乃是后来的事之说者背道而驰的历史学家出现了——此人即是在经学、上古史和历史地理三大领域都有杰出建树的刘起釪！

刘起釪（1917—2012），湖南安化人，1947 年在重庆中央大学历史系研究生毕业后，进入了由国民党元老张继任馆长的国史馆工作。中华人民共和国成立后，在由国史馆改组的中国科学院历史研究所第三所史料整理处（今南京第二档案馆）任编研组副组长。1959 年年初，中华书局请顾颉刚将《尚书》整理一下，译为白话文。因《尚书》涉及版本、声韵、文字、训诂、语法、历史、地理、天文、经学、子学等各个领域，顾颉刚感到自己一人做不过来，要求中华书局给他派两个助手进行此事。7 月 23 日，顾颉刚到青岛疗养院疗养，刘起釪也在中科院青岛休养所疗养。25 日，顾颉刚前来中科院休

① 邹衡:《试论夏文化》,《夏商周考古学论文集》，第 161、166 页，文物出版社 1980 年。

1975 年 10 月，顾颉刚弟子、《尚书》研究大家刘起釪在北京干面胡同寓所屋外与老师合影

养所看望也在这里休养的历史学家杨向奎、周予同等，与周予同长谈后，刘起釪送老师回疗养院。路上，顾颉刚说了中华书局的任务，问刘起釪能不能到北京帮他做这事。刘起釪自然乐意，表示愿意追随老师进行《尚书》的整理工作。顾颉刚遂向中华书局提议，希望调刘起釪来京为其高级助手。为此，中华书局等部门频繁申请、联系，直至 1962 年 11 月，经周扬给有关部门打招呼，刘起釪才调入。顾颉刚日记："刘起釪君今日到京矣，此事接洽四年而成，可见北京添进一干部之难，盖市人委、文化部、宣传部各关都须打通之故，而近代所南京分所之不放为其主因。"[①] 此后"文革"兴起，整理并今译《尚书》一事停止。

1975 年，中华书局拟订出版古籍计划，恢复整理《尚书》也在其内。9 月 20 日，中秋佳节，刘起釪看望顾颉刚，告诉老师一件大事：中华书局所拟出版计划，本定四年，送至毛主席处审阅，主席言：中华专出古书，而古书有极难解者，如《尚书》非有十年时间不可。因令重拟。顾颉刚在当晚的日记记曰："为此，这个工作又将落到我身上，但我体已衰，只能帮起釪找些资料，由他作主干，而训练工农兵青年，使作辅助耳。"[②] 10 月 21 日，顾颉刚修改刘起釪的《尚书今译》计划书，再送毛泽东处。此后，《尚书》整理研究开始恢复进行。1976 年，刘起釪调入中国科学院历史研究所。1980 年，

① 顾颉刚：《顾颉刚日记》，卷九，第 578 页，中华书局 2011 年。
② 顾颉刚：《顾颉刚日记》，卷十一，第 406 页，中华书局 2011 年。

顾颉刚逝世，刘起釪独立担负起《尚书》的整理和今译工作，至 1999 年 10 月终于完成了《尚书校释译论》这部 170 万字的皇皇巨帙。该书于 2005 年 4 月由中华书局正式出版。刘起釪治先秦史的学术地位一举奠定。用中国社科院历史所古代思想史研究员吴锐的话说："如果说中国几百年出一位博通古史经籍学的大家顾颉刚，那么顾辞世之后，只有刘起釪可以领军了。"①

1949 年以后，河南偃师二里头文化和河南登封告城镇王城冈龙山文化的考古发现，学术界有关夏的起源倾向于河南，然后才进入晋南。持此说者，主要有邹衡的"夏文化的中心——伊洛一带"；吴汝祚的"夏族的活动地区原是河南中部的洛阳平原和颍水上游一带，晋西南与夏民族发生密切的关系乃是后来的事"；安金槐的"原始氏族社会阶段的夏族先公的主要活动区域和奴隶制国家夏王朝的统治中心地带，在河南境内以中岳嵩山为中心的豫西地区"；徐中舒的"夏文化的中心地带现已查明，就是分布在河南的龙山文化和二里头文化"。

1991 年，刘起釪撰写《由夏族原居地纵论夏文化始于晋南》的长文，力排河南是夏族原始地说，力主夏起源于晋南。这篇文章主要讨论了五个问题：

一、夏是冀州之人；

二、冀州的原始地境在晋南；

三、晋南——夏人之故墟；

四、夏人西起晋南然后东进豫境；

五、晋南陶寺、东下冯等地的夏文化遗存提供了铁证。

有关"夏是冀州之人"，因于《说文》释"夏"为"中国之人"。刘起釪认为，从文献的角度看，古人心目中的"中国"，首先是"冀州"，而非现在的豫西。古文献记载，冀州乃是"中冀"，是中土所在。古代，"中土"与"四海"相对，是国之中，故而顾炎武总结说："古之天子常居冀州，后人因以冀州为中国之号。"

① 樊丽萍：《刘起釪之"悲"，普通学人之"痛"》，《文汇报》2011 年 3 月 10 日。

那么，冀州在哪里？刘起釪考证，冀州就是今之晋南。据《禹贡》记载，冀州是九州的第一州，“由于《禹贡》是作为记载禹功的宝典，当然以相传为禹的都城所在的州即实际是夏族居住活动地区列在第一”。他考证，《禹贡》里冀州的具体地域，主要是今山西省，略带豫北，还有河北省西边少半部，东北角则触到了渤海岸。这当然也是从冀州这个中心逐渐发展的结果。所以，唐叔虞所封的地方，就是“冀方”，是唐的国土的别称。《左传·昭公二十九年》：“唐人是因以服事夏、商。”唐就是夏的一国，也正是冀方的国度。

周代，随着晋国势力的发展，冀州的地域逐渐扩大，《逸周书·尝麦》所记载的冀州，与《禹贡》记载的冀州基本吻合，二书均成于战国时期。到汉代，冀州的地域更大，才有“少室太室在冀州”的记载（见《淮南子·地形》）。且高诱注此句说：“少室太室在阳城，嵩高山之别名。”有关夏都河南阳城的事实，刘起釪是这样解释的：“它反映夏族进入豫境，并在阳城建立夏王朝后，用来作为夏人居住地称呼的冀州地名，也用来称呼他们的新居地了。”“随着夏文化圈的扩大，‘中国’‘冀州’在地理上的应用范围也相应扩大了。”

第三个问题，夏墟的所在地是晋南。最直接的记载是《左传·定公四年》：“封唐叔以大路、密须之鼓、阙巩、姑洗，怀姓九宗，职官五正，命以《唐诰》而封于夏墟。启以夏政，疆以戎索。”又《括地志》记载：“夏后氏盖封刘累之孙于大夏之墟，为唐侯。”说明夏墟就是唐地，故夏墟当然在晋南。同时，刘起釪从文献中梳理出五处夏墟所在地：唐，今翼城；平阳，今临汾西；安邑，今夏县境；晋阳，今虞乡（今属永济）；鄂，今乡宁境内。这些地方，都在晋南。所以得出结论：“在晋南，不只有几个地点称大夏，其中有几个地点又称夏墟，以其整个地区都是夏人所之居，因而凡夏人居住的地方，都可称大夏，夏亡后成为夏墟。也就是说，晋南这块大地，原就是夏人之故墟。”

有关夏族西起于晋南，然后东进豫西，此说关系到夏在晋南或豫西的孰先孰后，尤其重要。刘起釪首先注意到夏族初祖鲧、禹的传说，以及夏与戎的关系。《国语·周语下》:“其在有虞，有崇伯鲧。”又《周语上》:“昔夏之兴也，融降于崇山。”韦昭注:“崇，崇高山也。夏居阳城，崇高所近。”刘起釪认为，韦昭所注有误。崇“作为夏代始兴之祖的封地，不应当在晋境的外面，而应当在晋境的腹地即夏墟的中心所在地才对”。恰巧，考古工作者发现在曲沃、翼城交界的开化寺遗址和方城——南石遗址之间的山，正是崇山所在。崇山，俗作塔儿山，是陶寺遗址出土观象台所望的山岳，是考古的大发现，轰动一时。夏乃至尧舜时期的初祖们通过观象台，记录天地交往而形成的历法，从而指导社会生活，尤其是农业生产。于是，崇山作为夏民族最初尊崇的神山，是极为顺理成章的事。于是，刘起釪说:“这里正是夏墟所在，为夏族最初活动中心，也就是夏族的发祥地。他们奉为初祖的鲧，必然以自己居地中心的山（当初必然还奉为神山）来称颂它，这应该是无可疑的。”后续的考古发现证明，刘起釪的这个判断是对的。

关于禹，《孟子》记载是“西夷人”，《史记·六国表》说得更具体:“禹兴于西羌。”《吴越春秋》《后汉书·戴良传》《帝王世纪》《新语·述事》均持此说。《潜夫论·五德志》说，禹叫“戎禹”。顾颉刚《九州之戎与戎禹》考证，“戎禹”是九州之戎全族的宗神，其所在地，在中国的西北，而晋境是戎禹的主要居住地。刘起釪进而说:“从《春秋左传》中看九州之戎晋地者，有骊戎、条戎、燕京之戎、余无之戎、北戎、茅戎、东山皋落之戎、允姓之戎、姜氏戎等等，春秋时，华夏族的晋人和戎人还这样交错地杂交于晋境，那么，先夏时期，这里的戎人和夏人杂居的情况更可想见了。”并说:“现在回头看，《左传·定公四年》封唐叔于夏墟时，叫他‘启以夏政，疆以戎索’，就好理解了。”

从夏与戎的关系，进而分析夏与华，实质上是一和二、二而一的关系，有“后裔不谋夏，夷不乱华”(《左传·定公十年》)可证。又根据《水经注·汾水注》，知道汾河下游有华水，出于华谷，正在“夏族所建立的有名古国并为冀州所赖以得名的冀国附近”，“它被夏族用以为己族之名，完全是很自然的事。何况还有可能是别族见他们居住在华水而称之为华人。这在戎子驹支称华即能窥得此中消息”。“总之，由于取得族名的华水、华谷之在汾水下游，使我们知道夏族必起自晋南，正如汉族之得名是由于汉王朝起于汉中一样。”

如此，坐实了夏族起源于晋南，因而“牵涉到古籍中列在与禹稍前，同样地奉为华夏的圣王，并和禹一样建都于冀州的尧舜的问题”。刘起釪认为，汉以后的资料，才出现尧都平阳、舜都蒲坂、禹都安邑的说法，“其实这冀州帝都，原始资料只是夏族（包括虞族）所居都邑，由于历史的发展，由于与东方各族的融合，于是，夏族的几个都邑，变成为唐、虞、夏三代的都邑。事实上，作为冀州原始地的晋南，始终只是在此创造了自己文化的先夏的都邑的所在地”。

至于夏都河南阳城的事实，刘起釪认为，他与顾颉刚所作的《尚书甘誓校释译论》，已经说明了这个问题，即《甘誓》中所说与夏启作战的有扈氏是以鸟为图腾的少昊氏的九扈，其地在今郑州北原阳一带，并认为，“夏后氏这一部落联盟的活动区域首先在较西的山西、陕西一带，是逐渐向东的。这些传说中的地点，正好反映夏族向东发展的历程。可能在启以前，其活动区域基本在平阳、安邑、晋阳（当时在今永济虞乡一带）等山西省境，再东向就达到河南，因而遇到郑州附近的有扈氏的阻挡。有扈部落向西抗击有夏部落，旧址洛阳附近酌甘水一带作战，结果夏族获胜，才开始以阳城作为政治中心。”由于这一战的胜利，才能建立夏王朝，才使夏族政权确立在中原这块土地上。刘起釪进而推断，“夏王朝至启始建立，自然，主持建设阳城的人，只有可能是启，而不可能是禹”。

刘起釪也不仅是从文献角度判断夏族的发展轨迹是先晋南而后阳城，他还注意到晋南襄汾陶寺及夏县东下冯遗址的考古成果，认为考古为他的观点提供了“铁证”。经过分析，他认为，陶寺类型文化的时代最早，东下冯二里头文化时代次之，偃师二里头文化时代最晚，从文化内容的主要点来看，它们之间的承袭渊源关系及因接受新影响而有发展等情况，也是有脉络可循的，且陶寺与东下冯距离极近，时间上存在先后关系，其渊源关系是无法避免的。刘起釪又将河南二里头出土文物与东下冯出土文物比较，认为它们应该是属于一种文化，“再依上引碳十四测定年代，东下冯早于河南二里头，那么，河南二里头文化基本是东下冯类型的发展，应该也是无可疑的”。

鉴于缺少考古发现的实证，刘起釪有关陶寺为夏的最初的活动中心的判断，是有一定局限的。2015年，陶寺的考古发现，已经说明陶寺遗址应该是“尧都平阳”的真实反映。但是，他承认尧舜禹的连续性，是在一个地方，即冀州的文化传统，所以，禹在晋南一地建都的可能性是很大的。对此，中国社会科学院历史研究所研究员、中国古代城市史研究专家曲英杰在《禹都考辨》一文中进一步考证，河南阳城非禹都，而真正的禹都，应该在今山西夏县。他认为，“不能孤立地去探求禹都，而应当将其与尧舜之都所在地望联系起来进行考虑”。这一思维方式是符合历史发展的规律的，因而可信。他进一步认为，禹继承其父鲧的职务，开始治水的大业，当然应该从冀州始。因此，他从文献的角度考证，禹的建都，一定是在冀州地面上，而这个禹都，应该就是北安邑，其地在今夏县境内。这是符合历史常理的推断。

以上这五个问题的探索，刘起釪给那些力主“夏族在河南兴起后，才西进到晋南”说者，上了一堂“夷夏东西说”的地缘政治课。课的主题是：从古至今，黄河水都是从西向东流的，还没听说过黄河水竟有从东往西倒着走的。

第七章　大禹以事功摄政

随栞用纪浚川功，壶口衡流涨早通。
水势九州先冀北，山形两汉峙河东。
桑津地接平戎垒，蒲子城联故国宫。
争似幽岩容遁迹，露台月馆望堪同。

清同治年间，名不见经传的长沙人崔启晦，在其《禹贡山水诗》中的这首《壶口》诗中说：古冀州是帝都之地。大禹受命治理洪水，所始在处，当先经壶口等处开始，以杀河势。其治水施功之序，是自下游始，然后才是兖州、青州、徐州、扬州、荆州、豫州、梁州、雍州，因雍州最高，所以把兖州放在最后才治。《前汉书》《后汉书》都说，汉代河东郡北屈县的壶口山和采桑津列峙着河东，不但是防备戎人侵犯河东的重要关口，而且和重耳所居住的蒲城国宫相连。壶口山上那幽岩怪石，很容易让人想起茫茫禹迹，世世代代的人都能见到大禹为国为民治水的身影，即使从舜帝建在衡山之麓的望月馆遥望壶口，感怀大禹的心情也是一样的。

发生在尧舜时期的大洪水和大禹成为尧舜之后口碑最好的一个帝王有着极大的关系：大禹如果不是因为治水，也没有可能建立大夏朝，更不会万世永赖；洪水如果不是因为碰着大禹，今日的表里山河，巍巍中华，也许是另外一个样子；由姒文命（大禹的姓和名）的姒姓，衍生出的数千个姓氏，如夏、顾、扈、谭、鲍、曾、娄、邓、窦、杭、嵇、计、欧阳、蔚等。

禹凿龙门图（明仇英《帝王道统万年图册》，故宫博物院藏）

禹治水自然有功，但其大半功劳是倚仗着父亲鲧为他画好的山路和水道，筑好的防止洪水冲决的堤防，专门顺着水性，导水行于地中的一路指点，才治了水患，平了水土。大禹父子千辛万苦，赔上身家性命，使中国免遭陆沉之祸，替中国营造出一片大好河山。

大禹父子前前后后，加起来一共十三年，鲧治水九载不成功，禹治水四年，因为汲取了父亲逆着水性而失败的教训，所以改变了治水策略，由防变为导。那些已筑好的堤防仍在起着防止洪水泛滥的作用，那些应治的水道，大禹也不必相度形势，所以大禹治水成功的进程就快了许多。《禹贡》中的“导”，有二层意思：一为溯源，就是要找到河流的起讫和流向；二为“导水”，将容易发生水患的河段，由黄河主河道导引至支河或其他较为安宁的河流。

一般说来，天地间的山水形势，两座山的中间都会有一条河水；两条水的中间大多会有一座山；而且更奇怪的是，两座小山中间必然会有一条小河小水，两条小河小水中间必定会有一座小山。据现代地质学的解释，这些小山都是从大山分出来的；这些小河浊水，都是和大河连着脉络的。所谓“山有山的干枝，水有水的源委”就是这个道理。让人不可思议的是，四千多年前的大禹对山的本末、水的流向，怎么会知道得那么清楚？他竟然把当时中国的山水，分成南条和北条加以治理！

一、北条的山

北条的山又分出两条：

（一）黄河北部山脉。从渭水北到黄河北，今陕西宝鸡与甘肃平凉交界的岍山（今称千山），从岍山西南的余脉到陕西岐山县北部的岐山，从岐山到陕西大荔县西南的荆山。这一条山脉从河西到河东，再从今临汾吉县的壶口、运城永济的首阳山（亦名雷首山）东北行，这一条山叫太岳山。

从砥柱（今运城平陆县东）、阳城县析城北，正东行，这山便是王屋山。

两支山脉合起来，就成了太行山，与恒山（山西浑源、河北曲阳）相接到河北乐亭碣石，是黄河北部的山脉。

（二）河南山脉。从渭水南到黄河南，从西倾、乌鼠（今甘肃临潭县西北）、朱圉（今甘肃甘谷县）三座山起，一直到太华（今华山），又从熊耳（今陕西洛南县南）、外方（今河南登封）、桐柏（今河南桐柏县）三座山起，到了陪尾（今山东泗水县）。这条山脉，由西向东。黄河北部的山脉和河南山脉两条合起来，均称北条的山。

二、南条的山

南条的山，也是分出两条。

（一）江北的山脉。在汉水的南边，江水的北边，西北的一座山叫作嶓冢（今甘肃甘谷县东南），是汉水的发源地，由嶓冢到荆山（今湖北南漳县），又由内方山（今湖北荆门北）到大别（即大别山，在今武汉汉阳区东北），是由西北到东南的山脉。

（二）江南的山脉。在江水南，西江北，由岷山（今四川阿坝松潘县北）东南行，一直到湖南，和衡山相接；又从衡山分一支向东，行过九江，到了彭蠡（今鄱阳湖）旁边的敷浅原（今福建德化县），这山脉便结束了。江北的山和江南的山，两条合起来，都叫南条的山。

三、北条的河

北条的河有两大条：

（一）河水。发源地在积石（今青海贵德县，西汉在此曾置河关县；是《禹贡》作者当时认为的黄河源头），从塞外的西南流，一直流到龙门（今运城河津市），又从龙门向南流，流到了华阴（今陕西华阴市），从华阴向东流到了砥柱（今运城平陆县东）和孟津（今河南温县南），经洛汭（今河南修武县）到大伾（今河南浚县）北，再从绛水（今长治长子县东）到大陆（一名广阿泽，在今河北巨鹿县北），分成九条小河后，流入海。

（二）济水。济水的上游，叫荥水，即从现在的王屋山到黄河南，济水一部分流入到地里面，还有一部分流出来的水叫荥泽，一直流到陶邱（今山东菏泽定陶区）北，又慢慢地流到地面上来，与东北的汶水（在今山东济南莱芜区）合起来，一同入海。所以古人说济水是“三覆三”（三伏三见）。除这条济水，还有一条渭水，发源于乌鼠山，和沣、泾、漆、沮四条河一起入河。另有一条洛水，发源于熊耳山，与涧、伊、瀍三条河入河，这三条被视为小河的水势，却比江水还大。这两条组合而成的水与河水、济水两条并起来，都叫北条的河。

四、南条的河

南条的河也有两大条：

（一）淮水。发源地在桐柏山，一直向东北流，曲曲折折和泗水发源地、沂水发源地（今河南商丘梁园区）合起来，东向流入海。

（二）江水。发源地岷山，一直向东南流，分出一支小水——沱水，流到了湖南后，又与沣水合起来，过了九江就到了东陵（湖南岳阳），再向东北流到震泽北（今苏州太湖），一齐入海。淮水和江水都叫北江。

又有一条汉水从嶓冢发源，从三澨（今湖北丹江口东南）大别地方入江，与江水合起来，成为中江。除了这两条大水外，小水的名字很多，都叫南条的水。

大禹分条导山治水，也给山川大地留下丰富的地名文化遗产。像位于北条中段著名的中条山；如当今有些城市中的横向的小巷，为了区别清楚，有不少以条为通名命名 ×× 条，都是精通地理的大禹条分缕析惠及后人的遗留。

汉武梁祠石刻禹画像

（清瞿中溶《汉武梁祠堂石刻画像考》）

大禹的治水形象，今人可见的，最早出现在山东嘉祥一武姓家族的祠堂里。该祠堂建于东汉桓灵年间（147—189 年）。大禹的石刻画像在西壁：头戴斗笠，足蹬木鞋，左手前伸，右手执耒耜，回首而顾，好像仍在治水；画像榜题大禹治水成功的四条秘诀的头一条便是“夏禹长于地理”。

司马迁说大禹从安邑出去治水是“陆行乘车，水行乘船，泥行乘橇，山行乘檋。左准绳，右规矩，载四时，以开九州，通九道，陂九泽，度九山”。于是，戴着斗笠，手持耒耜，赶旱路时坐车，走水路时坐船，行走在泥泞的道路就穿上如同簸箕状的滑板木鞋，翻山越岭走在山路上就换上前宽后窄、其形似足的檋，这样的大禹形象，就永不磨灭地烙印在中国人的心中。大禹因治水辛劳，还得了“偏枯之病，步不相过”，人曰“禹步”。所谓“偏枯之病”，就是跛足；所谓“步不相过”，就是不能像常人那样步走，行动时需后足越过前足才能行走，走得快了，好似双足跳跃着走路。这种“禹步”的释义，来自巫术，其实“禹步”，就是大禹走路时所迈的步子比较快比较大而已，所谓茫茫禹迹，就是大步走出来的。从古到今，上下四千年，中国不知产生了多少帝王，但一个人所穿的鞋和其走路的姿势都被后人顶礼膜拜的只有大禹。

公元前 2133 年，三十岁还未婚的大禹辗转曲折地来到涂山南麓导山（今安徽蚌埠禹会区秦集乡禹会村）。没承想，一位叫女娇的涂山女，见到大禹坚毅伟岸的相貌后，非要嫁给他不可……大禹导山治水，还给安邑导回一个南蛮女人。这不是神话和传说，而是真实的过去——中国社会科学院考古研究所于 1981 年在蚌埠禹会区秦集乡禹会村发现一处龙山文化遗址。这个被乡民称之为“禹墟”的遗址，从淮河东岸大堤一直延续到禹会村中。经过数次发掘，揭露出一处面积为 2500 多平方米的大型祭祀台基，出土了数量众多的来自山东、河南、安徽、江苏、上海、浙江等地纹饰风格的陶器。这批陶器，据碳 -14 测定为公元前 2350—前 2190 年的物品，与传说中的“禹娶涂山氏”基本相符，也与《左传》记载的“禹合诸侯于涂山，执玉帛者万国”高度吻合。因为有了这个可以证史的考古重大发现，蚌埠正在筹建“禹会村国家考古遗址公园”，“禹会村遗址—龙山文化遗址”是其主要的部分；而从安邑县分出去的夏县，在县西十五里处有座高百余尺的“青台”，传为女娇思禹望夫而筑。据北魏阚骃所撰《十三州志》：此台原叫涂山台，为涂山氏

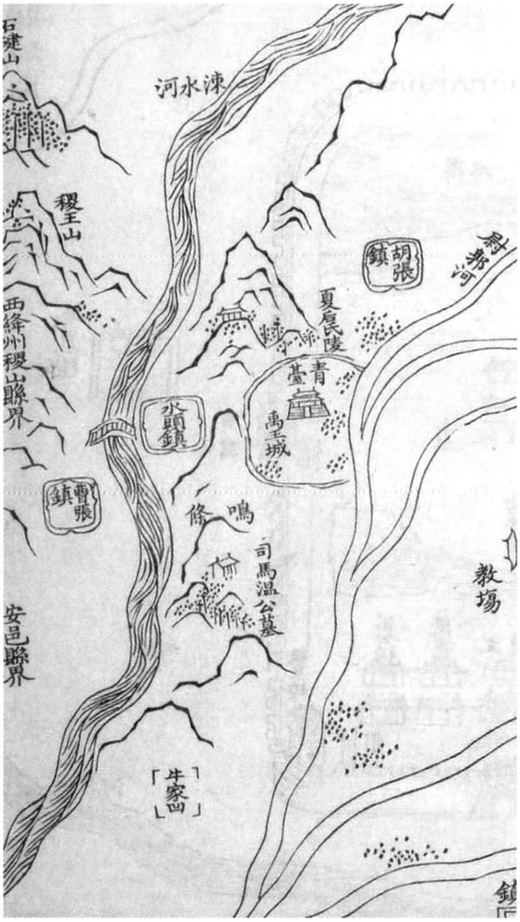

禹王城、青台、夏后氏陵位置图
（《夏县志》，乾隆二十九年刊本）

思故乡涂山筑以望之。《夏县志》载，清晨登上此台遥望，四周旷野空蒙，最为胜景。北魏时，涂山台犹在，上有禹祠。此外，在县东南五十五里的中条山，另有夏后避夏离宫“望川”。无论是望夫，还是思乡，总之，涂山氏女娇是落户到了安邑。这便是屈原《天问》中所说的：“禹之力献功，降省下土四方。焉得彼涂山女，而通之于台桑？闵妃匹合，厥身是继。”大禹以一己之力，成就了尧的圣功，察看四方平水土。他是怎么得来的涂山之女，与她结合在台桑？大禹与涂山女婚后没几日，就告别女娇，治条山条水去了。为治水，三年之间，大禹“三过家门而不入”，女娇腹中怀着将来要继承王位的儿子启，登上青台远望，盼着大禹能早点回来；生下启后，青台上就有了两个人的身影。公元前 2129 年，大禹把规划中的条山条水都治理好了，灾民们也可以安家居住了，才得以回家与娇妻和儿子团圆。尧帝为表彰大禹治水的圣功，赐给大禹一块赤黑色的玉圭，宣布平定水土的大功完成。同时封大禹为夏伯，封地河东，取平安无水祸之意，定大禹和女娇所居城邑为安邑。北魏统一北方后，出于军事的需要，对于州郡的设置，相当紊乱，没有一定的规则。428 年，太武帝拓跋焘改年号始光为神䴥，同时将安邑一分为二，在今夏县行政区域置北安邑县，原安邑县改称南安邑，属河北郡。太和十八年（494 年），因北安邑全境为旧时夏禹之都城所在，遂改北安邑县为夏县。1958 年，安邑县并入大运城县，今为运城市盐湖区安邑街道办事处。

公元前 2128 年，大禹被尧帝任命为司职田甸、建筑、工事的“司空”，并命其统领州伯，巡视当时的十二州。大禹晋升为前夏时代的内阁成员，又负责普查全域范围内的矿产和农林资源，为他以后创立大夏朝，积累了知晓风土民情和如何执政的宝贵经验。

大禹治水，留给后人的文化遗产很多。出自后世儒家的记载有很多是赞美禹的仁义和品格的。如《尚书·大禹谟》，记录了大禹、与他一同治水的虞官伯益（负责治理山泽，管理上下草木鸟兽，并佐舜调驯鸟）、掌管刑法狱讼的皋陶和舜帝进行的一次如何治国理政的内阁会议。第一部分为大禹和皋陶关于以德治国的对话，皋陶提出“九德”，作为人的道德基本准则。第二部分是舜帝和大禹的对话。大禹陈述自己领导百姓治水的功绩，同时强调要注意国计民生，并讨论了治国安民的道理、君臣的职责和要求等。第三部分叙述了尧之子丹朱的罪过，大禹的功绩，解决三苗问题，等等。大禹的治国安民主张就是仁政，就是以德服人，以德治国：

> 皋陶说：“要谨慎地修养自身的品德，多从长远考虑，仁厚地团结各宗族，推举众多贤明的人才作辅翼之臣，使政务逐步地由近及远以推行到全境。”
>
> 大禹说：“唉！要都能做到这样，连陛下也将感到是一件不容易的事。知人要有知人的明智，才能识拔真正的贤才任职；安民要使人民得到实惠，才能使人民怀恩感德。能够知人善任，又能够实惠于人民，还怕什么驩兜的作乱？还需要什么放逐三苗，还畏惧什么花言巧语善于作伪的坏人呢？”
>
> 皋陶说：“人本该有九种德行：宽仁而又严肃；柔和而又坚定自立；谨厚而又能谦恭干办；治事有为而又敬慎；和顺而又果毅；正直而又温良；简率而又有廉隅操守；刚劲而又踏实；强直无所屈挠而又

合于义行。”

可天底下哪有皋陶所说的这么十全十美的人呢？这显然是战国时的文人按照儒家所要宣扬的德教，把他们心中理想化的帝王人格加工成了前夏有影响的部族领导人所受教化的结果。

皋陶还特别强调坚持厉行这九种德行可以得到的好处：

每天能做到其中三种，从早到晚都能敬勉遵行，就能有你们大夫的家；

如果每天能严敬地做到其中六种，用以诚信地治理政事，就能有你们诸侯的国；

能综合受有这九德而普加施行，使备有九德的人都获得（王朝的）职位，贤俊之才都能任职，百官们相师法，凡百职司都及时以趋事功，并督勉地方长官（五长），使国家所有各种政绩都获成功。

皋陶的这段话，明白无误地告诉人们：你好好当官，才能有你的家；你进一步地好好当官，才能有你的封疆大吏的位置坐；你再更好好地当官，进了中央的百官系统，而且你的同僚皆为贤俊之才，国家预期的各种政绩才能获得成功。值得注意的是，皋陶所述国与家的秩次，是先有家，后有国。

“勿使逸乐腐化者占有国家职位”，也是这次讨论如何治国理政的重要话题。

皋陶说：大家都要兢兢业业地戒慎恐惧地洞察每日万事之几微，千万不要让不称职者旷废了庶政要职！

这种从选人用人的源头开始，就把不作为、胡作为的人排除在官僚系统之外，正是防止庸政、懒政、腐政、暴政的先决措施之一。但皋陶不知道能不能成为官员任用的条例，也不知能不能为舜帝所接受，于是问大禹。

皋陶说：不可以成功地贯彻实行吗？

禹说：你的话是完全可以成功地实行的。

皋陶说：其实我并无所知，不过是想赞助治国之道罢了。

此时，一直听着皋陶建议的舜帝对大禹说：来！禹。你也说说你的好意见。

禹摆手说：呵！我说什么呢？我只想到每天要孜孜地为陛下工作。

皋陶嫌大禹这话有自保的成分在内，于是挖苦道：什么叫孜孜呵！

禹只好以他治水的例子说：滔天的洪水，浩浩荡荡包围了山岳，漫没了丘陵，老百姓都有没溺之患，我循行山岳刊削树木以为表识，和益一道给老百姓稻谷和生鲜食物。我把九州的河流疏通使入海中，把沟渠修通使入河流中，又和稷一道使老百姓在难以得到食物时能得到食物，缺粮少食的地方，调有余地方的粮食来补其不足（此依《史记》所录《皋陶谟》原句，伪古文本则以为是贸迁货物），广大群众才得以吃到粮食，万国之地才得以安定了。

皋陶是个直人，听见大禹又在夸功，便带着有些讽刺意味的话附和道：对呵！应该学习你这种美好的话了。

话至此，大禹才对舜帝说：啊！陛下在帝位上要特别谨慎小心哪！

舜帝说：是呀！

大禹说：应该安于您所能做到的，不要有当止而不得其止者。注意事之几微，才可不致酿成大故而使得到平安。还要辅之以德。君主有所行动立即得到天下巨大回应，因此要有清新的意志以昭受上帝之命，上帝就会申命赐给您以美好的命运。

舜帝听完大禹的这番话，非常受用，激动地仰天大喊：大臣至亲呵！至亲的是大臣呵！

禹说：是呀！

舜帝说：臣子成为我的手足耳目。我要佑助人民，你们应辅助我完成这样的大业；我要宣力于四方，你们应尽瘁而为来把它完成；我有违失之处，你们要匡正辅弼我。你们不要当面唯唯诺诺地听从我，下去就在背地里讲我的坏话。我敬前后左右大臣，当省察那些进谗言邀宠幸的邪恶坏人，及所行不在正道的人。运用大射之礼以识别善恶贤愚，用鞭扑方式使之记过认错，用文书方式识其为非作歹之迹以儆之，欲以此三种施教方式使那些人并获新生。由专官以纳言之职负举善责过之责，有善则扬之，有迁过至善者则进之用之，如其不善则用刑以威之。

大禹说：呵呀！光天之下远至海边的小百姓，万邦千邑的贵贱之民，都是陛下的臣民，全在于陛下以时举用之，普遍省纳其心声，鲜明公正地试之以其功，以不同等级的车辆服色酬其勋。这样，谁敢不让功服善，谁敢不恭谨以敬应上命？如果陛下不是这样，而使贤愚善恶的人同时在位，那么治国就不会成功的。

舜帝说：不要像丹朱那样沉溺于漫游嬉戏，只知傲狠暴虐，无昼无夜肆恶无休息。河中水道浅涸也强迫行船，在家里也肆行淫乱，终使他自己的世系断绝了。我们不能像他这样。

大禹说：我娶涂山氏的女儿是辛日，到了甲日就离开了家去忙着治水。以后生了我的儿子启，在家哭着，我也不曾尽过抚育的责任，所以全力完成了平治水土之功。终于辅助陛下完成划天下为五服的大业，使疆域每方达到五千里，每州又制定了十二师的地方行政区划（《尚书大传》云：古八家而为邻，三邻为朋，三朋而为里，五里而为邑，直邑而为都，十都而为师，州十有二师焉。附《注》云：州凡四十三万二千家，此盖虞夏之数也）。外则疆域远至四海，五方诸侯各给建立君长，他们都能各按正途建立事功。最后只有苗民顽梗不就事功，陛下要加以注意。

大禹又以自己为例子反衬尧之子丹朱，舜帝不但不讨厌，还夸赞了大禹：

> 你宣导我的德教于天下，这些全是你的功叙所获致的。现在皋陶正敬重您的功叙，对顽梗者正在明正地推行刑政以畏服之。

大禹的德行不但在百官内是最好的，而且还感化了被舜帝视为顽恶的三苗。

公元前2088年正月初一早晨，禹在尧庙像舜帝受命之时那样统率着百官，等待着舜帝发布征讨三苗的命令。舜帝对大禹说："被我迁到三危之地的三苗，顽恶得了不得，与我族离心离德，当是'数为乱'的首恶之辈。他们所据的地方，南有衡山，北有岐山，右有洞庭，左有彭泽，如此形势，真正是负嵎之虎，没人敢去收服他们。这些苗民不依教命，禹，你前去征讨他们！"

三苗本是炎帝族系，蚩尤之后（一说缙云氏之后），居于江淮荆楚地，在舜为尧摄政时期，曾将三苗迁往古称"三危"的南岳一带。大禹于是会合诸侯，发布出征动员令："众位军士，都听从我的命令！蠢动的苗民，昏迷不敬，侮慢常法，妄自尊大；违反正道，败坏常德；贤人在野，小人在位。人民抛弃他们不予保护，上天也降罪于他们。所以我率领你们众士，奉行帝舜的命令，讨伐苗民之罪。你们同心同力作战，就能有功。"大禹率领着一众人马，来到三湘苗族聚居之地，想不费吹灰之力就能征服。没想到连战一个月，苗民仍是不服，不但态度极为刚强，而且有誓与禹部一拼到底的决心。大禹想：这地方是处天险，用兵很不容易，如果和他们死战，不免多伤我方军士的生命；如果罢兵回去，我族岂不是吃了败仗？正在犹豫不决，伯益向大禹提议：要恩威并举，德武相济。只要把我族的事情搞好，等到民力充足，士气高昂之时，不怕他们不来投降。大禹接受了伯益的建议，把部族军队撤离出交战区。上奏舜帝，舜帝听之有理，依计而行。大禹率军还师回去后，便大施文教，只过了七十天，苗民见中朝天子圣明，大施德政，野蛮毕竟敌不过文明，便自动来降了。

宋孝宗乾道二年（1166 年）进士、遂宁人杨甲在其名著《六经图考》中，为此事还专门绘有一幅《舜舞干羽图》，并附图说："有苗弗率，舜命禹往征之。三旬，苗民逆命，禹班师振旅。帝乃诞敷文德，舞干羽于两阶也。七旬，有苗格干楯羽翳也，皆舞者所执。修阐文教，舞文舞于宾主阶间，抑武事也。"

以德降伏三苗之后，大禹立国前的最后一件事，便是令历代文人津津乐道的舜帝的帝位"不传子而传他认为最有德行的贤人大禹"；而更加伟大的大禹为了让舜帝不怎么有出息的儿子商均继位，竟自己跑到河南登封的古阳城躲了起来。

《宋书·符瑞志》有这么一个舜帝传位给大禹的故事：公元前 2091 年，舜帝在宫中赏乐，奏乐未罢，忽然大雷雨齐作，大风拔木，雨打宫窗，乐官们吓得都走开了。舜帝大笑道："这天心真正明白得很，夫天下者非一人之天下，上天的意思，大约是要我把这皇帝位，让给贤人了。"因此就在这一年，舜帝把帝位正式传给大禹。自此之后，天气也就归正了，四时气候也都十分顺适了，真是景星庆云和风甘雨甜的世界了。

公元前 2073 年，舜帝死了，安葬在安邑城西北三十里的鸣条冈之阳。大禹为舜帝修建的陵墓高三尺，栽种了很多古柏，又在舜帝陵东南一块叫大云的地方为舜帝守陵三年。后人为纪念大禹，又在此筑了"守陵寺"（一名大云寺），成为历代为舜帝守陵人的居住及庙产之地。为舜帝守孝三年既毕，大禹没有返回舜都蒲城，而是躲到了远在登封县的阳城山，此举是为了让商均去承袭他父亲留下的帝位。但是百姓犹念大禹的治水功劳，不认商均为君；而大禹属下的百官和诸侯，也不去商均那边朝见；百姓有诉讼，更不找商均，不少人却跑到阳城来找大禹哭诉。大禹见百姓也真是可怜，再加百官们不断地劝进，不得已返回到蒲城坐了帝位。尽管商均品德差、没出息，无能力继承先父的帝位，但禹王对舜帝的这个不肖子从来没有鄙夷过，而且善待他，封了登封的一个地方给他；有时商均来见大禹，大禹也不以臣礼相待，而是用接待客人的礼节会见。

夏史的茫昧处，从大禹避商均于登封的阳城山可见一斑。据清张圣诰纂修的《登封县志》（康熙三十五年版）卷四“建制·坛庙”：登封有商均墓，在县南山；启母墓，在少室山；禹王庙，在县东关；另有一座启母庙——“汉武帝祀嵩，见启母石，敕令建庙。南有石阙，汉延光间颍川太守朱宠造，今废。有唐崔融碑。”

启母庙的这通唐碑，是唐圣历元年（698 年）武则天册封嵩山时，文学家崔融（653—706 年，齐州全节人，今山东济南章丘）进献的一篇韵文，叫《启母庙碑铭并序》。崔融在这篇碑铭的序中说清了一段历史：启母的这个庙，本叫“启母庙”。汉时，因避讳景帝刘启讳，启字改为开字。从此之后，大禹的这位涂山妇人便被人称为“开母”；“启母庙”也更名为“开母庙”。但顾体伦的《舆地志》和卢元明的《嵩高山纪》于此却并不避讳，仍称“启母庙”。之后便是华美的文字，说禹娶涂山女“于度土之辰”，与涂山女“婚于台桑之地”，接下来的故事就是“石破北方”，终见禹之子启破石而出。启的出生处，过去是“暧暧昧昧，现在方阴闭阳开”。[①] 前有“禹生石纽”，现有“启母化石，生启于嵩山”，这种种传说，实质上叙述的核心都是为了证明大禹为石纽人，夏启为嵩山人。

河南登封“石破北方而启生”的传说，最早出自隋唐时经学家颜师古为班固《汉书》所作的注。其在“帝纪”第六卷武帝有：“朕用事华山，至于中岳，获驳麃，见夏后启母石。”先引东汉末年应劭所著《汉书集解》的说法：“启生而母化为石。”再引东汉年间也曾注过《汉书》的文颖的说法，启生而母化为石之地是“在嵩高山下”。之后便是颜师古顺着前注这两条说：“启，夏禹子也。其母涂山氏女也。禹治鸿水，通轘辕山，化为熊，谓涂山氏曰：‘欲饷，闻鼓声乃来。’禹跳石，误中鼓。涂山氏往，见禹方作熊，惭而去，至嵩高山下化为石，方生启。禹曰：‘归我子。’石破北方而启生。事见《淮南子》。景帝讳启，今此诏云启母，盖史追书之，非当时文。”

---

① 〔清〕张圣诰纂修：《登封县志》，康熙三十五年刻本。

大禹导山导水治洪水时，需要导开轘辕山。上帝告诉大禹，你必须化作大熊才能开山，大禹为了导水，不惜将自己化为熊，但又怕涂山氏看见自己这副熊样被吓着，便嘱咐女娇：“你给我送饭时，听见我敲鼓再来。”有一天，禹熊开山时，撬动石块，碎石滚落到鼓上，发出了送饭来的鼓声。女娇听到鼓声，便急急来给大禹送饭。忽见大禹成了熊样，真是惊呆了，就慌不择路地逃，一直跑到嵩高山脚下，化作一块人形大石。此时的女娇已经怀孕，就要临产。大禹追过来对女娇说：“把儿子还我！”大石朝北的一面应声破裂，大禹的儿子——启也呱呱诞生了。

然而，这个传说完全是颜师古编造出来的。他说“事见《淮南子》”，但我们遍阅《淮南子》，也没见刘安有一个字是说这个故事的。这也说明了为什么大禹不到近在眼前的中条山、五老峰、舜王坪避商均，非要跑到登封的阳城山。因为登封有大禹的涂山妻女娇化身为人形的巨石，更有其子启在那里。这种茫昧的“史载”，目的就是为了把大禹都阳城的事情坐实。

还有，禹王受舜禅位及禹都是否在登封阳城，随着夏商周断代及中华文明探源工程的开始，不少学者仍在围绕这几个问题旁征博引地讨论不休。其实在清张圣诰纂修的《登封县志》“沿革”即载：“登封，《禹贡》豫州地，唐虞皆然也。古号阳城，禹避舜子于阳城，即此。”在卷五“古迹”头条即指明了“阳城即告成。《史记》：帝尧定巡狩之制，周流五岳，后游于阳城。《孟子》云：禹避舜之子于阳城”。三百年前的登封修志的精英已经承认阳城只是禹避商均之地。

从大禹在创立夏朝前的事功来看，治水是其一生的光辉。发生在尧舜执政时期的这场大洪水，为祸之烈，情势之迫切，可想而知，后世的儒家只从塑造贤圣帝王的个人品德来总结洪水的成败得失，而忽略了由治水创造出的影响中国人生产生活的科技发明。如，正因为大禹治水，才有了舟楫的发明，有了桥梁的发明，在此之前更有了其父鲧的堤防的发明，之后又有了平整土地和民居防洪水的改良。但这还不是最主要的，诚如著名政治学家萨孟武（1897—1984 年，福州人）所说：最重要的还是国家组织的改观。一方面各部落逃避洪水，迁徙移动，于是过去两个部落不相闻问者，现在也开始接触，开始通婚，而融和他们的风俗、习惯、言语、血统，过去尚有国际关系的遗迹，现在完全变为国内关系了。另一方面，治水乃是一项巨大艰难的工程，非有整个计划，不易成功。“左堤强，则右堤伤，左右俱强，则下方伤”（《后汉书》卷二《明帝纪》永平十三年夏四月乙酉诏），所以每个部落单用自己之力，建筑堤防，开凿河渠，往往因为上流泛滥或下流壅塞，致徒劳无功。在广大领域之内，要想治水，须由一个中央机关定下计划，每个部落均肯牺牲个别利益，而顾及全体利益，而后才会有成。于是部落遂将一部分权力交付中央，中央职权增加，就不能不增设机关以负执行之责。洪水既平，帝舜即位，固然还是“在璇玑玉衡（指北斗七星），以齐七政（指春、秋、冬、夏、天文、地理和人道），然天事既已解决，所以分命九官皆以治民”。[①]

大禹治水的大成功以及在摄政期间推行的德政，由氏族社会的夏文化跨越到夏文明的国家初曙社会，已是水到渠成的事。

① 萨孟武:《中国社会政治史·先秦秦汉卷》，第 11 页，生活·读书·新知三联书店 2021 年。

第八章　大夏国都——安邑

公元前2070年，中国历史上第一个王朝——夏王朝，终于在黄河文明的发祥地之一河东大地诞生，国号夏后，定国都于安邑。禹王肇建夏朝，也成为千古传诵的华夏立国之祖夏禹王。这也意味着中国由氏族联盟迈入早期国家的门槛。

建国初始，禹王做了一个早期国家阶段必备的三大奠基性的工程：

夏禹王像
（宋马麟绘，台北故宫博物院藏）

一、将舜帝时期模糊不清的十二州重新划定为“九州”

这是一件对后世中国管理国家影响巨大的事情。其重要性，在被列为十三经之首的《周礼》中有着至高无上的表达——每个篇章的卷首都有“惟王建国，辨方正位，体国经野，设官分职，以为民极”的提示语，如此不避烦絮地说这句话，可见周人对划分行政区划的重视。举凡一个国家，都要根据行政管理的需要，将领土划分成有层次的区域，这一管理国家的行为即是行政区划，而被划分的区域则称为行政区域。中国古代的行政区划起源于何时？虽然诸说纷纭，尚无定论，但在先秦时期，行政区划的重要性已被统治者认识到了。《尚书·禹贡》说，禹奉舜命，整治尧久治无效的洪水功成，于是分天下为九州，实行贡纳制，在相当于几乎整个黄河流域和长江中下游地区推行区划管理。此说虽然是战国时史家对夏代的追记，并非真正意义上的行政区划，但“九州”之人文地理概念，已经与自然形成的人文地理区系大体相符。《汉书·地理志》有载，说在黄帝时代，就曾“画野分州，得百里之国万区”。尽管这种想象中的行政区划被后世学者认为是伪托之作，但人文的行政区划的正式形成却是自大禹产生的。

禹王所划人文地理的九州如下：

一、冀州：河北平原与山西黄土高原。今山西省及河北、河南省之一部。

二、兖州：黄河与济水之间。今河北与山东省之一部。

三、青州：山东半岛。今山东省境内。

四、徐州：黄淮平原。今山东及江苏省之一部。

五、扬州：长江下游。淮水以南，今江苏、安徽省等处。

六、荆州：长江中游。今湖南和湖北省境内。

七、豫州：中原。略包括今河南省。

八、梁州：秦岭以南与四川盆地。今四川、西藏自治区及陕西省之一部。

九、雍州：关中与陇西。自今陕西省东界，并包有甘肃等地。

禹王所划“九州”，是中国把行政区域正式称为“州”的开始，九个州的州名，有六个如今仍在沿用，只不过所辖区域越来越小，有的小到不过一个市的规模。

二、定五服，以供管理国家经费之用

一个王朝的建立，王公、士大夫需设官分职，司法、军队要养，兵器和战车需制造，自然需要许多赋税。在尧舜时代，赋税没有一定法则，国家依随时的需要，向各部落征取。大禹治水，跋涉各地，深知各地物产，所以即位之后，即定土贡之法，使各方进贡该地所产，以供中央经费之用。萨孟武对禹王此举有着精辟的分析：“这种土贡方法对于统治者与被统治者都是有利的。由纳税人观之，过去中央政府征收贡赋是依靠于力，没有法制，有时难免暴虐的行为。现在中央政府征收贡赋是根据于法，有一定格式，而受法律的限制。由中央政府观之，中央政府无须再为贡赋而耗费许多不必要的强制

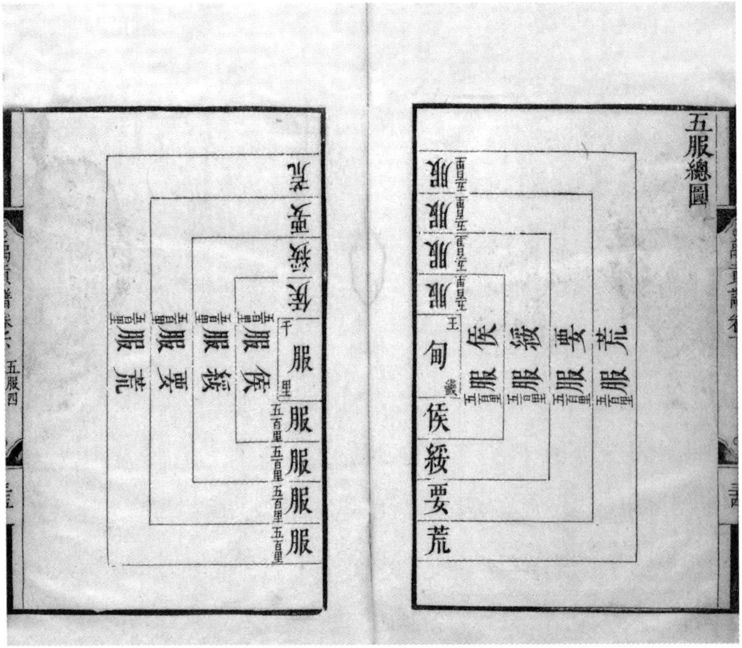

五服总图（清王澍《禹贡谱》，康熙四十六年刻本）

执行，而得将其精力去做别一种工作，如建筑宫殿、开辟公路等是。”①

依山川形势划了自然实体的九州之后，禹王又按九州离帝都的远近，划分了五服。这是两个不同性质的地方行政制度，用顾颉刚的话说，“前者是自然的，后者是封建的”，但目的只是一个，那就是为了更好地统治国家，并将贡赋格式化。

（一）甸服：

> 五百里甸服：百里赋纳总（交纳穗米），二百里纳铚（交纳谷子），三百里秸服（交纳带壳的谷子），四百里粟（粟米），五百里米。

禹王都城以外四面各五百里，叫“甸服”。这是所谓王畿之地，即帝都直接管辖的区域。舜帝时的帝都在蒲坂，禹王建大夏朝的国都在安邑。《诗经》中所说的“邦畿千里”，即指此。“甸服”区里的人民所纳赋税的大部分是第一等，也有第二等的。田地定为第五等。分作五区交纳贡赋：一百里之内，地上所有的农产物连根都需缴纳；二百里之内，镰刀斫下来的庄稼全部缴纳；三百里之内，要缴纳去了粗皮的禾穗。一百里、二百里、三百里的人民除纳赋外，还有为禹王服劳役的义务，故云“服”。四百里之内，缴纳谷子。五百里之内，缴纳白米。四百里至五百里之间的人民只需纳粮就行了，用不着再供劳役，这里含有安抚边远老穷之地人民之意。

（二）侯服：

> 百里采，二百里男邦，三百里诸侯。

“甸服”以外四面各五百里是“侯服”。这个区域是给诸侯、卿大夫的封

---

① 萨孟武：《中国社会政治史·先秦秦汉卷》，第11页，生活·读书·新知三联书店2021年。

地。“侯服”分作三区：一百里之内，是卿和大夫的采邑。二百里之内，是分封男爵的小国。自二百里到五百里，这三百里地面是分封给侯爵的大国。

（三）绥服：

三百里揆文教，二百里奋武威。

“侯服”以外四面各五百里，叫“绥服”。这一地区为国防重地，分作二区：里面的三百里，宣扬禹王政权的文教；外面的二百里，修习武事，保卫王国。“绥服”即含有“安定”与“怀柔”之意，当发生危及王国统治的安全事件时，就从这里动用武力，镇以声威、慑其顺服。

（四）要服：

三百里夷，二百里蔡（流放）。

这是一个又荒又远的区域，是禹王朝用来流放罪犯的地方。

“绥服”以外四面各五百里，叫“要服”。也分作二区：里面的三百里住着夷族；外面的二百里住着被流放到这里的犯人。

（五）荒服：

三百里蛮，二百里流。

“要服”以外四面各五百里，叫“荒服”。其地更为偏远，主要是用作流放犯了重罪的犯人的地方。“荒服”同样分作二区：里面的三百里住着蛮族；外面的二百里住着发配到这里的重犯。

据《礼记·王制篇》，“五服”的范围自恒山至于南河，千里而近；自南河至于江，千里而近。自江至于衡山，千里而遥；自东河至于东海，千里而遥。自东河至于西河，千里而近；自西河至于流沙，千里而遥。西不尽流沙，南不尽衡山，东不尽东海，北不尽恒山，凡四海之内，断长补短，方三千里。

但这里有个问题：梁、荆、扬等州已属于绥服和要服之间，何以出了九州之外？顾颉刚给出了一个解释：“这是因五服以冀州为甸服，而不以豫州为甸服；又因《禹贡》内讲贡道，政府所收到的贡物，大半来自冀州，且尧都平阳、舜都蒲城、禹都安邑，概属冀州，可见冀州的物产很丰富，所以尧、舜、禹都奠都于其境内。”然而从田赋一项看，五服与九州又发生冲突，顾颉刚又列出一张《禹贡·田赋表》加以释疑：“冀州之田中中，何以赋反而上上？而雍州之田上上，何以赋又为中下？这个地方初看起来似与五服说大相矛盾，其实不然，我以为下面这个道理可以解释得通，但无甚证据。冀州土地虽少，而人口众多，耕田的人力加强，收获自然丰盛，故其赋为上上；而雍州地多人少，耕地面积并不广，故其赋为中下。商鞅欲致秦于富强，曾徙三晋人士入秦开垦，大概是为增加政府税收。”①

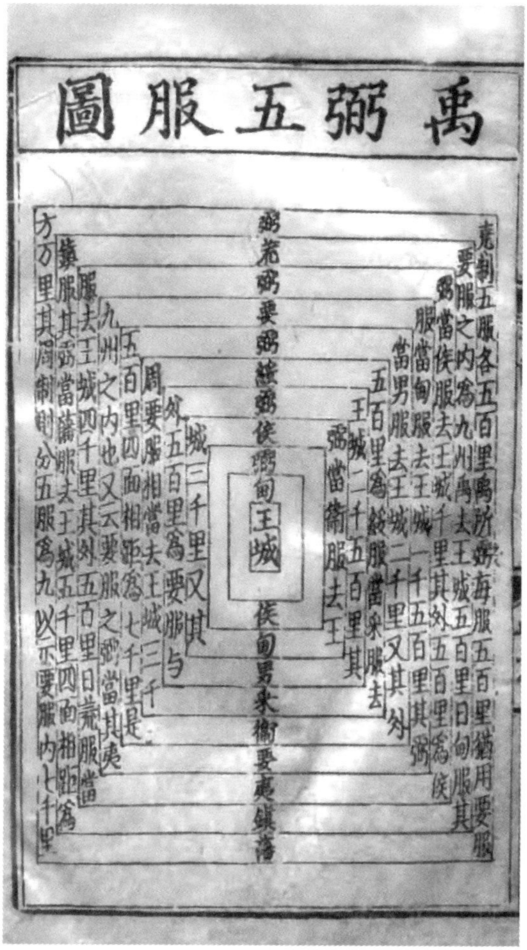

禹弼五服图（宋蔡沈撰、元邹季友音释《书集传音释》，元至正十一年刻本）

① 顾颉刚：《上古史研究》，《顾颉刚古史论文集》，卷七，第406—407页，中华书局2011年。

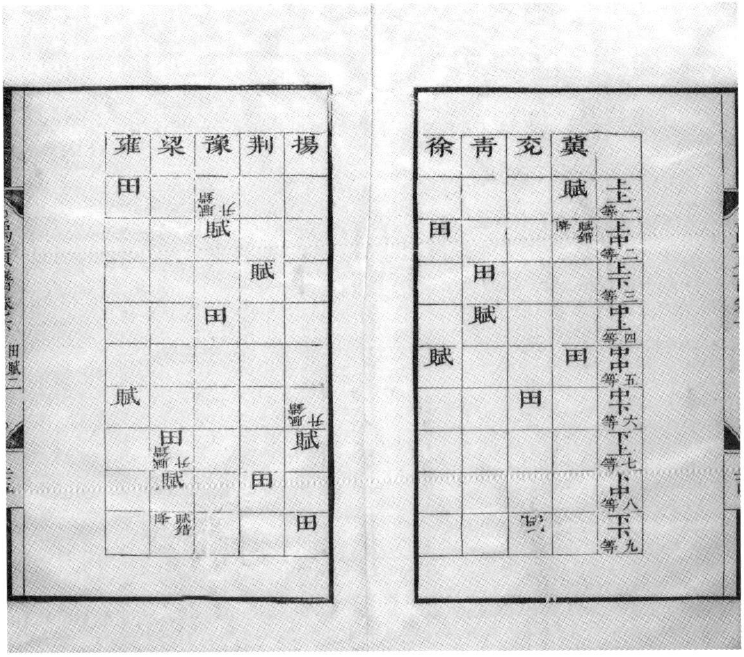

九州田赋等级图（清王澍《禹贡谱》，康熙四十六年刻本）

对于另外一个问题，五服的侯国何以对禹王的夏王朝无赋？顾颉刚也给出了答案：“这是因五服为一种封建制度，侯国的人民将赋直接送于侯，而不送于天子。”

禹王除了将九州的田地分为三六九等交赋，还有贡物的制度：

冀州的鸟夷贡献的是皮毛衣料。他们的贡道从北面沿海而来，挨着碣石山的西边进入黄河而到达帝都。

兖州的田地定为第六等。因为兖州遭受的水害最深，所以定的赋税是最少的。进贡的东西是漆和丝。放在筐子里贡的是有文采的丝织品。兖州的贡道是从济水和漯水逆流而上，达到黄河。

青州的田地定为第三等，赋税定为第四等。贡物是盐、细葛制的絺、海里的鱼类和磨石，还有泰山沟谷里生产的丝、麻、铅、松木和玉质的怪石。莱夷族用畜牧来的东西作贡。放在筐子里进贡的是山桑的蚕丝。青州的贡道是从汶水里顺流而下，达到济水，再转黄河。

徐州的田地定为第二等，赋税定为第五等。贡品是封国用的五色土，生在羽山沟谷里可做旌旗的野鸡毛，可做琴瑟的蝉山南麓生长的梧桐树，泗水边上可以做磬的轻石，淮夷族贡的是蚌珠和各种鱼。放在筐子里进贡的是赤黑色的、黑经白纬的纤和白色的缟。贡道是从淮水到泗水，北行到达菏水后，再转黄河。

扬州的田地定为第九等，赋税定为第七等。贡物是金、银、铜，玉石类的瑶和琨，用来制箭的小竹和制作乐管的大竹，以及象牙、皮革、鸟羽、兽毛和各种木材。鸟夷族贡的是草制的衣料。放在筐子里进贡的是贝纹的丝织品。禹王需要时才贡上来的是橘子和柚子。贡道是顺着长江到东海，沿了海边进入淮水，达到泗水，再由菏水转入黄河。

荆州的田地定为第八等，赋税定为第三等。贡物是鸟羽、兽毛、象牙、皮革、金属三种，椿、柘、栝、柏等木材，粗磨和细磨的磐石和丹砂。还有特定的有名的个竹和熔竹以及做箭杆的楛木。放在包里和匣里进贡的是菁茅；放在筐子里进贡的是做祭服用的浅绛色的彩缎和有珠玑文的绶带。江水里不常有的宝物大龟，在捕获到它时也要进贡。荆州的贡道是从长江、沱水、潜水、汉水里逆流而上，舍舟登陆，越过洛水，达到南河。

豫州的田地定为第四等，赋税定为第二等。贡物是漆、麻、缣、纡。装在筐子里进贡的是细的丝绵。当禹王有需要时，豫州还得进贡磬石和治玉用的错石。豫州到安邑的贡道是顺着洛水到达黄河。

梁州的田地定为第七等，赋税定为第八等。贡物是黄金、铁、银、镂、磐石和熊、狐、狸皮毛的织制品。贡道是从西倾山沿着桓水（白水江）而来，在浅水里顺流而下，登陆东行，越过沔水（汉水的上游），进入渭水，又横绝黄河，而至大夏国都。

雍州的田地定为第一等，赋税定为第六等。贡物是玉石类的球、琳、琅玕和皮毛的织制品。贡道是从积石山的黄河顺流而下，直到龙门山的西河，和渭水北面进贡的人们会合后，一起贡到安邑。

“五服”制定后，禹王颁布政令说：“我以谨慎德行为天下先，不该有违抗我所行的政教的人。”这一“不得违抗我所制定的一切治理国家的政策和法规”的告白，充分显示了禹王刚柔相济的完整人格。

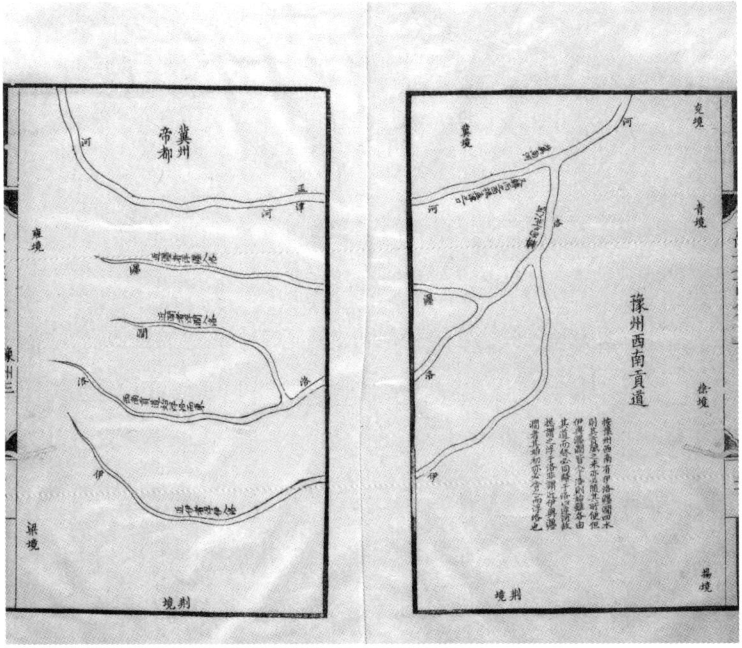

豫州西南贡道到达冀州帝都图（清王澍《禹贡谱》，清康熙四十六年刻本）

从《禹贡》中完全可以看出，河东地区为前夏及夏的王畿之地、统治中心，豫州当时还需向冀州的夏王朝纳贡，贡进物品还有专门的贡道。而《夏商周断代工程（1996—2000年阶段性成果报告）》“关于夏文化的上限”却说：“学术界主要有二里头文化一期、河南龙山文化晚期两种意见。新砦二期遗存的确认，已将二里头文化一期与河南龙山文化晚期紧密衔接起来。以公元前1600年为商代始年上推471年，则夏代始年为公元前2071年，基本落在河南龙山文化晚期第二段（前2132—前2030年）范围之内。现暂以公元前2070年作为夏的始年。”[①] 如此说来，豫州成了夏之前和大禹时代的王畿之地？好像当年禹王是到豫州给二里头殉葬的奴隶缴公粮去了？诚然不可思议。

① 夏商周断代工程专家组编:《夏商周断代工程（1996—2000年阶段性成果报告）· 简本》，第81—82页，世界图书出版公司2001年。

三、建国都于安邑

文化是一种自然的生长，但文明离开社会的支持，离开社会带来的张力和进步，便不能存在。世界闻名的法国历史学家、年鉴学派代表人物费尔南·布罗代尔说：“文化和文明之间这些区别得最明显的外部标志，无疑就是存在和不存在城市。”[①]在前夏时代，都邑已像满天星斗，遍布在华夏大地。从考古学文化分期上说，这些都邑里的一切，都是夏文化；禹王确定在夏后氏所在的大本营冀州安邑建立都城后，则意味着夏后国迈入了夏文明的历史阶段。

“择天下之中而立国”，而建都，禹王无疑是影响后世王朝的第一位践行者——“五服”之制，虽系纳贡系统的分配区，但终究是从禹都分别向四

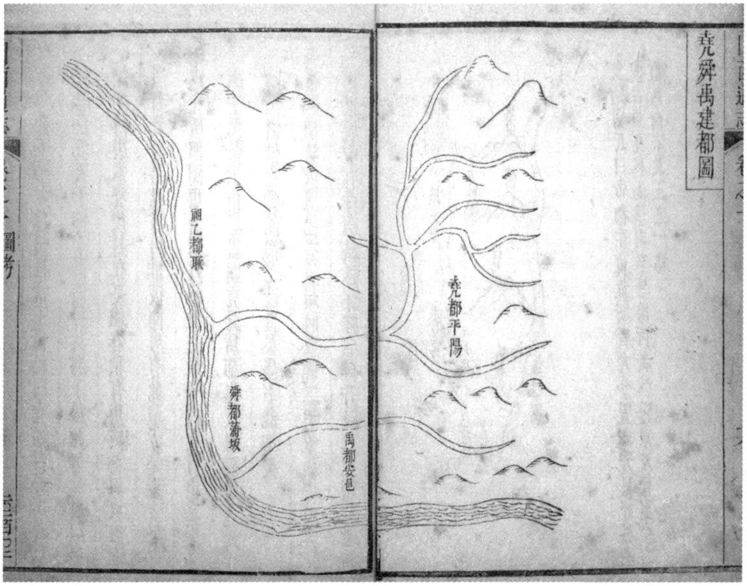

尧舜禹建都图（《山西通志》，康熙二十一年刻本）

① 〔法〕费尔南·布罗代尔著，常绍民等译：《文明史：人类五千年文明的传承与交流》，第19页，中信出版集团2020年。

方而辐射的，每服五百里，五服共两千五百里。也就是说以大夏国的国都为中心，距各个方向的边陲都是两千五百里，适处于全国的中心位置。夏禹时代，周围大大小小的国，数以千百计，甚至有万邦林立之说，于是禹王所居的“国都”安邑，就成为处于全国中枢地位的国，也成为各个邦国最具统治地位、最中心的国。因为禹都是京师之城，所以亦可称之为最早的中国。由禹王所肇始的在“天下之中”立夏国一千多年之后，“天下之中”的概念才被后世普遍接受，直至周王在成周营建都城时铸了一个“何尊”，其铭文曰“余其宅兹中国，自之辟民”，“天下之中”方被“中国”所取代。这是迄今为止见到的最早的“中国”二字。而此时叫“中国”的夏禹朝，仍只限于今天的黄河中下游地区。夏自禹起，夏后氏先后迁都不下十三次，商朝的先王契至汤迁过八次都城，汤以后至盘庚又迁都五次；周人自太王居豳起，至敬王的徙于成周，前后也有八次迁都的记录。为什么夏、商、周三代这样频繁地迁都，迁来迁去都离不开黄河流域？这是因为当时的黄河流域是中国最富庶的地区。不然，这块“土地狭小，民人众”的地区，如何能养得起一个新兴国家？司马迁之所以伟大就伟大在这里，他先定论“昔唐人都河东，殷人都河内，周人都河南”的规律和走向，后总结唐、殷、周都“三河”的经济要素：“三河在天下之中，若鼎足，王者所更居也。”

日本学者田崎仁义在其所著《先秦经济史》中引《孟子》答滕文公之问，给出的答案更直接，那就是一句话——均田主义！他说：“夏后氏五十而贡，殷人七十而助，周人百亩而彻。”在夏后氏时代，对于每家农民，已有授田五十亩的制度，这与殷代周代，每家农民应得的亩数与税法，虽多少不同，然均田主义，夏殷周是一贯的，大体相同的。田崎仁义还敏锐地发现，《禹贡》中虽有五服之制与田赋等级的记载，但没有言及禹王是如何将田地分与人民的。而《益稷》所载：“‘禹决九川距四海、掘畎（最小的沟）浍（最大的沟）距川，暨稷播’云云，好像禹除治水之外，沟洫（通往田间的水道），与《论语·泰伯篇》所说的‘禹卑宫室，而尽力乎沟洫’相合。”因此，他认为禹王的均田主义，也可以说均田主义作为一种制度，在禹王时代已经成立了。田崎仁义还注意到《诗经》中禹王与田地发生关系的作品。如小雅《闷宫》中的“有稷有黍，有稻有秬；奄有下土，缵禹之绩”之类，便是当年禹王治水土而立下土地制度的痕迹。他尤其赞同清代考据学家王鸣盛所说的“愚谓井田沟池之制，创于禹，三代相因不变”。①

可以说，正是由于“五服”和“均田”之制的创立，平衡了各地诸侯以及百姓的收入和贡赋，从而使得大夏国有了强大的经济实力，得以傲视群雄，巍然屹立于河东大地。

当时河东地区的富庶程度，可以北宋刘恕《资治通鉴外纪》所载《戒酒防微》引为佐证。夏禹时代，舜帝的女儿仪狄，善造酒。夏禹开国未久，仪狄造了一种用粟（小米）酿制的美酒——旨酒，进献给了禹王。因旨酒甚是甘美，禹王饮完之后大睡一场，酒醒后他有两个心得：一、饮这种酒太奢华了，不知节制的人常饮，恐怕会亡国。二、这种酒要用很多甜粟才能酿制而成，很浪费粮食。于是夏禹疏远了仪狄，还禁了这种用粟酿制的旨酒。

据《世本·居篇》：禹王时代的都城，大道公行，人民淳朴，很少盗贼，夜不闭户，是“共和行政”的先声，“天下为公”的表率。再可注意的是，禹王的帝都有城郭，有沟池，城中有宫室台榭和监狱，并有军队拱卫着帝

禹王城图（《夏县志》，乾隆二十九年官衙藏板）

① 〔日〕田崎仁义著：《先秦经济史》，第66—68页，山西人民出版社2015年。

都。这显示出禹王将安邑定为国都，在军事上有着相当的考量。任何王朝或政权立国后，无不期望能长治久安。于是，在都城及其周围建立军事设施即是其中必要的一环。既然是军事选项，自然离不开相关的地势。而夏禹国都三面环绕的中条山、太行山、吕梁山，这是御敌的天然屏障；两面围绕的黄河和汾河，这是运输军队和军用物资的天赐水道，西向，可以防御一河之隔的西北方面的异族；往东，可打击不服统治的有扈氏族（在今河南范县一带）。

禹王去世后，夏后氏向东扩展，在郑州附近遇到有扈氏的强烈阻挡。启统领军队前去讨伐。在这次特别军事行动前，启为了申明纪律，约诫所属人员，作了一通讨伐有扈氏的誓师词：

> 大战于甘，乃召六卿。
>
> 王曰："嗟！六事之人，予誓告汝。有扈氏威侮五行，怠弃三正，天用剿绝其命。今予惟恭行天之罚。左不攻于左，汝不恭命；右不攻于右，汝不恭命；御非其马之正，汝不恭命。用命，赏于祖；不用命，戮于社。予则孥戮汝。"

启说："有扈氏上不敬天象，下不敬大臣，上天因此要断绝他的大命。现在我奉行上天的这种惩罚。所有在战车左边的战士，如果不好好完成左边的战斗任务，就是你们不奉行命令；在战车右边的战士，如果不好好完成右边的战斗任务，也就是你们不奉行命令；驾驭战车的战士，如果不胜任而贻误了御车的任务，也是你们不奉行命令。努力奉行命令的，就在祖庙里给以奖赏；不努力奉行命令的，就在社坛里杀掉！"[1] 此战在今洛阳附近的甘水一带展开，结果以训练有素的夏后国军队的胜利告终。有了此战的胜利，夏后国才开始以阳城作为政治中心。这也就是说，张守节的《史记正义》引《世本》，"夏禹都阳城，避商均也。又都平阳，或在安邑，或在

① 顾颉刚、刘起釪：《甘誓》，《尚书校释译论》，第901、911页，中华书局2005年。

晋阳”，均是由此战而来。况且，长期以来，被历代文人喋喋不休的“或在晋阳”，早已被著名的史学家吕思勉所否定：“尧居冀州，虞、夏因之，不迁居，不易民……禹受禅，都平阳，或于安邑，或于晋阳。《疏》又云，《汉书音义》臣瓒案：唐，今河东永安是也。去晋四百里。”在引了前述古籍之后，吕思勉不禁感叹道：“《诗》之唐国，不在晋阳，燮何须改为晋侯？明唐正晋阳是也。”①

此时的帝都安邑，东西广四十五里，南北袤七十五里；夏县东西广一百一十里，南北广袤九十里。两县合计三百二十里。都城自后魏始，高四寻，阔半之围。

清光绪年间安邑人郭带淮对夏禹在安邑建都的由来给出了一种情感托付的理由。他说：

> 邑以安名，志安君也。谁邑之？禹邑之也。禹为谁邑之？为安舜而邑之也。禹何为而安乎舜？舜始封虞，暮思旧邑，禹乃营鸣条牧宫以安之，即今禹王城，此安邑所以名也。
>
> 逮禅禹，而禹即建都于此。此禹都安邑所由来也。今安邑无禹迹，夏县称南安邑，何也？安邑旧封甚大，故元魏有南安邑、北安邑之说。至隋唐而始析为夏县为虞州。曰夏县者，以禹城在其境也；曰虞州者，因舜陵而得名也。（清光绪六年《安邑县续志》）

在《周礼》和《考工记》出现之前，禹王在安邑营建的都城是中国都城建筑史上的一个开创性的工程，也是一个文明的标志，其营造法式当然也被其后的商、周所效仿，并被周礼所固化，成为历代王朝帝都的基本范式。尽管当年禹王在安邑构筑都城的城址尚需考古发掘来证实，但据文献，依然可以看出一些营建的轨迹。在成书于战国年间的《考工记》中，就有一条异常珍贵的“夏世室”的记载。那时的王朝和政权选择都城有一个共同的原则，

① 吕思勉：《吕思勉读史札记（增订本）》（上），第67页，上海古籍出版社2005年。

就是认为都城应该设在天下之中。周公营造雒邑，就是根据这样的原则。《吕氏春秋》于此总结道：“古之王者，择天下之中而立国。”夏世室又居安邑都城之中：

> 堂修二七，广四修一。五室三四步，四三尺。九阶。
>
> 四旁两夹窗，白盛。门堂三之二，室三之一。[①]

这个名叫夏世室的建筑是建在夏后氏的宗庙之上，即周人所称的明堂的大房子。南北之深有六丈，东西之广为七丈。按照“五行”学说金（代表敛聚）、木（代表生长）、水（代表浸润）、火（代表破灭）、土（代表融合）而建。金室建在西南，木室建于东北，水室在西北，火室置于东南，土室安在中央。五室都是方形的，有三个四步那么宽，一步六尺，三个四步是十二步；四个三尺即二步十二尺那么长。二步不成文，故曰四三尺。这幢建筑的南面有台阶三级，其他三面均为二级台阶。五室都有明窗，每室四个窗户，八扇窗子。宫室的墙壁是以白色的蜃灰粉刷的。门侧旁边的门堂南北九步二尺，东西十一步四尺，门堂的两室与门各居一。

从这一史料看，禹王在建都城时，依然遵守着尧帝时的“茅茨不剪，土阶三等”的简朴之作。在制造宫室时，本可用石料筑九级的高台，禹王为了节俭纳贡者的税赋，仅筑了三级高的土坛。屋顶在当时也可用已有的素陶瓦来铺，但为了省工省料，只用了茅草铺葺，而且茅草也不予修剪。远古时代，黄河下游地区繁衍起来的民族根据其土地状态和材料资源，或掘穴而居，或泥土做屋，或构木为巢，禹王所建的这种虽简约但有体有型的宫室，确实称得上中国古代建筑史上的革命。

夏禹的帝都也是人才荟萃的地方。《鬻子·禹政》里头有一段道：夏禹建都安邑后，得了七个贤人同他一起治国。这七个贤人，第一个是皋陶，第二个是杜子业，第三个是既子，第四个是施子，第五个是季子宁，第六个是然

---

① 〔明〕郭正域：《批点考工记》，万历四十四年朱墨套印本。

夏县禹王城遗址

子湛，第七个是轻子玉。得了以这七人为代表的许多人才后，夏禹国才达到天下大治。

《鬻子·禹政》还有夏禹一件励精图治、亲政爱民的故事。说夏禹治天下，设五件乐器，挂在门前。这五件乐器一件是钟，一件是鼓，一件是铎，一件是磬，一件是鞀，又贴出一张告示道："若有以道教我者，请击鼓；若有以义教我者，请击钟；若有以事教我者，请击铎；若有以忧教我者，请击磬；若有以狱讼的事情教我者，请击鞀。"因此天下的人，无论贤愚贵贱，有话都可以当面对禹帝说。夏禹在家吃一顿饭，要见客七十人次，比周公一饭三吐哺，还要多几十倍。所以那时候的夏禹国百姓，没有一点冤枉可受，更遑论司法公不公了。

夏禹爱民的仁政，还体现在《说苑》和《吴越春秋》所记载的两件事上：一件是"下车泣罪"；另一件是"天下有道，百姓就不会犯法"。被张之洞编入《帝鉴图说》的"下车泣罪"说的是：公元前2066年，夏禹立国五年，夏禹赴安徽蚌埠涂山会诸侯，祭天盟誓，途中见到一个罪犯，于是下车边问这个罪犯边哭泣，旁边人问道："这人是自己犯罪的，阁下哭他做什么？"夏禹道："尧舜的百姓那心也和尧舜差不多，并没有犯法律的人，我们刚刚管理国家没几年，百姓就犯了法，这岂不是我不及尧舜，所以害着百姓犯法吗？"

第二件事是，公元前2063年，夏禹立国八年，夏禹巡视江南，走到古苍梧国的时候，在路上遇着一个被捆绑着的罪人，夏禹看见后马上下车，走过去拍了拍这个罪人的背，又哭个不停。大臣伯益感到莫名其妙，便问他："这个人犯法，理该如此，你又有什么好哭的呢？"夏禹哭泣着说："天下有道，百姓就不会犯法了；天下无道，哪怕就是好人，也要犯法。我听说，一个男子不耕田种粮就会受饥饿，一个女子不采桑养蚕织丝就会受寒冷。我作为帝王统治天下，理该调和百姓，使他们安居乐业，使他们各得其所。如今他们竟然犯法，这是我的德太薄了，所以不能不哭。"

以上夏禹的仁政故事，都是汉儒以后的文人写出来的。他们按照自己心目中的国君理想，把夏禹塑造成了一个爱民的明君。

也是在这次南巡的活动中，夏禹向世人展示了他仁政的另一面，即一个国君的威德！夏禹来到会稽，与诸侯进行第二次会盟。那时候夏禹的声望正隆，诸侯都很怕夏禹，一个个都来朝见，唯有防风氏来得太迟。夏禹想：我这次大会诸侯，如今到者不下万国，你这防风氏后至，大约是看不起我了。这个时候若不当着各路诸侯的面显示些威权，将来他们都要欺负中国懦弱，届时可为时太晚了。因即喝令把不服统一、故意迟到的防风氏斩首示众！各诸侯见了，个个吐舌，从此归顺，不敢藐视中华。

这一年的秋季，夏禹染病。据《吴越春秋》，禹对自己的后事做了交代，命群臣曰："吾百世之后，葬我会稽之山，苇椁桐棺，穿圹七尺，下无及泉，坟高三尺，土阶三等。葬之后，曰：无改亩，以为居之者乐，为之者苦。"夏禹对群臣说："我死之后，就葬在会稽山。用芦苇作椁、桐木作棺，墓穴深七尺，下面不触及泉水，坟头高三尺，土台阶三级。埋葬之后，不要改变周围的耕田，使这里居住的人快乐，而不要让他们受苦。"未几，一代英雄夏禹病亡，群臣遵其嘱，将其薄葬于会稽山上。

三年后，夏禹子夏启由诸侯拥立即夏禹位。太史公司马迁由此而感慨地说：夏禹国"自禹至桀，十七世，有王与无王，历四百七十一年"。

因夏禹薄葬在会稽山，因此，在夏县池下王村里的夏后氏陵寝，"惟禹陵在浙江绍兴府会稽山；少康陵在河南开封府太康县西"。除二帝外，"自启以下不具书，今存诸陵，高丘累累，即启以下一代诸帝陵寝也。金大定五年(1165年)，建朝元观于其侧，以司香火，而有明祀典不载。亦洪武初，地为王保保所据也”。[①]

①〔清〕言如泗修、李遵唐纂:《夏县志》，清乾隆二十九年官衙藏板。

后　记

虽然列出了主要参考书目，但在后记中还是想说一说阅读顾颉刚和李济对这本小书的启迪。

我读顾颉刚，读李济，尽管许多地方读不懂，但看明白了的东西必有所用。譬如，在这本小书之前，我也利用过方志，但对方志的作用几无理解。当我读到顾颉刚的《研究地方志的计划》，真如“金针度我”般地醒脑。他说：“以前的史料，不是供王公大人的采览，便是备文人学士的讽咏，是片面的，是散漫的，而不是系统的；是文学的，是艺术的，而不是科学的；在中国是如此，在十九世纪以前的泰西各国也是如此。我们现在寻材料，要转向社会方面去了；因为那里有露骨的风土人情，切实的国计民生。这条路，除了我们自己开辟之外，若要在旧材料里找，那只有叩地方志之门了……”这段话尤切我心，进一步提振了我从方志中寻找材料的信心。叩方志之门取得的小小的成绩主要体现在第三章《垣曲原来是汤都》，第六章《大禹的家世》和第八章《大夏国都——安邑》。

读李济，最主要的收获，是让我知道了即使在使用“出土”材料上，也要有所选择。他在《殷商文化研究》一文中所举的两个例子，给予我极高的警惕：

一是罗振玉在民国年间收到据说是河北易州出土的三件青铜兵器，每一器上都刻列祖先的名称：一为祖辈的名称“祖曰乙戈”，一为父辈的名称“大祖曰己戈”，一为兄辈的名称“大兄曰乙戈”，总称“三勾兵”。王国维断定这三把青铜戈“当为殷时北方侯国之器”，罗振玉评价其为“传世古兵无能逾此”。当时的考古界，惊为大发现，就根据这些铭文，作了很多文章，并推测它们可能的含意。然而，李济在整理殷勾兵时，觉得“三勾兵”的考古价值已很低，并将此意告诉著名的甲骨学家、古史学家董作宾（1895—1963，字彦堂，号平庐，河南南阳人）。董作宾非常肯定地向李济指出：所谓的“商三戈”铭文，全是伪刻！

一为郭沫若在《汤盘孔鼎之扬榷》一文中，认为四书中《大学》所载的汤之盘铭“苟日新、日日新、又日新”，为“兄日辛、祖日辛、父日辛”的误读。由此，李济感叹道：“若没有这一番工夫，就是以罗振玉、王国维、郭沫若这些人的聪明及学力，也要闹出‘商三勾兵’的错误解释一类的笑话了；同时，若是没有田野工作的经验，如董作宾经历过的，也不会很容易地看出这一假古董所引起的错误解释。”据此，为慎重起见，我对明杨慎（1488—1559，字用修，号升庵，四川新都人）伪造的《岣嵝碑》，来路有争议的“清华简”，以及被不少研究夏文化、夏史的学者视为“利器”的“遂公盨”（保利艺术博物馆在香港古董市场上偶然发现并购回收藏）铭文未加征引。

非常感谢老友杜学文（山西省作家协会主席）和三晋出版社原社长张继红知我曾任职于一家和地域有关的杂志，邀我撰写这本小书；

由衷感谢葛剑雄先生对我所写这本小书之初给予的详尽指导，以及前来太原讲学时对我所疑惑的几个具体问题予以的详解；

真诚感谢台湾新竹清华大学历史研究所钟月岑教授为我提供写作所急需的相关书籍和研究论文，如果没有她的热情相助，便不会有本书的第一章《李济在西阴村考古叙事》；

发自内心地感谢寓真先生和李蹊教授帮我辨识篆书和古文中不识不解之处；

特别感谢张继红学兄在我骤染别一种“时疫”后，替我修订了第六章《夏鼐看好东下冯》，并增补了部分文字，尹立晋学兄代我审校了全书。

2022 年 6 月

参考文献

文集

1. 顾颉刚:《顾颉刚古史论文集》，中华书局2011年。

2. 顾颉刚:《宝树园文存》，中华书局2011年。

3. 顾颉刚:《古史辨》，上海古籍出版社1982年。

4. 顾颉刚、史念海:《中国疆域沿革史》，商务印书馆1999年。

5. 吕思勉:《吕思勉读史札记》，上海古籍出版社2005年。

6. 顾颉刚、刘起釪:《尚书校释译论》，中华书局2018年。

7. 欧阳哲生编:《中国近代思想家文库：傅斯年卷》，中国人民大学出版社2015年。

8. 萨孟武:《中国社会政治史·先秦秦汉卷》，生活·读书·新知三联书店2021年。

9. 李济:《李济文集》，上海人民出版社2006年。

10. 李济:《中国早期文明》，上海人民出版社2007年。

11. 李济:《李济学术随笔》，上海人民出版社2019年。

12. 中国社会科学院科研局编选:《夏鼐集》，中国社会科学出版社2008年。

13. 史念海:《中国古都和文化》，中华书局1998年。

14. 徐旭生:《徐旭生文集》，中华书局2021年。

15. 徐旭生:《中国古史的传说时代（增订本）》，文物出版社 1985 年。

16. 杨宽:《中国古代都城制度史研究》，上海人民出版社 2016 年。

17. 卫聚贤:《中国考古学史》，商务印书馆 1937 年。

18. 苏秉琦:《满天星斗：苏秉琦论远古中国》，中信出版集团 2016 年。

19. 苏秉琦:《中国文明起源新探》，生活·读书·新知三联书店 2019 年。

20. 张光直:《艺术、神话与祭祀》，北京出版集团公司 2017 年。

21. 李学勤:《走出疑古时代》，辽宁大学出版社 1997 年。

22. 李学勤:《李学勤讲演录：追寻中华文明的起源》，长春出版社 2012 年。

23. 刘起釪:《古史续辨》，中国社会科学出版社 1991 年。

24. 伦敦中国艺术国际展览会筹备委员会编辑:《参加伦敦中国艺术国际展览会出品图说》（第四册），商务印书馆 1936 年。

25.［瑞典］安特生著，袁复礼节译:《中华远古之文化》，文物出版社 2011 年。

26. 邹衡:《夏商周考古学论文集》，文物出版社 1980 年。

27. 邹衡:《夏商周考古学论文集（再续集）》，科学出版社 2011 年。

28. 葛剑雄:《黄河与中华文明》，中华书局 2020 年。

29. 许宏:《何以中国》，生活·读书·新知三联书店 2016 年。

30. 许宏:《发现与推理》，山西人民出版社 2021 年。

31. 许宏:《踏墟寻城》，商务印书馆 2021 年。

32. 孙庆伟:《追迹三代》，上海古籍出版社 2015 年。

33. 孙庆伟:《鼏宅禹迹——夏代信史的考古学重建》，生活·读书·新知三联书店 2018 年。

34. 中国社会科学院考古研究所、中国历史博物馆、山西省考古研究所:《夏县东下冯》，文物出版社 1988 年。

35. 许宏、袁靖主编:《二里头考古六十年》，中国社会科学出版社 2019 年。

论文集、论文

1. 许倬云主编:《中国上古史论文选辑》(第一册),李济《中国上古史之重建工作及其问题》,国风出版社 1965 年。

2. 历史语言研究所、中国上古史编辑委员会编刊:《中国上古史(待定稿)》第一本:史前部分,1972 年。

3. 田昌五主编:《华夏文明》第一集,北京大学出版社 1987 年。

4. 刘俊文主编:《日本学者研究中国史论著选译》第一卷,中华书局 1992 年。

5. 袁行霈主编:《国学研究(第一卷)》,北京大学出版社 1993 年。

6. 陈梦家:《迎接黄河规划中的考古工作》,《考古通讯》1955 年 5 期。

7. 邓子恢:《关于根治黄河水害和开发黄河水利的综合规划的报告——在一九五五年七月十八日的第一届全国人民代表大会第二次会议上》,《水力发电》1955 年 8 期。

8. 夏鼐:《考古调查的目标和方法》,《考古通讯》1956 年 1 期。

9. 夏鼐:《谈谈探讨夏文化的几个问题》,《中原文物》1978 年 1 期。

10. 徐旭生:《1959 年夏豫西调查"夏墟"的初步报告》,《考古》1959 年第 11 期。

11. 邹衡:《关于探索夏文化的途径》,《中原文物》1978 年 1 期。

12. 殷玮璋:《二里头文化探讨》,《考古》1978 年 1 期。

13. 石加:《"郑亳说"商榷》,《考古》1980 年 3 期。

14. 张岱海、高彦:《晋南二里头文化遗址的调查与试掘》,《考古》1980 年 3 期。

15. 刘起釪:《关于"走出疑古时代"问题》,《传统文化与现代化》1995 年 4 期。

16. 殷玮璋、曹淑琴:《在反思中前行——为"夏商都邑暨偃师商城发现 30 年学术研讨会"而作》,《南方文物》2014 年 1 期。

17. 洪广冀:《中国即田野——毕士博及中国于二十世纪初期美国学术界

的地位》,《新史学》2019 年第 30 卷 1 期。

18. 洪广冀:《毕士博、李济与“中国人自己领导的第一次田野考古工作”》,《历史语言研究所集刊》，第 92 本第四分册，2021 年。

19. 陈昌远:《商族起源地望发微——兼论山西垣曲商城发现的意义》,《历史研究》1987 年 1 期。

20. 陈昌远、陈隆文:《论山西垣曲商城遗址与“汤始居亳”之历史地理考察》,《河南大学学报（社会科学版）》2000 年 1 期。

日记、年谱、传记

1. 吴宓著，吴学昭整理:《吴宓日记 1925—1927》，生活·读书·新知三联书店 1998 年。

2. 夏鼐:《夏鼐日记》，华东师范大学出版社 2011 年 8 月。

3. 安志敏:《安志敏日记》，社会科学文献出版社 2020 年。

4. 李济:《安阳》，上海人民出版社 2019 年。

5. 李光谟编:《李济与清华》，清华大学出版社 1994 年。

6. 郭士星主编:《山西文物五十年》，山西人民出版社 2000 年。

7. 夏晓虹、吴令华编:《清华同学与学术薪传》，生活·读书·新知三联书店 2009 年。

8. 子仪撰:《陈梦家先生编年事辑》，中华书局 2021 年。

古籍

1.〔宋〕杨甲:《六经图考》，清康熙元年重订本。

2.〔宋〕蔡沈撰、〔元〕邹季友音释:《书集传音释》，元至正十一年双桂书堂刻本。

3.〔明〕胡广等奉敕编:《书传大全》，正统内府刊本。

4.〔明〕王翰:《梁园寓稿》，钦定四库全书刊本。

5.〔清〕金鹗:《求古录礼说》，光绪二年刻本。

6.〔清〕崔述:《夏考信录》，“畿辅丛书”本。

7.〔清〕王澍:《禹贡谱》，康熙四十六年刊本。

8.〔清〕瞿中溶:《汉武梁祠堂石刻画像考》。

方志

1.〔清〕穆尔赛修、刘梅纂:《山西通志》，康熙二十一年刻本。

2.〔清〕觉罗石麟修、储大文纂:《山西通志》，雍正十二年刻本。

3.〔清〕曾国荃修、王轩纂:《山西通志》，光绪十八年刊本。

4.〔清〕顾汧修、张沐纂:《河南通志》，康熙三十四年刻本。

5.〔清〕张衡纂、王国安修:《浙江通志》，康熙二十三年刻本。

6.〔清〕黄廷桂修、张晋生纂:《四川通志》，雍正九年刻本。

7.〔清〕刘棨修、孔尚任纂:《平阳府志》，康熙四十七年刻本。

8.〔清〕乔光烈、周景柱修:《蒲州府志》，乾隆二十年府署重镌藏板。

9.〔清〕熊名相纂修:《解州全志》，乾隆二十九年官衙藏板。

10.〔清〕言如泗修、吕瀶纂:《安邑县志》，乾隆二十九年官衙藏板。

11.〔清〕言如泗修、熊名相纂:《安邑运城志》，乾隆二十九年本衙藏板。

12.〔清〕言如泗修、李遵唐纂:《夏县志》，乾隆二十九年官衙藏板。

13.〔清〕汤登泗纂修:《垣曲县志》，乾隆三十一年刻本。

14.〔清〕言如泗修、韩夔典纂:《平陆县志》，乾隆二十九年官衙藏本。

15.〔清〕张圣诰纂:《登封县志》，康熙三十五年刻本。

16.〔清〕洪亮吉、陆继萼纂:《登封县志》，乾隆五十二年刻本。

17.〔清〕孙星衍、汤毓倬纂:《偃师县志》，乾隆五十四年刻本。

图书在版编目（CIP）数据

大夏禹都 / 苏华著 . -- 北京：作家出版社，2022. 9
（2023.4重印）
（典藏古河东丛书）
ISBN 978-7-5212-1982-1

Ⅰ . ①大… Ⅱ . ①苏… Ⅲ . ①散文集—中国—当代
Ⅳ . ① I267

中国版本图书馆 CIP 数据核字（2022）第 134655 号

大夏禹都

作　　者：苏　华
责任编辑：丁文梅　朱莲莲
装帧设计：鲁麟锋
出版发行：作家出版社有限公司
社　　址：北京农展馆南里 10 号　　**邮　　编：**100125
电话传真：86-10-65067186（发行中心及邮购部）
86-10-65004079（总编室）
E-mail:zuojia @ zuojia.net.cn
http://www.zuojiachubanshe.com
印　　刷：唐山嘉德印刷有限公司
成品尺寸：170 × 240
字　　数：205 千
印　　张：14
版　　次：2022 年 9 月第 1 版
印　　次：2023 年 4 月第 2 次印刷
ISBN 978-7-5212-1982-1
定　　价：50.00 元
